소지

燒紙

李滄東
이창동 作品

enlighten & fish 亮光文化

contents

陳建榮　《用電影和孩子談生命中重要的事》作者

李滄東導演同時也是作家和詩人，以不炫技、不渲染的獨樹一格，在韓國影壇中佔有跨文本的領導地位。作品關注錯落在生命困境中的社會底層，有其高度覺察性的人文視角，帶著不矯情、不濫情的溫柔觸感，犀利引領觀眾思辨兩難情境和灰色地帶。導演的短篇小說《燒紙》更讓人在字裡行間中，自動產生映入眼簾的視覺畫面，其中「沒有標準答案」的人生哲學，更是作者論述的超然標記，不管是影迷或讀者都能覓得自身的影子！

楊智麟—黑導

《聽見歌 再唱》導演

李滄東的文字，就像一個有無比強大吸力的漩渦，把你的思緒往裡面帶，跟著他的行筆走字之間描繪出一幅一幅看似畫，其實是照片的寫真，然後你讀完之後，偶爾回頭再想一下，會發現，你先前描繪的那幅寫真，會因為再讀一次而改動，這樣的文字力量是活的，不但讓你的心思活過來，也帶著你的情緒活過來！

推薦 ━ 三

李滄東《燒紙》：紀錄灰燼的文字／如果這些故事都拍成電影

林夕 填詞人

李滄東首先是一位小說家，然後才成為韓流代表導演。

如果你也被電影《綠洲》、《密陽》、《燃燒烈愛》、《生命之詩》敲打過心臟，更不能錯過這位社會觀察家、歷史記錄者、小人物、人心解剖師「一字一生涯」的小說。

憑小說奪得文學獎五年後，才變身「小產多獎導演」專業戶。在網上搜尋「李滄東」，滿眼盡是電影電影電影，在茫茫網海中，滄東小說遂成滄海遺珠。導演身分如此耀眼，也許，因此，閱讀過李滄東小說，回頭看他的電影，眼球也裝備了一個透視晶片，文字在畫面中自動生成。

看這本《燒紙》的時候，一邊看，一邊想，如果拍成電影會是什麼樣貌。

看完第一篇〈為了大家的安全〉，為大家開眼界起見，無論那位好導演都好，即時想跪求拍出來看看。

古有《紅樓夢》「劉姥初進大觀園」，近有「南韓老大媽大鬧公車」，究竟老大媽做了什麼脫序行為？

首先，老大媽死活不肯繫上安全帶「這種東西」，有人語帶涼薄調侃說：「奶奶，您還是繫上吧，據說萬一出事故死了，繫上的能比不繫的多拿不少賠償呢。」她就給戳中了神經似的開罵：「誰的狗嘴那麼賤，啊？咒誰死呢！你拿性命跟錢討價還價嗎？」大眾笑柄忽然讓大家嚇了一驚，為大眾安寧起見，會罵的大人原來可以便宜行事，她不要繫安全帶就隨她去吧。

然後，她開始喝酒，更要逐座勸酒，阻攔無效之下，帶著酒意在長途車上碎碎念的叨擾著乘客，用大嗓門講自家大道理，各人最初也樂得有個小丑出醜解悶：「老太婆的訴苦聲，倒像是給這滿溢的歡樂氣氛又添了一把恰到好處的調味料。」

娛樂氣氛由老大媽大喊憋不住，要在高速公路上停下來，讓她撒尿開始變調。停還是不停呢？按規矩，休想，吵鬧聲中，有人想出大多數人尊重極少數人，在公車上進行公投的民主選舉方法，超過五個人有需要的話，就耽誤一陣子停車吧。

爭吵途中，老大媽已經脫褲在車廂上施施然尿尿了，之後發了瘋似的開罵，混亂中給人強迫繫上安全帶，困在座位上，掙扎著大喊「你們都是一樣的混蛋，就是想害死我，想把我勒死！」，漸漸衰弱地求救：「幫我解開，幫幫我……哎喲，喘不上氣了……」，然後就「好像死了」昏迷過去。有人竟然不耐煩說：「我們要等到什麼時候啊？快開車吧，到地方了才能考慮送不送醫院啊。」車子於是在大多數人沈默允許中，繼續飛馳。

只為了大家方便起見，不顧一位老人家安全，且「留下發甜的騷臭味充斥了密閉的車廂。抵達光州後，眾人趕著下車離去，曾經的騷動，像許多塵封歷史般，沒事發生過一樣，老大媽之後如何，結局就不劇透了。

老實說，當初朋友說李滄東原來有寫小說，很好看啊，劈頭第一個推介點正是「公車上有位老人家撒了一泡尿」，就為了這點，第一時間我便把《燒紙》從頭細讀。

這一泡尿有什麼稀奇？上了新聞頂多只是比正經事更吸睛的趣聞，找到目擊者訪問，或許一句「大媽們真的沒教養」了事。作為茶餘談資，大家知道了、恥笑了、批評了，過去了，什麼氣味都不留。沒人會了解大媽何以覺得安全帶很危險，以至於害怕到昏厥，小說透過大媽罵人內容，明喻了前因後果的細節。

這就是新聞與小說的分別，也是文學之所以存在之必要。

大媽為什麼會變成大媽？早期新聞報導不會把鏡頭拉遠，觀照可笑之人何以必有可憐之處。所以，小說還需要一位比新聞受訪者更敏銳的旁觀者；大媽是女一，其實還有一位坐在無名無姓的大媽旁邊的男一京哲，用播報員說不出來的文字，描述對大媽的感受，他又如何從嫌棄到憐憫，最後，京哲下車時有沒有照顧老大媽，為他發聲討公道？這關乎全篇重點，讀者就親自細味吧。當然，李滄東對個別乘客也塑造成生動的配角，濃縮成一幕尋常又詭異的眾生相。

短短二十多頁故事發生在一班公車車廂上，同樣是封閉環境設定，跟《屍速列車》不一樣，沒有喪屍咬人情節，卻有位表現近乎「老番顛」的阿嬤，憑一人蠻勁，衝撞車上守則秩序，厚臉皮地，咬噬著乘客乘務員以至司機的面目，血淋淋的人心啊，隔著書頁都聞得到看得見。

一班開往光州的公車，不就是大歷史的行進過程？途中發生了什麼，共處一輛車的乘客遭遇小事件的反應作為，每個人都有份構成「一泡尿」與「有人被綑綁恐慌到昏迷」這一齣悲涼的鬧劇。

李滄東出生於1954年韓戰結束，南北分裂之後，成長時期歷經全斗煥極權下爆發的光州五一八慘劇，到盧泰愚宣布全面民主化。黎明來到的那一天，李滄東三十四歲，《燒紙》收錄的作品從八三到八七年，正值學運與南韓命運波瀾起伏前後，所以，幾乎每一個小故事背後都有大歷史作為血汗淚的布景。基於此，我作為讀者如此解讀，離作者刻意或潛意識的設計應該不會太遠。

如果真要拍成電影，導演指導大媽表情對白，如何表現得惹火而不過火，不難處理，有趣的是安全帶就像被綑綁鎖住自由的象徵，不落小說中細膩的文字，透過電影語言來表達？會不會用空鏡穿插片中沒描寫過的景物，光暗交替下渲染束縛到讓人窒息的氣氛？喔，除了安全帶，當中還有一個關鍵元素，跟奉俊昊的《寄生上流》相近，請讀者親眼驗證。

如果要把標題作〈燒紙〉搬上大螢幕，則更值得鑽開腦洞研究。〈燒紙〉是一篇沒有偵探的懸疑劇，主角同樣是從韓戰活過來的老婆婆，不願意面對的嚇人經歷，隨劇情推進一層層剝開來，一直逃避的洋蔥也爆開來了。

不敢觸碰又一直隱隱作痛的往事，通篇用老婆婆壞掉的牙齒作為主體象徵，從牙痛到孫子幫她拔掉，忍一時之痛，解脫了。

殘酷如戰爭、動盪如抗爭，留下的不只是死傷者的數字，所有受害者加害者共犯，都背負著不忿或內疚的陰影，共業隨身禍及下一代人。我們的牙齦何嘗沒有發炎過，隱隱作痛，時不時破壞心理防衛機制，牙齒藏在口腔內，別逃避，趁未曾腐爛，處理吧。人在失樂動物園中如何活得像一個人？這也是李滄東留給我們的一丸密陽。

好，回到老婆婆拔牙事件，變成畫面會很生動，但是，李導演筆下鋒利如解剖刀的文字：「快要脫落的牙齒像一隻生了鏽的鐵釘，已經鬆動了，用舌尖一碰就會晃動」，幾乎是不可拍，拍不得，如果濫用畫外音獨白，即落下乘。

尤其當靜物描繪成「動」物的時候，像〈祭奠〉一開頭鋪排主角住處環境：「大大小小的房屋肩並肩擠在一起，既像抓緊岩石執意不肯離開的小螃蟹，又像是為躲避暴風雨而繫泊在一起的一艘艘小型機動船，還會讓人聯想到無數隻被撕碎的失事船隻。」活似一抹濃墨，在驚恐中貧賤地活著的一家人，就這樣踏上黑地毯登場，硬要拍出來的話，請高手示範用乾坤大挪移展現同樣的震撼吧。

一直有個怪習慣，把好電影與原著拿來對照，研究哪些情節為什麼要為節奏而刪掉，哪些對白不像人話被改動，特別是內心刻畫、景物描繪。這不只在比對電影與小說兩種文學體裁的共通處，鏡頭跟文字兩種語言不可取代處，更自覺讓眼角精細如二奈米晶片，對人事物的眉眉角角，掌握到最精準情報。

試問看這小說，又怎麼忍得住進行最認真的鑑識遊戲？沒比較，沒得著，講故事如此動人，誰叫他集小說家、編劇、導演於一身？誰叫他是李滄東呢？

李滄東說過：「我希望自己的電影可以像糖果一樣被觀眾喜歡，讓他們有所感觸，但不會被吃掉後就消失不見。」

我會說：「希望李滄東小說，可以像八仙果一樣被讀者細味，讓他們親嘗澀後回甘，吃掉後所謂苦楚就消失不見。」

具獨立人格者，看不看，當然隨你。

燒紙——密陽下的灰燼

他不是你們所認為的他
你不是他們所認識的你

上一代懷著
背景　在胎盤裡
一年　一月　一日　一秒　一步　一背影
連繫著　連累著
臍帶一刀
不曾兩斷

留下陌生的創傷
下一代在陌路上終歸重逢

生來就是一場祭奠
為各自背負原生的罪咎
來不及年輕已經蒼老

難以啟齒的羞恥
說出來就是
如果顏色就是原罪
僅憑羊水難以洗脫

把大我寫成小說
長篇歷史濃縮成一夜短篇

每個人都是主角
每個人都是編劇
所有人都無辜
所有人都有病
而個人無法救贖

為了大家安全起見
一起向
被過去綁架的自己
無需被人知曉的祕密
堅韌如命的死結
一次性火葬吧
讓無罪的罪證

讓灰燼燃燒成
翅膀
飛向無盡

告別式完成
密陽下
看到一縷縷
微暖肌膚
輕如煙

林慶儀 主編

十多年前在香港上映的韓國電影《密陽》，導演就是李滄東。

當年，《密陽》的票房雖不算亮麗，卻因著電影主題，引起文化界及宗教界罕有的討論。

「一個人接二連三遇上悲慘之事，以為靠著宗教的力量去原諒那個殺害兒子，使自己走進深淵的人，自己就可以解脫了；沒料那作惡的在被她原諒前，竟已被上帝救贖原諒了……」

「受害者給予加害者的原諒擱在半空，可以怎樣……電影後半描寫女主角的崩潰，以肉身揭露宗教的虛偽及人性之不配被饒恕？……」

導演李滄東不是透過讀白，而是用電影最根本的影像及故事情節展現女主角內心最細膩的變化，看電影，如看小說，翻滾觀眾最隱密的感受。當然，這齣電影的男女主角——宋康昊及全度妍影帝影后級的演繹，是功不可沒的。

2020 年，看了李滄東的小說集《燒紙》。書裡的十一個短篇小說，寫於 1983 至 1987 年，期間韓國歷盡磨難，發生了光州事件，一場又一場的學運與民主抗爭，李滄東把大歷史與小人物寫進小說裡，選擇用文學的方式記下「時代」。

文學創作有別於歷史記錄，歷史記錄要「顯」出來，文學卻是「隱」下去，把要說的如根藏在泥土深處，終有一天，長出連作者也沒想過，你與我亦意料不到的花朵。

李滄東寫了好些小說，十多年後，才開始拍電影，直至今日。

時代洶湧的亂世，在經歷過惶恐、混亂、悲傷、失望後，更需要文學藝術。除了小說與文學，電影、電視、戲劇、繪畫、書法、音樂等，都可以成為人們內心一個暫歇的驛亭。驛亭立在沙塵滾滾的荒道上，聚了上路的人，有人在那裡暫避風雨，有人躺下休息，也有人為下一段路程添糧做準備，文學藝術就是提供了這樣的一個空間。

說了這麼多，最後套用倪匡的話：「好的小說，就是要好看。」李滄東這十一個短篇小說，不只值得看，還是很好看，看過的人都是這樣說，亦如看了他十一齣的微電影。

最後的最後，把〈為了大家安全〉小說的開頭送給大家：

「孩子啊，一定要照顧好自己，按時吃飯！」

《密陽》最後一幕，宋康昊為全度妍拿起鏡子，讓受盡苦楚的人修剪那未剪完的亂髮；此時，房子的角落，一絲陽光照進來。

願李滄東的《燒紙》，給你理一頭亂髮的時光。

P.S. 當年發行《密陽》，就是高先電影有限公司的創辦人曾麗芬；今天推薦亮光申請《燒紙》繁體中文版版權的人是林夕，感謝他們。

金冉

二〇一八年十一月廿九日於威海

無論寫小說還是拍電影，李滄東都在直面社會現實，深刻反思現象背後的原因。尤其是他的小說創作，主要涉及兩類題材。

一類是關注韓戰及戰後南北分裂的現實，反思南北意識形態的尖銳對立，以及由此造成的傷痛。在這類題材中，作家常以分裂狀態下的父與子為主角，透過描寫父子之間的代溝與矛盾衝突，折射出社會現實問題，即，一直持續在當代的分裂體制下的社會現實問題。

韓國文學史上的「分斷文學」概念出現於二十世紀八十年代，分斷文學是表現朝鮮半島南北分裂的歷史與現狀的文學。分斷文學剖析和反思民族分裂的歷史與現實問題，自然具有濃郁的民族文學特徵，也帶有人本主義文學的屬性。

李滄東的分斷題材小說不以大事件為線索，往往圍繞家庭敘事展開，描寫一般底層民眾的家庭矛盾由衝突到和解的過程。尤其是經歷了民族分裂的一代人和之後成長起來的第二代人之間的思想、觀念、意識形態的矛盾，個體之間的恩怨情仇，以及衝突與和解的故事。如他的代表作〈燒紙〉，刻畫了因為家庭出身帶有「紅色」背景而未能考入士官學校，最終成為默默辛勞的底層公務員的長子「成國」，與同母異父的弟弟「成浩」之間的矛盾糾葛，以及在丈夫因從事左翼活動失蹤後，遇騙局遭強姦生下成浩的寡婦「母親」身上發生的故事。帶有祭祀性質的燒紙（傳單）行為，象徵了兩代人之間和兄弟之間的和解。〈燒紙〉發表於一九八七年，作品把直接經歷過戰爭創傷的人，對戰爭的體驗和未經歷過戰爭的戰後一代，對戰爭的感受加以對比。未經歷過戰爭的兒子們看待戰爭的視角都帶有非批判性的傾向，他們一開始不了解母親所體驗過的戰爭悲劇，但是他們透過母親認識到了戰爭的悲劇性，並體會到母親努力戰勝創傷的意志。透過這部作品，可以看到戰爭悲劇的直接體驗者和戰後一代人的矛盾，以及一種永遠不能忘卻這場戰爭和民族分裂現實的意志。同時，作品從另一側面反映了在當時的韓國社會，那些曾跟左翼有關的人，他們的親戚朋友因受到牽連而備受歧視和排斥的社會問題。

〈祭奠〉用第一人稱視角敘述了曾經從事左翼活動、後來破產並中風的「父親」與第一任妻子生下的長子「德秀」，以及現任妻子所生的「姐姐」、「我」、「弟弟」之間的家族故事。南北戰爭爆發後，從事赤色活動的父親和舅舅為躲避搜捕而東躲西藏時，遭人告密而被捕，只有父親奇蹟般地活了下來。圍繞告密者，家族內部產生了種種誤會和敵意。直到父親病入膏肓即將離世時，前妻生的兒子德秀找上門來，要求父親一家為其生母辦一次「祭親」儀式，經過一番激烈的衝突，這場曠日持久的矛盾糾葛才得以煙消雲散，一家人終於達成了和解。

〈臍帶〉也是一篇以戰爭為背景的家族敘事小說，描寫了「父親」因為從事左翼活動而冤死，守寡的「母親」後半生只依賴遺腹子「大植」一人，金大植成家立業後母親仍然干涉夫妻之間的生活，由此引發許多矛盾。在得知親家公曾經是「赤色分子」後，母親更加虐待兒媳，甚至以離家出走的方式想要趕走兒媳。大植的岳父曾經因「叛國罪」入獄，而妻舅至今還在日本從事共產主義活動，妻子因此遭到警察署「對共科」的調查。雖然戰爭已經成為歷史，但是戰爭的陰影仍然籠罩著這家人。

李滄東的另一類題材聚焦了韓國社會工業化發展進程中的社會問題。在這類題材的作品裡，李滄東刻畫了一群在工業化發展進程中孤立無助的城市貧民、小市民形象，描寫了他們努力超越自己的小市民性，尋找身分認同感的覺悟過程。

〈為了大家的安全〉如同一部現場記錄的報告書，實時記錄了一個可憐又可笑的老太太在一輛長途大巴士上的遭遇。雜誌社記者京哲去光州採訪一個鬧緋聞的女演員，旁邊坐著一位渾身散發出腐敗氣息的鄉下老太婆。老太婆不僅拒絕繫安全帶，還在車上耍酒瘋，引起全車人的反感。在她憋不住要下車尿尿時，長途大巴士在一車人的默認下不僅沒有停車，反而全速駛向光州。最終老太婆脫下褲子尿在了車內走道上，然後開始了對全車人充滿敵意的謾罵。後來，老太太被安全帶捆綁在座椅上，掙扎一番後暈了過去。其他乘客則若無其事地繼續享受著安靜的旅途，當然他們也被安全帶束縛在座椅上。

「光州民主抗爭」爆發七年後，韓國社會再次掀起了要求民主化的抗爭。當年戒嚴軍隊進駐光州血腥鎮壓了民主抗爭，但是七年之後的民主抗爭浪潮卻是整個韓國底層民眾憤怒的吶喊和反抗。〈為了大家的安全〉正是以這場抗爭浪潮為背景創作的。這部短篇發表於一九八七年，這一年韓國社會經歷了重大的轉折：一月，參加民主化運動的首爾大學學生朴鍾哲被警方拷打致死；六月，走上街頭示威抗議的延世大學學生李韓烈被警方的催淚彈擊中頭部，引發了全國民眾的憤怒聲討，全斗煥獨裁政權不得已發表了「六．二九宣言」，改總統間接選舉制為人民直接選舉，韓國民眾的民主化鬥爭終於獲得了勝利。

汽車抵達光州後，人們泰然自若地下車時，京哲的腦海裡迴蕩著呻吟般的呼喊：「都等一下！誰都別想下車，我們都要在車裡等著。我們不知道那位老太太怎麼樣了，在把老太太送到醫院，聽到她沒事的消息之前，誰也不能下車。因為老太太變成現在這個樣子，是我們每個人的責任！仔細想想吧，我們其實都是一樣的人；不是嗎？」大學生朴鍾哲被拷打致死時，李韓烈被催淚彈射中時，人們的腦海裡曾經爆發出類似的吶喊。換句話說，這篇小說正是為了大家的安全而創作的。小說的開頭就已經暗示了這一點：「孩子啊，一定要照顧好自己，按時吃飯！」這份長途大巴士上的現場報告，如同射向良心的利箭，射向了車內衣冠楚楚、泰然自若的一群民眾，辛辣地批判了韓國社會逐漸走向保守的社會現象。

〈一頭有心事的騾子〉、〈為了超級明星〉、〈空房子〉、〈舞〉、〈大雪紛飛的日子〉均是關注韓國社會在工業化進程中衍生出的種種社會問題的寫實主義小說。這些小說的文學特徵，可以從他後來執導的《生命之詩》、《燃燒烈愛》等電影中找到相似之處。李滄東是一位責任心很強的作家，強烈認同文學的社會作用。他曾經是二十世紀八十年代韓國現實主義作家陣營裡的中堅。他的小說追求一種逼真的寫實，這種真實不只是生動、逼真的敘述，更是苦苦思索現實的真實性（authenticity）結果。他追求的真實性沒有停留在只是提出問題，而是不斷探索解決問題的出路。

李滄東由一位著名的小說家，於不惑之年轉入電影界，一舉成為代表韓國的作家主義導演，也有人稱他為「電影作家」。如果沒有小說家的經歷，就無法形成他的電影敘事。而透過電影，他又突破了小說敘事，進入了小說未能完全實現的領域。這也是他作為「電影作家」獲得成功的主要原因。

chapter one

為了大家的安全

「孩子啊，一定要照顧好自己，按時吃飯！」

老太婆好像要親吻車窗一樣，臉緊貼在玻璃上大聲喊著：「要知道一日三餐才是世上最好的補藥！……你說什麼？哎喲，這可怎麼辦啊！」

老太婆臉上的肌肉抽搐著轉過頭，焦急地衝著坐在窗邊的京哲說：「她剛才說什麼了呀？我耳朵不好，什麼也聽不見啊！」

京哲嘖了嘖嘴，中間隔著那麼厚的車窗，再怎麼喊都只能像啞巴比手語。他本想置身事外，現在卻不得不把視線投向了窗外。距車幾步之遙的地方，女孩正打著手勢喊什麼。透過淺紫色的車窗玻璃，她看起來就像掉進水裡剛被撈出來瑟瑟發抖的小孩子一樣臉色發青。

「還能說什麼啊，讓您路上小心吧。」京哲無可奈何道。

「好，好！你也快回去吧，不用擔心奶奶！」老太婆說著，眼角卻不停地流著淚水。

京哲的上身向後仰倒，因為老太婆使勁貼向車窗，身體幾乎壓在了京哲的胸口上，更難以忍受的是老太婆身上還隱隱散發出像發霉了一般刺鼻的氣味。可是京哲越是向後躲，老太婆的上身越是傾倒過來，最後乾脆厚著臉皮用手拄在京哲的膝上，以支撐全部的體重。

「你看看外面，我孫女在跟您打招呼呢！」老太婆搖了搖京哲的膝蓋。

京哲轉過頭，那女孩還真是在衝他點頭，看到她孩子一般天真無邪的臉，京哲的心裡頓時躥出一股無名火，感覺像是被不懂事的小孩戲弄了一般。然而對方確實什麼都不知道，這更讓他鬱悶了，但他表面上還是擺擺手回了個禮。接著女孩又指著老太婆給京哲做了什麼手勢，大概就是拜託他好好照顧一下吧，京哲也同樣認真點頭表示自己聽懂了。等他意識到自己的臉部肌肉正展露著大度和文質彬彬的微笑時，對自己的一股無名火直衝上來。

車徐徐起步時，老太婆突然喊道：「哎呀呀，瞧我這該死的腦子，這事怎麼忘了！」

她立刻轉向窗外：「孩子啊！回家時打開電鍋看看啊，炕邊的那個！哎喲，她好像聽不見啊，這可怎麼辦吶⋯⋯」

老太婆焦急地用拳頭砸車窗，朝駕駛座不停地喊著：「哎呀怎麼辦啊！這可怎麼辦啊！」車掌小姐投來了非常不耐煩的目光，大巴士走也不是停也不是，在原地猶豫不前。

「老太太，電鍋裡藏著什麼寶貝讓您這麼著急呀？」後面傳來了略帶戲謔的聲音。

「鍋裡放了錢吶，三張一萬塊的啊！哎喲，看來我真到了該進棺材的時候了，這事怎麼還能忘了呢！」老太婆說道。

車裡不知又是誰，模仿著老人的語調大聲說：「老太太，您也真是瞎操心的命，到做飯的時候打開鍋蓋不就見著了嘛，她還能拿電鍋換灶糖吃嗎？！」

車裡的人哄笑起來，笑聲如同出發的信號，車子再次開動了。窗外的女孩追著車揮揮手就不見了。開往光州的高速大巴士在熙熙攘攘的趕車人群中慢慢駛離了首爾客運站。

老太婆又開始念叨：「唉喲喂，那是什麼錢啊，那是可憐的丫頭在吃人不吐骨頭的首爾辛辛苦苦賺的錢呀，三萬塊，不知道要在工廠踩幾天幾夜的縫紉機啊……」

「可是老太太，那麼重要的錢，為什麼偏偏放在電鍋裡了？錢又不會像米一樣越煮越多。」車後搭話的人繼續好奇地問道。

法定假日與週末連在一起，就是人們所謂的「黃金假期」。時臨十月，天氣也好得一塌糊塗，車子出發了，車上的人們都像藏不住開心事的孩子一樣，臉上洋溢著亢奮的笑容。老太婆的訴苦聲，倒像是給這滿溢的歡樂氣氛又添了一把恰到好處的調味料。

「唉，這不是……孫女要給我這老太太買藥錢，我說不要，非要塞給我，我趁她沒注意，就把錢塞電鍋裡了。本來想上車之前告訴她一聲，沒想到……沒想到我這臭記性就給忘了。她那個巴掌大的叫什麼自炊房的出租屋裡，還住著四個臭丫頭呢，哎喲，這錢可別叫別人白撿了去啊……」然而此時車內已經沒有人在意老太婆的三萬塊了。老太婆把臉緊緊貼在車窗上，不停地抱怨著。客車在鱗次櫛比的高樓大廈之間穿梭，撥開擁擠的車輛徐徐向前行駛。

「各位乘客，為了大家的安全，即使有點麻煩，也請每個人都要繫好安全帶。再次提醒您……」

藉著車掌的廣播，京哲不著痕跡地推開了老太婆的身體，但也僅僅是減輕了一些壓在膝蓋上的重量，老太婆的目光仍然一直黏在車窗上。

這時車掌小姐走過來，推了推老太婆的肩膀：「這位奶奶，您怎麼不繫安全帶？」

老太婆聞聲才把目光從車窗外移回來：「你剛才說什麼？」

「我說請您繫上安全帶。」車掌回答。

車掌小姐的短裙下露出年輕女性的光滑肌膚，老太婆直勾勾地上下打量了好一陣子，才慢慢地抬起頭瞟著那雙腿的主人。腿的主人臉上正露出疲倦和不耐煩的表情，跟那雙沒穿絲襪的光鮮圓潤大腿，形成了鮮明對比。

「我才不繫這種東西。」老太婆說道。

「天呀，您怎麼能不繫呢，這是每個人都要繫的。」

老太婆繼續固執：「我就是不繫。要說繫上安全帶，要死的命也能不死，不繫的話，要活的命也會死的話，那我早就死過十二回了。」

「奶奶，您還是繫上吧，據說萬一出事故死了，繫上的能比不繫的多拿不少賠償呢。」後面再次傳來了戲謔的聲音。

一聽這話，老太婆突然轉過頭罵道：「誰的狗嘴那麼賤，啊？咒誰死呢！你拿性命跟錢討價還價嗎？」

說話的人本來訕笑的臉一下子變得驚愕。京哲也被嚇了一跳，難以想像剛才還和孫女鼻涕一把淚一把道別的老人，此時竟會對別人惡語相向。

老太婆又對車掌說：「小姐也別多管閒事了，去做你的工作吧。」

或許是忌憚老太婆的態度，車掌小姐撇了一下嘴走了。

京哲這才重新打量了一下老太婆。本就稀疏的白髮，頭頂像被拔掉了似的露出一片頭皮，皮膚是久經太陽曝曬後的黑紅色，粗糙到讓人完全猜不出實際年齡。衣服好像穿了一輩子都沒換過，破爛得不成樣子，袖口磨得鋥亮，早已看不出原來的顏色。還有身上散發的味道，有點像醃透的蝦醬，又腥又騷，直衝京哲的鼻子，像是執著地提醒他到光州之前要跟這位老太婆坐在一起的事實。

京哲回想起剛到車站的時候，自己彷彿置身於戰場。候車的人們摩肩接踵，謾罵爭吵，只為逃離首爾這個地方。這不禁讓京哲聯想到了*西貢陷落前的歲月。

即便走到光州方向售票窗口前，京哲也沒想好到底是按部長的吩咐去光州採訪，還是趁這個假期回家鄉一趟。家鄉的老父母從去年開始就一直催他回家看看，而光州是某個當紅女演員的出生地，部長派他去那裡挖緋聞。可是京哲現在哪兒都不想去了。京哲的父母累死累活種了大半輩子地，最後還借了很多錢才把他送進大學，現在以為兒子在首爾出人頭地了呢。京哲實在不知道怎麼才能讓他們明白，自己為什麼沒能早點娶個家境好、模樣好的媳婦。而且這金秋十月裡難得的假期，他也不想用在挖掘女演員的黑歷史上。

西貢陷落（Fall Of Saigon），也稱為「430 事件」， 是指北越軍隊於 1975 年 4 月 30 日攻佔南越首都西貢，在這之前，美國外交官員、支援人員、外國人和越南難民集體撤離。本書腳注均為譯者注。

「沒有到光州的票了嗎？」

這時他看到一個二十多歲長相稚嫩的女孩衝窗口問道。

售票員非常不耐煩地用手點了點玻璃窗上貼著的紙，上面寫著「票已售罄」。

「一張票都沒有了嗎？我真的沒別的辦法了……」接著女孩可憐兮兮地說明了自己的情況。然而售票員用「說什麼傻話呢」的眼神瞥了她一眼，沒有理睬她。京哲只是遠遠地欣賞著女孩孩子氣的小臉蛋上楚楚可憐的神色。那女孩像是理解不了眼前的狀況一樣，茫然若失地看著眼前密密麻麻的人群，最後好像死了心，轉身正要離開。京哲的腦海裡突然冒出一個念頭，待回過神的時候他已經叫住了女孩：「小姐，你要去光州嗎？」

女孩被突如其來的問話嚇了一跳，轉過頭像抓住了救命稻草一般使勁地點著頭。

「跟我來吧，我也去光州。」

「可是沒有票啊，售票員說賣完了……」

「沒關係，我去試試。」說著，京哲已經來到了窗口，「你們主任在嗎？」

「主任剛剛出去了，您有什麼事嗎？」售票員答道。

「我是×報社的記者，剛打過電話給您……」

售票員馬上說道：「啊，原來是您呀，一張票對吧？」

「突然多了位朋友一起去，現在需要兩張了，兩張到光州的票。」

如果售票員說只剩一張票了，他就打算跟女孩說聲抱歉了，或者也可以把這張票讓給她，自己直接回老家看父母。結果售票員二話沒說恭敬地遞出了兩張嶄新如剛印出來的車票。

「謝謝您……大叔。」

女孩一副無法相信這麼容易就拿到車票的表情，又激動又開心。這世上沒有比施人恩惠之後受人感激更令人開心的事了，更何況這感激之情還是來自一個年輕女孩。

「看樣子……您是記者嗎？」女孩問道。

京哲點了點頭。雖然是在專門挖女演員緋聞的女性雜誌，記者就是記者。

「啊，車票錢差點忘了，給您……」

「算了，也沒多少錢……」

「哎喲，光是幫我買到車票就已經非常感謝您了……您就拿著吧，大叔。」

「如果你實在過意不去的話，那就……我看看，現在離開車還有三十分鐘，請我喝杯咖啡吧。」

「真的可以請您喝咖啡嗎？」

在走上二樓的茶座時，京哲仔細打量了一下女孩的背影。她上身穿一件鬆垮的襯衫，下面穿著破舊的牛仔褲，有點像大學生又不太像。不管是不是大學生都無所謂，僅以女孩的長相來說，接下來的五個小時裡當他的旅伴毫不遜色。僅僅只是車上的五個小時旅途嗎？進展順利的話，接下來的兩天連休，沒準真就變成名副其實的「黃金假期」了！可是，京哲很快就意識到這只是他的異想天開。跟在女孩後面走進咖啡館時，他看到女孩直接走到咖啡館的角落裡，坐在一個鄉下老太婆的旁邊。

「這是我奶奶。今天回光州的不是我，是我奶奶。今天一定得回光州，剛才買不到車票都快急死了。奶奶身體不好，現在有您這樣一位心地善良的人陪著一起去，我終於可以放心了。」

京哲坐下的瞬間，聽到了女孩的解釋。

「剛才聽我孫女說，」大巴士經過收費口駛入高速公路時，老太婆轉過身跟京哲搭話，「你在報社工作？」

「啊？嗯，是啊。」

「真好啊……」

「好什麼？」

「報社記者，多好啊。這世上最好的職業了，想說什麼就能說什麼，不是嗎？」說著，沖京哲笑了。嗓子裡像堵了濃痰似的沙啞笑聲，讓人聽了渾身不舒服。

老太婆彎腰在腳底下的包袱裡翻騰了一陣子，竟然拿出一瓶燒酒，接著又掏出小塑膠酒杯，看樣子就差開瓶器了。

「唉，想當年我這牙口還好的時候，開這種瓶子都不出聲響。」老太婆好像是故意把「牙口好」說給京哲聽的，結果京哲轉過頭裝作沒聽見。

「喂！小姐，拿個開瓶器過來！」老太婆叫了好幾遍，車掌小姐才拿著開瓶器蹣跚而來。

「哎喲，這是酒嗎？車上不能喝酒的！」車掌用尖銳的嗓音喊道。

「說什麼呢，我喝自己的酒，關別人屁事！」

「您都不考慮一下別人的感受嗎？而且本來長途汽車就是禁止飲酒的，法律就是這麼規定的。」

「法律？我可沒聽說過還有這種法律。再說了，在座的先生們有人因為這老掉牙的老太婆喝點酒說什麼嗎？是不是呀，記者先生？」老太婆回頭看京哲，嘴角又掛上了那令人生厭的笑容。

「老太太喝點酒能喝多少啊，就讓她喝吧……」京哲不得已說。

車掌小姐只好滿臉不樂意地走了。

老太婆心滿意足地對京哲說：「記者先生也來一杯？」說著把塑膠杯遞了過來，京哲擺了擺手表示不喝。

「人活著啊，喝酒才是最大的樂趣。哎喲，那個丫頭一見我喝酒就發火，為了藏這瓶酒，真是害慘了老太婆。」老太婆邊往杯裡倒酒邊說，兩眼放出貪婪的光芒，恨不得一口吞下整瓶酒。

「說起俺家寶貝啊，就是我的寶貝孫女，在一個什麼出口衣服的工廠工作。她爸突然死後，說是給家裡省一副碗筷，初中剛畢業就去首爾吃苦受累到現在啊。可是這丫頭在首爾待了三年，也一點沒變吶。我說她，這麼善良軟弱的，怎麼在這險惡的世上生活啊？她就那麼嘿嘿一笑。」老太婆又往嘴裡連倒了兩杯，酒勁上來了，說話也越來越激動。

「人心呀得狠一點才行。比辣椒還要衝，比蒜還要辣才行。別人想搶我一百塊，我就搶他兩百塊；別人要讓我眼裡流淚，我就讓他眼裡流血才行。可是那個丫頭說不是那樣的，她說世道會變好，善良正直的人會幸福的。」

酒瓶很快空了一半。看老太婆狂飲的模樣，無疑是個十足的酒鬼。不僅瞞著孫女藏酒，還非要在車上喝，怎麼看都非比尋常。

「她長得跟她死去的爸一模一樣。那雙眼睛跟小牛眼睛一樣純真，一丁點壞毛病沒有，太善良了……」

看起來老太婆是到首爾探望在工廠打工的孫女。京哲腦海中浮現出在光州方向售票窗口第一次見到的那個急得團團轉的女孩稚氣的臉龐，那張臉又和京哲正要去調查金琴實的臉漸漸重疊。金琴實是最近剛出道的女演員，以出淤泥而不染的清純玉女形象吸引了大量的人氣。可是最近得到情報，金琴實從高中開始就和男生同居，是個私生活混亂、閱男無數的女人。可以說只要去了她的家鄉，基本就能挖出轟動全娛樂圈的猛料。但是京哲有種毫無來由的不安感，這趟旅途似乎不會一帆風順。從遇到那個女孩開始，或者說從跟這個老太婆同行開始，就有一種一切都開始不對勁的不祥預感。

「你們倆看樣子是要去什麼好地方啊，來，喝一杯吧？」老太婆越過自己的座位問後面的人。後面的兩個人應該是一對情侶，男子不失禮貌地笑著伸出了手，老太婆很是滿意，把酒瓶和裝著煮雞蛋的塑膠袋也遞了過去。

「酒還是要一起喝才有味道啊，酒沒多少，你省著點喝啊，哎呀，下酒菜很是豐盛啊，有一隻雞呢，一隻雞有點多了，你就吃一小塊吧。」

看到對方順從地喝了酒，老太婆來了興致，把塑膠杯扣在瓶口上一手拿著，另一隻手拿著雞蛋就走出了座位，開始向別的乘客勸酒：「您好呀，戴著領帶的這位，看著像個紳士，接我一杯吧！」

「老太太快坐下，您不能在走道上隨便走啊！」車掌小姐喝道。

「嗯……你先別出聲，小姐，雖說這世道沒什麼人情味了，不過大夥坐著一趟車熬到太陽下山也是緣分，別到時候下車了，旁邊人長什麼樣都不知道，大家說是不是啊？」

直到那時候大家還只是覺得這就是個挺好玩的老太婆，雖然土裡土氣還有點犯渾，但這反而給無聊的旅途增添了一絲樂趣。

「老太太，既然都出來了，不如給大家唱首歌吧！」有人打趣道。

「唱什麼沒用的歌，還唱歌，我就看不慣最近的人一堆人湊在一起就要唱歌唱歌的。不過說起唱歌，可沒人能比得上我兒子，一有什麼唱歌比賽，他二話不說就能把獎全都抱回家，他要是走了唱歌這條路啊，那別的歌手都得拎著罐頭空罐要飯去了。」

「哎喲，瞧這老太太還吹起自己孩子了。老話說，誇自個兒孩子的那是傻瓜啊！」

「誇死了的孩子沒事。兒子死了就不是兒子了，是前輩，前輩！這小子先去了陰間就是我的前輩了！我今天站在這裡，不想唱歌，倒是想演講一番，雖說記者先生也坐在這裡……」

老太婆手指著京哲。京哲轉過頭避開眾人的視線。他實在不清楚老太婆張口一句閉口一句「記者先生」是什麼意思，甚至開始擔心老太婆接下來還會說什麼荒唐的話。

「我最羨慕當記者的了，就是那些在電視上拿著話筒說個不停的人，如果把話筒給我的話，我肯定能說好多話。不當記者也行，不是有那些推著小車拿著喇叭喊『賣地瓜嘍』、『賣大蒜嘍』的人嘛，賣不出去東西也沒事，只要讓我抓著話筒整天在巷子裡轉悠，把想說的話說個暢快，就再沒別的想法了喲。」

老太婆一邊嘮叨一邊在走道上來回溜躂，繼續找人喝酒。又怕給多了，只給別人倒一個杯底。

「喝了我敬的酒也給我敬一杯，禮尚往來嘛。」

推杯換盞間，老太婆有時還強行和乘客搭話：「看你們倆像一起的，是什麼關係呀？看年紀也不像一對啊。」

「呵呵，真是的，什麼都打聽啊，別問不該問的。」被搭話的男子冷冷地說。

「問一下怎麼了？不是也有同行人的說法嘛。難不成有什麼見不得人的事？」

老太婆話剛說完，就有乘客哧哧地笑了。坐在男人旁邊的女子看樣子只有二十多歲，而男子卻已經禿頂，下巴肥厚，看起來至少五十多歲了。只見男子對老太婆低聲說了什麼，老太婆卻故意似的抬高嗓門說：「你說你是和公司的女員工出差的？那可真是辛苦了喲，不過你倆出差為什麼穿這種衣服啊？」

車內的哄笑聲更大了。可不是嘛，說是出差，兩個人卻穿著花俏的登山服。那男子氣得油光光的大額頭都漲紅了，卻也沒再反駁。老太婆繼續在座位間穿梭，能喝酒的喝酒，喝不了的就免不了被捉弄一下。

「孩子，長得可真俊啊，來，給你吃這個。」

這是一個四五歲的小女孩，一頭染了淺黃色的捲髮，和媽媽坐在一旁。孩子沒有馬上接過，而是小心翼翼地看了看媽媽的臉色。

「給，奶奶手臂都酸了，快拿著。大人給你什麼，說聲『謝謝』拿著就對了。」

「謝謝……」

「好，好，哎喲，這孩子真乖，吃慢點啊。」

「媽媽！你做什麼……」老太婆剛轉過身就聽到孩子的驚呼聲，隨後聽到孩子媽媽略為刻薄的嗓音：「哎呀，這孩子怎麼不拿好啊，奶奶白給你了。」不知道發生了什麼，雞蛋從孩子手裡掉了下來，在車裡滾來滾去。

「哎喲喂，這可惜的……」老太婆追著撿起了雞蛋，用裙角擦了擦又遞給了那孩子，「沒事，孩子，奶奶給你擦乾淨了。」

孩子媽媽頓時瞪起了眼睛：「這都掉地上了還怎麼給孩子吃啊？雖然可惜了，您還是扔了吧。」

「扔了？好好的雞蛋怎麼能扔呢？孩子，那你吃這個，雖然奶奶咬了一口，還是乾淨的。」這次老太婆又拿出一個雞蛋要給孩子。那女人終於忍無可忍地叫了出來：「老太太你怎麼跟我家孩子沒完啦？哎喲，真受不了。」

「什麼？受不了？我還受不了了呢。孩子想吃你為什麼不讓他吃？這也是吃的東西，哪有你這樣的。來，孩子你吃。」

老太婆非要塞給孩子一個雞蛋才肯挪地方。剛開始人們還像看好戲一樣附和著笑，漸漸大家都覺得老太婆有點過分，車內的歡樂氣氛也因為這一段插曲而蕩然無存了。情人之間本可互敘情誼，獨自旅行的人也可以欣賞窗外風景，或者看看車頂上掛著的小電視，結果老太婆一直在旁邊走來走去，吵吵鬧鬧，擾得大家不得安寧。怎麼說呢，老太婆像是故意不讓大家享受旅行的安逸。

京哲忽然想起，臨走前老太婆的孫女曾說過「我奶奶身體不好，她自己回去我很擔心……」，老太婆看起來好端端的，會不會是腦子有什麼問題？

「記者先生，抱歉得麻煩你一下了……」車駛入休息區後，京哲剛走下車，身後就傳來老太婆的聲音，「我得去趟廁所，不知道廁所在哪啊。」

「您跟我來吧，奶奶。」

「唉喲，這天一點雲彩都沒有，太陽光這麼足啊，這種天氣就應該在地裡全力割稻子嘛。」

跟老太婆所說的一樣，秋天的太陽確實很耀眼，休息區裡熙熙攘攘的人並沒有閒暇欣賞這秋日的陽光，都在一窩蜂地尋找廁所和吃飯的地方。

「記者先生啊，等我上完出來，你再順便帶我回去吧。車都長得一樣，我找不著啊。」走到廁所門口時老太婆說道，「可能時間要久一點，便祕，我能相信的人只有記者先生你了。」然後又是那個令人生厭的笑容。

京哲上了廁所，又去自動販賣機買了杯咖啡，直到喝完老太婆也沒有出現。休息時間一點一點變少，京哲守在廁所門口等啊等，幾次都有扔下老太婆一走了之的衝動。那樣的話老太婆找車的時候就有苦頭吃了，說不定會被永遠留在休息站……這時，休息區響起了找人的廣播，催促前往光州的乘客趕緊上車。無疑就是在找京哲和老太婆了。京哲開始焦躁不安，不是因為有可能錯過汽車，而是快要忍不住當場拋下老太婆的衝動了。時間不停地流逝，廣播裡不停傳來呼喚，京哲看到遠處大巴士已經啟動了，車掌站在車門口伸長脖子向外看，應該是在找他們兩個。不能再等了，京哲正要起身衝刺，身後傳來老太婆的聲音：「喂！記者先生，自己走怎麼行啊，也帶著我走啊！」只見老太婆正不慌不忙地從廁所裡走出來。

「您怎麼才出來啊？車都要開了！」京哲著急地說。

「我不是說了我有便祕嘛，你都不知道我在裡面多擔心你扔下我走呢！」老太婆嘿嘿笑著，露出了幾顆稀疏的牙齒，京哲都有點懷疑她是不是故意磨磨蹭蹭，只為了考驗他到底會不會扔下她。雖然這種懷疑毫無道理，但是老太婆毫無愧疚的樣子讓他十分惱火。

看到他們走過來，車急匆匆地挪動起來，京哲快跑兩步跳上車，後面的老太婆對車掌小姐冒火的目光視若無睹，火上澆油一般念叨：「哎喲，累死我了，著什麼急啊，也不讓人舒舒服服地方便一下。」

離開休息區後車內才漸漸安靜下來。不知道老太婆是不是喝多了，很快就睡了過去。離開首爾後的第一次平靜，京哲欣賞著車窗外單調的景色。透明的陽光照射下來，撫摸著韓國低矮的小山和丘陵。想閉上眼睛睡一會，但神經反而越來越緊繃起來，也許是因為老太婆身上發出的腐臭味。京哲覺得好像在哪裡聞到過這種味道，像騷味，也像是某種醃魚發出的臭腥味，這味道提示著埋藏在他腦海深處的某個味道，但他怎麼也想不起來那究竟是什麼。他轉過頭看了看咧著嘴睡得很香的老太婆，心底又沒來由地泛起了不安，這種焦慮和那股似曾相識卻怎麼也想不起來的味道一起，擾得他心神不寧。

老太婆醒來已經是從休息區出來一個多小時之後了。醒了之後好像哪裡不舒服，身子不停地扭來扭去。

「喂，小姐！過來一下。」老太婆叫道。

「又怎麼了？」跟老太婆著急的神態相反，車掌小姐只是坐在原處，探出一個腦袋面無表情地問。

老太婆急道：「我想上廁所，怎麼辦啊？」

「您說什麼？」車掌小姐像是沒聽清楚。

「我說我想尿尿！憋了好久了現在憋不住了，你快和司機說一下，停下車，好吧？」應該是真的很急，老太婆說完就歪歪斜斜地向車前走去，看樣子就要開門下車了。

「哎哎，您這是做什麼呢，真是，快坐下。這裡是高速公路，高速公路您知道嗎？不能隨便停車！」

「高速公路怎麼就不能停車了？我都快憋死了。」

「不行就是不行，再說也不能因為你這老太太一個人，耽誤所有乘客的時間啊，坐那再忍忍吧。」

「不是，這哪是能忍的事啊，就算是大力神尿急了他也憋不住啊，小姐你從不尿尿嗎？司機先生也不尿尿嗎？」

車掌小姐不知如何是好地看向司機，可司機還是一直看著前面，不置可否。

「哎喲，要瘋了……我說小姐，求求你了，停一下車吧，啊？拜託你了，就停一會兒，我上完就回來，就一小會兒！」

「喂，車掌小姐，」京哲伸長脖子說話了，雖然極不願意摻和進去，但是老太婆一直用「只有記者先生能幫我了」的眼神望著他，他才不得已站出來，對車掌說：「跟司機大叔說說，停一下吧，老太太看起來真的挺急的，就小停一會兒，別的乘客也會理解的。」

「說什麼呢，我不同意。」前面傳來陰沉的嗓音，原來是那個聲稱和女員工出差的禿頭男子。

「乘客一想去廁所就在高速上停車，這到底是哪個國家的風氣啊，這種老太婆就該嘗點苦頭，前幾次想著尊老敬老我都忍了，難得放假的好心情也全都給毀了。就是總有這樣的人，老人才不討人喜歡啊……」

老太婆沒有接話，像是在用全身的力氣去抵抗尿意，臉漲得通紅，不停地扭著屁股，像一種怪異的舞步。車掌小姐再次不知所措地望向司機，京哲這時才從後視鏡裡看到司機終於動了動嘴，對車掌說了什麼。

不清楚他說了什麼，車掌小姐捂著嘴偷笑，過了好一陣子才回過頭來說：「奶奶，本來如果只有一位乘客想去廁所，是不給停車的，要不這樣吧……」

「哎喲喂，怎麼廢話那麼多，我這膀胱都要爆炸了……」

「所以我是想說，如果有五位以上的乘客想去廁所的話，我們就停車，否則您只能忍一忍了。」說完再次向乘客們大聲地重複了一遍。

京哲環視了一圈周圍的乘客，大家都在關注著這件事，但是沒有人馬上做出反應。看起來他們並不在意老太婆的窘境，反而津津有味地想看事件如何收場。

「我也去廁所。」京哲舉起了手。

車掌小姐不動聲色地繼續問：「還有嗎？」老太婆還在痛苦地忍著，雙手捂著小腹，向乘客投來哀求的眼神。

「車掌小姐！我，我也去。」一個青年突然站起來大聲說，臉漲得通紅。這位大學生模樣的青年長得有點老成，看起來孱弱又老實，當他意識到全車人都在看他的時候，臉一下子紅到了脖子根，提高嗓門大聲說：「到底是為什麼啊，停一下車又沒有多麻煩，我們這樣對待那位奶奶，就像在拷……拷問她一樣啊。」

「喂，我說年輕人……」粗壯的聲音打斷了青年，「你只是要下車的三個人中的一個，你沒有權利對我們指手劃腳的，明白嗎？」比起青年人，禿頭男子的聲音無比沉著。

青年本來還想說什麼，聽了這話頓時安靜下來。車依舊飛馳，沒有人再舉手了。時間一點一點地流逝，老太婆像是快到極限了，扭動的幅度越來越大，那些看熱鬧不怕事鬧大的乘客們好像還覺得很有趣，甚至有人公然笑出了聲。大家好像都十分期待這齣戲的結局，至少京哲是這麼感覺的。

「真是要瘋了！」老太婆不知是哭還是笑，扭曲的嘴裡冒出這句話。老太婆連腰都直不起來，蹲在地上像鴨子一樣艱難地挪動著腳步。突然，她一下子站起來跑向那個黃頭髮的小女孩：「丫頭，你是不是想噓噓，啊？是不是想噓噓？」

「媽呀，孩子好好的，你做什麼啊？」女人抱緊了孩子喊道。

老太婆看著眾人，眼裡充滿了絕望，就像一頭死到臨頭的可憐的困獸一樣。不，那眼神只是一瞬間的感覺，京哲發現老太婆的目光變了，不由得心裡一顫。老太婆跟所有絕望的野獸一樣，目光裡充滿了可怕的敵意。

「媽呀，這老太太真的瘋了吧！」車掌小姐突然尖叫起來。

乘客們這才弄明白老太婆在做什麼。老太婆正蹲在座位之間的走道上，拉下大內褲在小便，臉上一副無比暢快滿足的表情。走道上蒸騰著刺鼻氣味的液體四處流淌，車掌小姐似乎無法相信這就是人類的排泄物。發甜的騷臭味充斥了密閉的車廂。

「天啊，天啊，我要瘋了，怎麼會這樣……」又傳來了孩子媽媽近乎悲鳴的聲音。

人們都捂著鼻子發出抗議，只有老太婆還在那裡旁若無人地享受解脫的快感。一直蹲到不耐煩的時候，老太婆才慢悠悠地站起來，挺直了腰，故意似的慢慢提上褲子。整理好衣服後，張口就來了一句：「剛才哪些個狗崽子亂汪汪來著？」

有人忍不住笑出了聲。因為老太婆的叫罵聲聽起來是那麼理直氣壯。

「唉，這幫小老鼠們……」

老太婆後來說的話更難聽，但是人們似乎沒意識到那是在罵自己，還有人一直在哧哧地笑。

「我早知道，你們這群混蛋一點人情味都沒有，別人是死是活，你們眼皮都不會眨一下！」

京哲開始懷疑老太婆是不是精神失常了。她的嗓音一反常態地粗糲、顫抖。

「你們這些傢伙都是些什麼東西！你們還算是人嗎？穿個西裝繫個領帶就能叫人了？」

現在已經沒有人笑得出來了，老太婆用手指一個個地指著乘客們，像是要戳破他們的腦袋。

「你們，就是你們，就是你們這群傢伙害死了我的兒子啊。知道我家孩子是怎麼死的嗎？呵，你們肯定早就忘了吧，我可是一直都記在心裡，一分一秒都沒忘記過啊，哎喲喂，想讓我忘了，門兒都沒有！我兒子埋在土裡也不肯闔眼啊，他太委屈了才屍骨不爛啊，都是你們害的！要不是你們，他怎麼會死！」

老太婆模糊不清的言語，像是從喉嚨深處傳出的嗚咽。乘客們不知道為什麼老太婆突然提起兒子，更不明白她兒子到底是怎麼死的。

「王八蛋們，倒是說話啊，怎麼都成啞巴了？說啊，你們對我那可憐的兒子做了什麼！」看到大家都閉口不言，老太婆更加歇斯底里了。京哲看到老太婆的眼裡已經布滿了血絲。

「唉喲，慘啊，我的孩子真慘啊。就他弄得這麼可憐，就他被騙了啊。我那善良的兒子本來就不會懷疑別人，以為別人的心都跟他自個兒的一樣，可就被你們騙了！我孩兒啊，哎喲，我可憐的東西，跟牛一樣憨實，跟羊一樣溫順，沒像你們吃好的穿好的出人頭地，可從小就沒給別人添過一丁點麻煩。這麼好的兒子啊，也不知道碰到什麼鬼了，跟我說『媽，人們的力量很強大，人們真的太了不起了，我現在才知道人們是這麼堅強和可靠，覺得人們都是一個肚子裡生出來的兄弟，一見到就想擁抱』，還說什麼好日子要到了，高興得連洗衣店的工作都不要了，說『媽，現在重要的不是吃飽肚子，有更重要的事等我去做呢』。可是你們是怎麼對他的？你們還是人嗎？哼，去死吧，嘴上淨說好聽的，心裡根本就不管別人死活，只顧自己撈好處。哼哼，該死的傢伙們，沒心沒肺不要臉的傢伙們，連老鼠都不如的小兔崽子，臭蟲一樣的東西，又髒又壞的傢伙們。」

老太婆像是無法抑制激湧上來的話語，一股腦兒全都吐出來後精疲力竭地喘著大氣。

根本無法揣測老太婆的這番話到底要表達什麼意思。說是內心深處積蓄已久的衝動爆發出的嘔吐更恰當。如果說是嘔吐，那坐在座位上的乘客們都被噴濺了嘔吐物。可奇怪的是乘客們依然沒有任何反應，車內一時間籠罩在沉重的氣氛裡。

就像一直在等待這個時機似的，一個三十多歲的男子慢悠悠地站出來。身材魁梧，木訥的臉使他乍看起來有些純樸。他淡定地走近老太婆，伸出雙臂把她攔腰抱起來。老太婆用力蹬腿想掙脫出來，卻顯得力不從心。

「哎呀，這傢伙抓人啦，這混蛋臭流氓抓人了啊！」

不過在其他乘客看來，男子並不是在施暴，反而顯出一股俠氣。男子把老太婆毫不費力地放在座位上，然後把安全帶的中間部分打了個結，縮短了長度之後扣緊了。安全帶繫得非常緊，老太婆連手臂都抽不出來。男子的動作太熟練了，甚至讓人懷疑他是不是專門做這行的。

老太婆被那柔韌的皮帶捆綁——是的，是捆綁——在座位上了。她仍然不停地掙扎，叫喊，就像一頭落入陷阱想拚死掙脫的野獸。

「記者先生，幫我解開吧，求求你幫我解開吧！」老太婆突然又轉向京哲，大口喘著大氣，脖子通紅，青筋暴起。「記者先生啊，這裡只有你能救我了，記者先生不是知道我的苦衷嗎，求求你幫我解開吧！」

京哲看了一眼車內的人，都是一種終於可以安心看電視了的神態，身子陷進椅子，再也沒人注意這裡了。不過想想也是，這一路因為這個老太婆，別說享受旅行了，連個安靜的時間都沒有。再說，車上的人又何嘗不是都被「綁」在這裡，為什麼唯獨只有老太婆忍受不了呢？京哲無法理解。

「老太太，您再忍一會吧，快到地方了。」京哲說。

老太婆看起來不只是難以忍受的程度，兩眼直翻白，似乎隨時都可能停止呼吸。

「我就知道會這樣。你們都是一樣的混蛋，就是想害死我，想把我勒死！」老太婆還是不停地喊叫掙扎。但是那些發作般的喊叫聲，如同拳頭砸在厚重的牆壁上一樣，在車內徒然迴蕩著，逐漸衰弱下來。

「幫我解開，幫幫我……哎喲，喘不上氣了，哎喲，我的胸口啊……」老太婆大口地喘息著，艱難地吐出幾個字。

「哎喲，上帝啊……」

這可能是車上的人能聽清楚的最後一句呼喊了。

隨後傳來一陣奇怪的呻吟聲，京哲後來過了很久都無法忘記那刻骨銘心的呻吟聲。聽上去就好像是打了個長嗝，又像哭了很久後筋疲力盡的孩子抽噎聲，不，又不像是人的聲音，而是遭到屠殺的獵物垂死之際從喉嚨深處發出的低吼。那聲音聽起來太悽慘，以至於連京哲都在懷疑，這或許是老太婆為博取同情而進行的表演吧。以這一段聲音為節點，老太婆忽然間安靜了，那一瞬間京哲忽然感到一股奇怪的寒意。老太婆張著嘴，眼睛半閉半睜，他伸手搖了搖老太婆，老太婆的頭就像要倒向京哲的懷裡似的傾斜下來。京哲下意識地大叫：「停，停車！快停車！」

從後視鏡可以看到司機的墨鏡。車掌小姐站起來問：「怎麼了？」

「快讓車停一下，這老太太……有點不對勁。」

車掌小姐沒有馬上過來，有點不安地看了司機一眼。司機終於開始減速，把車停在路邊，站起身來。

「到底什麼事啊？」司機邊摘墨鏡邊說。

這是離開首爾後，乘客第一次看到司機的真面目。一張經歷著過重工作和生活之苦的臉，在這片土地上最常見的韓國人的臉。

「該死，真是沒完沒了。」司機一邊往這邊走一邊不耐煩地說。來到老太婆身邊後，也沒敢伸出手去碰。

「車上有醫生嗎？」司機問車上的乘客，卻沒有人回答。這時，一個青年猶猶豫豫地站了起來。

「我不是正式的醫生……是醫大的學生。」

正是老太婆要下車尿尿時，自願舉手支持過的青年。青年用明顯生疏的手法翻開老太婆的眼皮看了看，又把手放在老太婆的胸口上探了探，折騰了好長時間才直起腰，用顫抖的聲音說：「好，好像——還沒死。」

車上的女乘客發出短促的尖叫，好像老太婆真的死了一般。

「媽的……」司機啐了一口。

有幾個人湊過來隔著肩膀打量了幾下，又是那個禿頭男子發了話：「這可真是太讓人無言了，唉喲，怎麼就突然這樣了？」

「嗯……可能是太激動，導致昏厥了。」青年滿頭大汗，結結巴巴地說，「這只是我的推測，這位老奶奶也可能是癲癇犯了，看她剛剛過度興奮，和癲癇發作前的症狀有點像……也有可能原來就有別的疾病，現在我只能知道這些了。」

聽了青年的診斷，周圍人都是一副懷疑的表情。司機也不知該如何是好，滿臉疲憊地埋怨道：「真是的，人家不要，為什麼非給她繫上啊……」

「說的什麼話啊，那只是安全帶啊，一條普普通通的安全帶而已，你聽說過誰繫上安全帶會發病嗎？」禿頭男子反駁道。

可能知道再吵下去也無濟於事，兩個人都不吭聲了。

「喂，我們要等到什麼時候啊？快開車吧，到地方了才能考慮送不送醫院啊。」抱著黃頭髮小孩的媽媽有點神經質地說。這時人們才開始回到自己的座位，司機也回到駕駛座戴上墨鏡，啟動了汽車。

突然，車內響起了嘹喨的哭聲，聲音震耳欲聾，原來是那個淺黃色捲髮的小女孩。「孩子，哭什麼呀？別哭了，沒事的。」小女孩像是被嚇到了，那女人越哄孩子哭得越凶。車上沒有人說話，都在默默地聽孩子的哭鬧聲。

京哲看了看手錶，不知不覺已經快到終點光州了。可是對於京哲來說，這次難熬又痛苦的旅行一點也不像要結束的樣子。他的腦海裡浮現出兩張面孔，一張是在售票窗口見到的老太婆孫女，一張是他正要去採訪的女演員。兩張毫無關聯的臉，像是從兩邊一步步推他進陷阱。他有些害怕，甚至都不敢直視老太婆的臉，只好闔起雙眼，努力要想起老太婆身上那種熟悉的味道到底是什麼。冥冥中他覺得，那個答案才是唯一可以救贖他的方法。但是那種味道一直盤旋在腦海裡，每到呼之欲出時就倏忽不見了。

汽車剛一抵達光州站，乘客們就迅速地站起來。跟所有結束漫長車程的人一樣，大家都想儘快下車。京哲覺得自己應該搶先衝到車門口，堵住車門不讓乘客下車。

「都等一下！誰都別想下車，我們都要在車裡等著。我們不知道那位老太太怎麼樣了，在把老太太送到醫院，聽到她沒事的消息之前，誰也不能下車。因為老太太變成現在這個樣子，是我們每個人的責任！仔細想想吧，我們其實都是一樣的人，不是嗎？」

然而這慷慨激昂的演說只是在腦海裡轉了一圈，等京哲意識到的時候，他已經夾在人群裡面下車了。跟首爾一樣，這裡的人也很多。行色匆忙的人們，不知從哪裡來，也不知往哪裡去。有人哭鬧著，也有人大笑著。他看著人群一時間竟不知道自己該何去何從。

京哲茫然若失地站在原地，被身邊走過的人撞了一下肩膀。恍然間，他一下子想起了那個答案。那種味道是什麼，為什麼自己會如此熟悉，一下子都想起來了。他轉身就向剛才的客車飛奔而去。

可是當他跑上車的時候，只有黑色的安全帶靜靜躺在座位上，像老太婆蛻下的皮，而那個老太婆卻像人間蒸發了一樣，哪裡都找不到了。

（原載《〈創作和批評〉社新作小説集》，一九八七年）

火與灰

chapter two

火與灰

那天是星期六。天空久違地展現出五月特有的明朗。這一天，蠶室棒球場正在舉行海陀虎與OB熊的週末比賽，街道上催淚彈煙氣仍然沒有散去，在野黨正不顧與警察發生衝突的危險，在仁川舉行「改憲」大會。這一天，也是自焚抗議的兩名首爾大學生因全身燒傷在生死之間徘徊的第五天。那天我結束週六上午的課程，去市場買花。

陰暗狹窄的市場小巷裡擁擠著許多破舊的餐館。剛一進去，排列整齊露出渾圓腳趾頭的豬蹄，像剛洗了個澡一樣白白淨淨地微笑著的烀豬頭，還有油膩黑亮的牛肥腸映入我的眼簾。還有豬肉味、油炸食品刺鼻的食用油味道，不斷刺激著我空蕩蕩的胃，令我不得不努力抑制嘔吐。

已經下午三點多了，我還沒吃午餐。別說是午餐，算得上吃過的食物就只有勉強喝下的一杯柳橙汁，還是在學校福利社裡擠在孩子們中間買的。兩天前嗓子開始無緣無故地發炎，嚥不下東西。不僅僅是嗓子發炎，眼睛也變得通紅，應該是得了眼疾。但是我覺得這種身體疼痛似乎是我應該承受的某種季節病，甚至沒有產生過去醫院的想法。

花店在市場小巷的深處，擠在年糕店和小菜鋪中間。因為採光不好，所以白天也開著日光燈，鮮花像商場隨處陳列的假花一樣沒有生氣。

「您要找什麼花？」老闆娘問道。

環顧著緊緊擠在小店裡的鮮花，竟然驚訝地發現我什麼花都不認識。別說是花名，我到現在從沒買過花，準確地說我並不知道花在人類生活中扮演著什麼角色。

我一個個指過去問，老闆娘逐一告訴我，滿天星、石竹、繡球、美人蕉、風信子，之後有點抱歉地說：「最近花價好像因為落塵漲了不少。」

「落塵？」

「就是天上的輻射變成灰落下來。」

啊，落塵。我看了一眼戴著厚鏡片、看起來體弱多病的老闆娘。近日來，電視新聞和報紙都在討論蘇聯的車諾比核電廠事故。說是車諾比恐怖的輻射可能會隨著氣流飄到朝鮮半島的上空。但是韓國花價因此上漲也著實讓人難以接受。

「不過最近是旺季，花價也貴。下周不是有雙親節嘛。」老闆娘補充道。

仔細一看，店裡果然擺著許多火紅的康乃馨。康乃馨我是認識的。我從燃燒般火紅的康乃馨中抽出一把。花苞像新生兒握住的拳頭一樣緊緊攥在一起，但仍有微弱的香氣掠過鼻尖。一瞬間，我感覺到從胸膛深處蔓延開來的刀割般尖銳的疼痛。

一年前的今天，孩子手裡握的就是一束康乃馨。那天，孩子跟著妻子一起去市場，似乎纏著妻子買了路邊地攤上的康乃馨。在回家的巷子裡，二點五噸重的卡車壓倒他的瞬間，孩子柔嫩的小手裡一直緊握著那束康乃馨。我接到電話趕到急救室門口時，眼睛紅腫的妻子在走廊裡一邊哭，手裡一邊死死抓著那束康乃馨，如同握著一件絕對不能丟掉的東西。

「您要康乃馨嗎？」老闆娘問道。

我請老闆娘包了一把康乃馨和滿天星，還有一把石竹。

「給我已經綻放的吧。」看到老闆娘專挑花苞，我對她說道。

「要想插瓶裡養的話，這種花苞更好。盛開的花很快就會枯萎的。」

「沒關係，不是插在瓶裡的。」

我看著女人用乾瘦發青的手仔細包裹花束。

「因為落塵花都死了，怎麼辦啊！」老闆娘把白色薄紙包著的花束遞給我，說道。

「那您這生意就做不成了！」

我的答案聽起來似乎很沒意思，一直到我付完錢走出店門時，老闆娘臉上仍是一副賭氣的表情。

我手裡握著花束，再次穿過熙熙攘攘的人群，從刺鼻的油炸味、煮豬肉的氣味中走出來。

老闆娘雖然在擔心輻射落塵會使地上所有的鮮花凋謝，她卻不知道在春天裡怒放的一束鮮花的殘忍。不僅是鮮花，一切擁有生命的生物都很殘忍。在過去的一年裡，這種想法一直困擾著我。一個孩子死了，而這個世界裡卻找不到任何痕跡。四季依舊更迭，又一個春天開始了，陽光又開始發燒一樣溫暖起來，從教室的窗戶向外看，花粉像是從彈棉機裡篩出來的棉塵一樣，白花花地瀰漫在運動場上。還有吹到眼睛裡熱辣辣的空氣。聞到這種讓人突然間迸發出噴嚏的混雜著催淚彈味道的空氣時，我明白又一個令人無比厭煩的五月來了，這個念頭令我禁不住打了個寒顫。

我走到大街上準備叫車。街道上車流如川，卻沒見到空車。我跨進了車道揮手攔車，一邊卻在猶豫要不要打個電話回家。其實打了電話也不知道要說什麼。妻子為了辦追悼禮拜，肯定會請教會的人到家裡。可能現在已經聚集在家裡了。

「今天早點回來。」早上出門時，妻子對我說，「教會的牧師答應要來了。約好了五點鐘開始做禮拜，你不要遲到啊。」跟往常一樣，妻子避開我的視線，用低沉沙啞的嗓音說道。「不是說了別再弄這些事了嗎？」我提高了嗓音。妻子直視著我，我看見她的眼眶瞬間紅了。「到底為什麼呢？我真的不明白為什麼你一定要反對呢？」「讓今天就跟平常一樣過去吧。禮拜什麼的都很幼稚，沒什麼用。」「不對！我堅信那孩子會永生和復活，只要我們不忘記他，不停地為他祈禱。」雖然聲音有些顫抖，妻子望著我的表情卻十分堅決。「不管怎樣，打電話取消吧！反正五點鐘我不會回來的。」我一轉身走出了家門。身後傳來了鐵門關上時的碰撞聲。走在從頂層五樓到一樓的漫長樓梯上，我對這看不到盡頭的沙漠般日子深感絕望。

永生和復活。每每聽到這種說辭時，我都無比憤怒。因為我實在無法接受居然用這種方式去解釋和撫慰一個孩子的死亡。如果真能給一個三歲孩子的死準備永生和復活，那麼為什麼要放任他的死亡？難道，一個剛剛開始觀察和學習這個世界的天真無邪的孩子，他的突然死亡還藏著某種法則和天意嗎？但是妻子卻固執地深陷其中，忽然間比迷信的人更加虔誠地出入過去從未去過的教堂，試圖用讚美歌和祈禱來戰勝痛苦。我不相信妻子能從中得到救贖，也不知道能使她擺脫痛苦的其他方法。過去的一年，即使在睡覺時我們也努力不觸碰到對方，就好像一旦觸碰到對方身體，痛苦也會傳遞給對方。她總是背過身去小聲祈禱或是低聲抽泣。而我只能努力假裝什麼也沒有聽到。

「去漢江吧。」

「漢江哪裡？」計程車司機來回打量著我的臉和手裡的花束問道。

「您知道漢江邊上哪裡能坐船嗎？」

「坐船？」

「去年去過一次，記不太清了。能坐船，好像是一處小園林。」

「這麼說上哪兒去找啊。得說出準確的地名！」計程車司機不耐煩地說道。他斜歪著頭，似乎在說「你自己看著辦」。看著他曬得黝黑的後頸，我察覺到了尷尬，這才意識到出發過於倉促了。我開始回憶一年前某一天的風景，可是那天的記憶已經模糊不清了。那個春天不同尋常地陰雨連綿，淋濕了長長的河堤。河堤上有許多沿河而建的隧道式涵洞，走過去之後，就排列著許多又能租船又賣酒和辣魚湯的簡陋小店。我的腦海裡浮現出那天因為下雨而顯得蕭條冷清的遊園風景，江邊鬱鬱蔥蔥的雜草，還有漢江渾濁的浪花和對岸像舞台布景一般虛幻的高樓群，但是怎麼能跟司機說這些線索呢。那天我和妻子租船划到了江心，將孩子的骨灰撒進滾滾江水。可奇怪的是，那天的記憶像是噩夢中的場景一樣，或者像撕碎的照片一樣，都是無法拼湊的片斷。從碧蹄火葬場回到市內走下靈柩車後，坐計程車去那個遊園的路上，令人窒息的痛苦和絕望淹沒了我，甚至不清楚自己去了哪裡。最後我只能走下計程車了。

悵然若失地望了一會兒灑滿街道的陽光，我開始移步尋找公用電話亭。我突然想起那天有位朋友一直跟著忙前忙後，想來他應該知道那地點。

「臭小子，去那兒做什麼？」

朋友剛好在公司。我話一落，他就大聲數落我。我說：「今天是孩子的忌日。」

「是嗎？時間過得真快呀。那你應該早點回家安慰安慰弟妹，去那兒做什麼？」

「你就說到底是哪兒吧！」

「嗯，這樣，你來找我吧！在我忘了你長什麼樣之前，讓我看看你的熊樣兒。反正見到你之前我不會說。在我們公司樓下的咖啡店見吧！需要多長時間？三十分鐘？二十分鐘？OK，二十分鐘我準時下樓。」

掛掉電話我看了一下錶，快四點了。下午四點，正是那孩子被送往醫院的時間。看著樹葉上跳躍的陽光，我的心臟突然開始突突地狂跳，彷彿突然間聽到妻子驚恐的聲音。「怎麼辦啊，墨宇出車禍送醫院了……大夫說沒希望了。這可怎麼辦呢？」我一時辨認不出夾雜著哭聲的沙啞嗓音，就是妻子的聲音。後來妻子的聲音不時像幻聽一樣迴響在我耳邊，同時帶來胸口如刀割般無法忍受的刺痛……

乘計程車趕往醫院的路上，我希望這只是一個夢。也希望妻子「沒希望了」這句話，只是我一時的錯覺。可令人難以置信的是，它竟然是千真萬確而且無法扭轉的現實。衝進醫院時，妻子正站在急救室門口，頭抵著牆一邊哭泣，一邊像掉了魂一樣反覆嘟囔：「怎麼辦啊……」我推開急救室的門走進去，失去意識的孩子躺在冰冷的鐵床上，四五名年輕醫生圍在他身邊什麼也沒有做，好像只是在等著他嚥氣。很奇怪，除了右太陽穴黑黑的瘀血，他身上看起來沒有任何外傷，就像用我非常熟悉的姿勢睡著了。「請出去！這裡不能隨便進！喂，護士！怎麼讓他進來了！」不知道誰扯著脖子喊了一聲，接著其他醫生把我推向外面。「我們一定會盡全力搶救，不要太激動，請出去等吧。」可我卻癱坐在原地。那一瞬間，我突然覺得我應該禱告了。之前我從未禱告過，也不相信它的力量。但是那時為了抓住這根微弱的稻草，我懷著絕望的心情跪伏在水泥地上，合起了雙手。請求上帝原諒我沒有相信祂的存在，我會懺悔所有的過錯，請求祂救活我的孩子。我又說了很多很多的話。我越是禱告，就越堅信真有一個全知全能者的存在，可以左右孩子的生死。所以我又擔心我的禱告不夠充分，需要提供能夠讓祂相信的擔保，要讓祂對我的祈禱感興趣。所以我又祈禱，如果我罪孽深重，請留下我的孩子，把我帶走。我發誓如果可以替孩子，我心甘情願交出生命。不知過了多久，在我跪在水泥地上祈禱的時候，忽然有人拍了拍我的肩膀。穿著白大袍的年輕醫生看著我說：「孩子走了。」

抵達報社樓下的咖啡店時，朋友已經到了。

「哪兒冒出來的花？這亂糟糟的世上還有人拿著花四處走，作家就是不一樣。」

沒等我坐下，這傢伙就開始胡說八道。他出於同窗情誼叫我作家，但我勉強過了「新春文藝」這道門檻後，再無一篇像樣的作品問世。所以這話聽起來有種被戲謔的感覺。

「別老叫我作家作家的。聽著怪彆扭的。」

「作家怎麼了？也比我送炸醬麵的強。」

「送炸醬麵？這從哪說起？」

「做這一行真難啊，早該放棄了！」他苦笑著吐了一口菸。

「有什麼事嗎？」

「今早剛上班就接了通電話。對方說自己是讀者，對昨天的報導有話要說。昨天的報導有點貶低在野黨的意思。他說自己不是在野黨黨員，單純站在市民立場上問我們，為什麼要貶低在野黨。我說這只是一種鼓勵式的善意批評，結果他又問，那你們為什麼只批評在野黨，不批評執政黨？接著又說你以為你們媒體算什麼，每天把在野黨弄得像受氣包一樣？你都不知道他多激動，連聲音都在顫抖。我覺得不能再聊下去了，就趕緊說我不是寫報導的人，想趕緊掛電話。結果他又問你是不是記者，我就說我不是記者，跟這兒一點關係都沒有。也不知道我怎麼就像個傻子似的說了這話。結果你知道他說什麼嗎？他突然就喊：『那你是做什麼的？臭小子！來送炸醬麵的嗎？送炸醬麵的接電話囂張什麼！神經病！』」

他停下話頭，按滅菸頭站起來。

「喂！出去喝杯酒吧！」

「大白天的喝什麼酒？再說你不是很忙嗎？」

「今天我就不送炸醬麵了。」

看他一臉嚴肅，對方的話應該給了他不小的打擊。他率先衝出咖啡店，我也只好跟在後面。出門走進陽光下，他盯著我問道：「眼睛怎麼了？來的時候中催淚彈啦？」

「眼病。還沒去醫院，所以不清楚是結膜炎還是角膜炎。」

「你的雙眸如你懷抱的康乃馨一般鮮紅。怎麼樣？這水準，也能當作家了吧？」

「你以為寫小說就是說夢話嗎？」

「也是，寫小說也難啊！大街上、新聞裡每天都在發生小說裡的情節，小說還能寫什麼呢？」

我們穿過擠滿高級轎車的停車場。花粉瀰漫的街道上仍然人潮洶湧，一輛安著鐵絲網的防暴警察大巴靠在路旁。我們在人行道前等綠燈的時候，看到一個拿著刻有「88-1」字樣盾牌在武警大巴後面站哨的便衣防暴警察。他的臉和我每天在教室裡見到的高二學生的臉一樣稚氣。旁邊的人行道上，做兼職的女大學生正在指揮交通，頭上戴的帽子和手裡拿的小黃旗上都寫著「秩序」字樣。在我看來，他們的表情沒什麼兩樣。

朋友忽然捅了一下我的後腰，用下巴指了指前面。一個美國軍人摟著年輕的韓國女人站在對面。高大帥氣的美國軍人穿著發亮的天藍色夾克，夾克後面用金線綉著朝鮮半島地圖，中間被 DMZ 字樣和粗黑線隔開了，首爾和釜山、東海和黃海也都用英文標示。地圖上面太極旗和星條旗如同好兄弟一樣並排貼在一起。

「讓你看寫了什麼呢。」朋友說。

我朝地圖下面線條略粗的英文望去。用我的話翻譯是這樣的：「我死後肯定去天堂，因為我已在地獄充分服役。」

「居然明目張膽地宣揚共和國大韓民國是地獄！這是散布謠言罪！這是洩露國家機密罪呀！」過人行道時朋友說。

「說的應該是部隊吧，那兒對誰都是地獄。」

朋友領著我走入鱗次櫛比的高樓大廈後面狹窄髒亂的小吃街，推門走進一家小酒館，門上掛著「Cafe」的店牌。不過一進門卻意外地發現室內裝飾華麗，有影影綽綽的燈光和音樂緩緩流淌。「大白天也賣酒？」我問。朋友回道：「從原則上說，所有慾望不都是開放的世界嗎？」一個嘴唇塗得嫣紅的年輕女人端來我們點的啤酒，然後坐在朋友身邊。

「可以坐吧？」

「你不是已經坐下了嘛。」

「那我要起來嗎？」

「不想起來你問什麼問？」

「我也會起來！」

女人一臉惱怒地站起來走掉了。朋友一邊自己倒酒一邊嘟囔：「長得也不怎麼樣嘛！」

「你幹嘛？跟一個無辜的女孩子找麻煩？」

「就是啊。」朋友突然疲憊地望著我。「說來奇怪，最近我一看到這種女人就恨得牙癢。可能是因為她們好欺負？前幾天在酒館裡被教訓了一頓，因為我打了旁邊的女人一耳光。」

我把坐在對面的這個三十多歲中年男人的臉，跟十餘年前他高中時期的臉重疊起來欣賞。現在的他恰似我從未見過的人一樣陌生。高中時，他的外號是「姑娘」，在校刊編輯部，歌唱得很好。

空腹喝下的啤酒引起胃的一陣痙攣，我勉強忍住了疼痛。

「人啊，為什麼要活得這麼委屈呢？」朋友端起酒杯自言自語般地說。

「又說什麼屁話？」

「如果有勇氣拋棄自己已經擁有的一切，我們就能改變現狀，可是人類做不到啊！如果人類的本性裡沒有弱點，歷史上哪會有統治和屈從呢？我每次讀到納粹集中營的故事都很不理解，為什麼在死亡面前那麼多的猶太人都不反抗？納粹長官指向毒氣室，他們就像去澡堂一樣乖乖排隊往裡走！你覺得為什麼？擰開開關之前不是不想死嗎？你看，人類就是這麼懦弱。」

「這就是炸醬麵小弟的人生哲學嗎？」

我故意開了句玩笑，他卻依舊臉色沉重地說：「可是現在不是有大學生往自己身上潑了稀釋劑點火嗎？一群相信人類，相信歷史的單純樂觀主義者。也是，單純本來就很可怕。就像有人說的，以前都是狼抓羊吃，現在羊合起伙來要抓狼啦！人們就是不肯承認羊永遠不會成為狼吧！羊再怎麼湊在一起也不可能長出尖牙來！所以宗教才得以存在。『在後的，將要在前』，今日受苦的，明日將會坐在高位。但是，那得是在天國裡。」

嘮嘮叨叨的朋友不知何時抬起頭，睜著發紅的眼睛看著我說：「喂！喝酒！在這亂世上捧花獨行的小說家。你為什麼寫小說呀？」顯然他並不需要答案。我喝了一口啤酒。腫脹的嗓子像被燙傷一樣灼熱，胃裡有一股難忍的疼痛不斷湧上來。我一邊強忍著像要乾嘔一般的不快感，一邊思索著自己究竟為什麼一直無法放棄寫小說。

走上文壇後的四年裡，我像嘔吐一般勉強寫出了幾個短篇。孩子死後的一年我什麼都沒寫出來。一直以來面向世界洞開的我那不值一提的世界觀，不是產生了裂痕，而是已經徹底崩潰了。我不知道要用小說講述生命的什麼故事。因為生命對我來說已經變成了一張千瘡百孔的畫布。朋友用自嘲的口氣接著說：

「其實我在等他們死呢。就是那兩個自焚抗議的大學生。我得寫一篇死亡報導啊。」

我想我應該走了。日落之前我得趕到漢江邊。朋友聽到我的話，馬上勸阻道：「為什麼非要去？忘了吧！對你來說遺忘才是解藥！」

「那孩子連墳都沒有。所以我想去他化為灰塵消散的地方，拋一束花給他。」

「臭小子，你以為你是到地底下找老婆的奧菲斯啊，看你那表情，天要塌了嗎？」

「就是啊，我要是奧菲斯就好了。為什麼現在就不能像那時候一樣，能讓人起死回生呢？」

「你小子喝多了！那是神話，小子！現在哪來的神啊？」

「對啊，說的就是，現在為什麼沒有神呢？」

「*鞋有啊，一腳一隻穿著呢！開玩笑呢。如果真有神，這世界能變成這副鬼樣子？當初有神的時候，世界確實很幸福。這個充滿罪惡和謊言的世界，就是沒有神的悲劇。」他忽然正色道：「說起奧菲斯，我倒想起來一個故事，因為高中讀過的，記不太清了，那個故事裡不是也有一條叫Lethe的遺忘之河嗎？你說為什麼叫遺忘之河？不就是讓你遺忘的意思嗎？人都死了就應該忘了他。」

「總之啊，到底在哪兒？」

「真拿你沒辦法，是蠹島遊園。」

那個地方是蠹島嗎？在計程車裡，我試圖將這一地名與那天的記憶重疊。然而心臟開始隱隱作痛，胸腔逐漸溢滿了無法抑制的悲傷。那天痛苦的回憶在眼前劇烈地顯現。我正在做的事，是不是如朋友所言毫無意義呢？我再找去那個地方，又有什麼意義呢？那地方也許是一片黑暗之地，是生者禁入的遺忘之地呢。我想起這個時間也許正在進行追悼禮拜的妻子。她執著於記住有關孩子的每件事情，害怕遺失任何一個細枝末節，像是不肯承認孩子的死亡一樣，奮力去挖掘每一份被遺忘掩埋的記憶。她會把孩子的照片都擺出來看，會突然問我上一次去德壽宮時孩子襯衫的顏色。如果我讓她忘了這些事情，妻子就會說：「要是連我們都忘了，這孩子就太可憐了啊！我總覺得忘記是對那個孩子犯下的罪孽，我無法忍受。」妻子這些無謂的掙扎都只是不願接受孩子已經變成一捧灰從我們手中流走的事實。

那孩子已經消失了，只存在於我和妻子隱約的記憶裡。我一直無法忍受的恰是孩子死得毫無意義。他才兩歲，剛剛學會用明亮的眼睛打量這個世界，用手指著周圍的事物一個一個地學習，卻死

鞋：韓語裡神與鞋同音。

於一個年邁的貨車司機一時的疏忽。如此螻蟻般微不足道的死亡，如此短暫的人生，有什麼意義呢？我們人類的生命本身又有什麼意義呢？在電視上看到有大學生自焚抗議的新聞時，心臟絞痛像是慢性疾病一樣再次發作了。那時我最大的疑惑，就是他們知不知道自己死亡的真正意義。據說他們點燃身上的稀釋液從三層樓的樓頂跳下來的時候，還在呼喊著什麼。那一瞬間，他們在想些什麼呢？那天晚上，我眼前浮現出他們燃燒著的可怕幻影，徹夜難眠。他們是帶著超越自身生命的某種價值墜落的嗎？他們的死亡和我孩子的死亡有什麼區別嗎？我覺得這是他們的一次掙扎，他們燃燒自己的身體，就是要在歷史和社會中尋找生命的價值。然而他們要用死亡換取的東西，卻被那些卑鄙地活下來的人占有，自己卻化為一把灰燼，消失在黑暗的虛空裡，這一無可爭辯的事實令我毛骨悚然。

安排完孩子的火葬後回到家時，曾經狹小卻充滿溫馨的出租屋，竟然變得無比陌生和淒清。不僅是因為自結婚以來一直填滿我們生活的孩子突然消失，也因為我開始用一個亡者的眼睛去審視我死後的世界。一直靜靜地插在書架上的一本書，窗外花壇上的一朵小花，都令我感受到無法忍受的深深憎惡。生命，所有活著的東西，都那麼殘忍和卑劣。

計程車快到聖水大橋之前，沿著漢江拐進一條狹窄的小路。我的心開始悸動了。車窗外的風景都似曾相識。立著十字架的小教堂、灰頭土臉的小規模工廠，連路邊那些小商店對我來說都不陌生。「在這兒下車。」計程車再一次轉彎，能看到大橋和涵洞時，我對司機說。

天色稍晚，斜陽鋪滿了整條街道，江風迎面吹來。我走向那條隧道般的涵洞，像尋找死去孩子的墳墓一般，心裡一陣酸楚和疼痛。妻子曾反對火葬，覺得無法接受讓孩子的身體四下飛散，死後連可以祭拜的墳墓都沒有。雖然我當時還勸慰妻子：「現在起我們就是孩子的墳。不是說父母死葬青山，子女死葬心間嗎？」可事實上，當時我的胸膛已經脆弱到無法成為孩子的墳墓。

穿過涵洞走到江邊時，我卻大吃一驚，眼前的光景令我難以置信。沿江的房子、帶遮陽板的船，還有茂盛的垂楊柳都無影無蹤。取而代之的是荒涼的工地，土被刨開堆在一旁，上面停著推土機一類的重型設備和幾輛卡車。這時我才隱約想起新聞裡說的「漢江綜合開發」。這裡應該是因此動遷了，所有人都離開了。沙塵猛地向我捲來。

我踩著斑駁的土地朝著漢江走去，江水依舊拖著沉重的身體緩緩流淌。那天我們就在這裡坐上遊船，年邁的老漢把船划到江心，雨水順著遮陽板的縫隙砸落在甲板上。我打開從火葬場出來就一直抱在懷裡的袋子，最小的一號袋，孩子的骨灰連一半都未填滿。孩子的身體燒成了細細的粉末，我和妻子把粉末攥在手裡，一點一點灑入江水。細膩的骨灰從我們手中流走，瞬間被洶湧的江水吞噬。

我原想回到那日坐船去的地方把帶來的花拋下去，現在卻無法成行。我看著腳下渾濁的江水。江面上漂浮著許多報紙和塑膠袋，黑色水草隨著水波搖曳，讓人聯想到溺死女人的頭髮。站在擱淺的破船邊，許久，我只是呆呆地看著江水從我眼前無聲地流過，什麼也沒有做。

離開江邊走出涵洞時，我看到涵洞旁邊立著一個簡陋的路邊攤。臉龐黝黑的老闆娘守著幾瓶燒酒和寒酸的下酒菜，面前一個頭髮花白的醉酒老人正趴著睡覺。老人坐在一塊窄木板釘成的條凳上，我坐在一角，朝老闆娘要了瓶酒。

「遊園是什麼時候拆的？」

「去年。去年秋天一開始施工就都拆了。來哪樣下酒菜？」

下酒菜還沒上桌我已經連乾了幾杯。每次起風，灰塵都會從塑膠布的縫隙吹進來。

「前面施工，灰就有點大。」老闆娘辯解似的說。

「遊樂場拆了，您的生意也不好做了吧？」

「差不了多少，也就是一兩千塊的事。再說，來玩的人能看得上我們這種路邊攤嗎？那邊巷子裡有不少工廠，經常有工人來吃，有時也打包點炒年糕。」

我看見那邊連著大橋的巷子裡，有幾個背心上沾滿鐵鏽的年輕人正七吵八嚷地踢球。這時突然想起妻子毫無血色的臉。追悼禮拜這會兒應該結束了吧？送走教會的人之後，她在做什麼呢？疲倦突然如潮水般洶湧而來。

「您是來玩的，結果撲了個空吧？」

老闆娘和我搭話。我端起酒杯又一飲而盡。雖然身體筋疲力盡，毒辣的酒勁把空空的胃攪得翻江倒海，我卻有種不醉不能歸的感覺。

「我來找人。」

「找人？原來住在遊園那邊的人嗎？」女人看著我因眼疾而通紅的雙眼。

「那些人都去哪兒了？就是原來划船的那些人。」

「都散了吧！有的搬去千戶洞渡口，大部分人都各奔東西流浪去了。」

原來正睡覺的老人，忽然慢慢抬起頭，問我：「找人？你找誰？」他頂著一頭蓬亂的頭髮，翕動著通紅的酒糟鼻子四下張望。

「哎呦，老人家呀，您快回家吧！大白天也喝成這樣！」

老人像是沒聽見一樣，眨著黏著眼屎的雙眼，說：「給我酒。」

「什麼酒啊？」

「我放在這兒的酒。」

「您什麼時候把酒放我這裡啦？我這兒沒酒啦，您快回家吧！您給錢也不賣了！」

老人還在含糊不清地嘮叨什麼，女人衝他大喊：「快點回去吧！」他才踉踉蹌蹌地站起來。他的褲腰已經掉到屁股上了。望著搖搖晃晃走遠的老人，女人嘖了嘖舌頭。

「這老人家原來在這邊划船，幾十年的在地人了，好像還打過漁。現在沒地方去，成廢人了。」

我從凳子上站起來，翻湧的嘔吐感已經壓不住了。我強忍著胃裡的疼痛，再一次走過涵洞，跨過翻開的紅土堆和倒在地上的柳樹來到江邊。我開始嘔吐。雖然餓了一天，胃裡空空如也，但我卻像要把五臟六腑都嘔出來一樣吐了很久。翠綠的雜草間有許多小牛蠅飛舞著。各種不知名的小花頂開骯髒的小石頭，朝天空挺直了頭。

我望見一隻海鷗搧動著沉重的翅膀飛去，它飛去的方向有一輪落日正紅。腦海裡突然浮現出孩子開心的笑臉。他是個很愛笑的孩子。一瞬間對孩子的思念像要燒焦我的喉嚨。

我正要離開那裡時，遇到了一個小女孩。她在不遠處彎腰盯著江水。走近一看，才發現她正努力要把塑膠袋放入江中。

「那是什麼呀？」女孩大概十一二歲，她彎著腰抬起翹著小鼻子的臉望向我。

「這是我家的金魚。」

「金魚怎麼啦？」

「它們總是一副要死的樣子，所以我想把它們放回江裡。」

「我來幫你呀。」

江沿太高，她的手碰不到江水。我從女孩手裡接過塑膠袋，裡面的兩隻金魚已經開始翻肚皮了。我把它們倒入江中，金魚翻著白肚皮很快消失在渾濁的江水裡。

「金魚不是生活在江裡的啊。」

「沒關係。總比死在地上強。」

「不會的。它們一定會活下來的。」

我看著女孩被斜陽染紅的臉。

「你家在哪兒啊？」

「離這兒不遠。」接著，女孩用唐突的眼神直直地望著我說，「您為什麼不回家呢？您沒有家嗎？」

「怎麼會沒有家呢？當然有。」

「您結婚了嗎？」

「結了。」

「那夫人會等您回家的。」

「夫人？」我笑了。

「你要這束花嗎？」

孩子驚訝地看著我遞出的花。想要的表情明顯地擺在臉上，她小聲嘀咕：「這不是康乃馨嗎？」

「拿走吧。拿去插在你的書桌上。」

女孩連謝謝都來不及說，便伸手接過花，放在鼻尖聞了聞，仔細打量著，走出幾步之後，像是突然想起什麼，轉身朝我走過來。

「這花，還是您拿著吧。」

女孩把花塞進我的手裡，轉身飛快地跑開了，我甚至來不及說話。我懷抱著花束，遠遠看著她漸行漸遠的背影，突然感覺到一股感動籠罩了我。是啊，就像孩子說的，我應該趕緊離開這裡，去我應該去的地方。

走出涵洞前我駐足回頭望去，耀眼的紅霞染紅了漢江。裸露著土壤的荒涼工地、無聲流淌的江水、橫跨漢江的聖水大橋的橋樁，還有遠處鱗次櫛比的公寓都在紅紅地燃燒。我想起了奧菲斯，他將妻子從陰間帶出來，卻在跨過遺忘河前回頭看了她一眼，因此永遠失去了她。然而我卻在久久地眺望這個地方。

在回程的計程車裡，我聽到那個自焚抗議的首爾大學學生死亡的消息。收音機新聞裡播著各種新聞，在仁川舉行的在野黨「改憲大會」演變成激進左翼勢力的暴力騷亂，國內油價下周開始大幅下降，奧林匹克大路的開通，食品公司遭解雇的工人威脅要在食品裡下毒而被捕，在五花八門的報導裡，夾著一個年輕人死亡的簡短報導：在生死線上徘徊了五天，於今日下午五點三十分死亡。

「這些孩子太可惜了！什麼鬼世道，這是要弄死多少人啊？」

計程車司機憤憤地說。我什麼也沒有回答。他死時我正在荒涼的江邊徘徊。也許我是為了守護他的死亡才去江邊的？我望向車窗外。計程車在高架橋的橋墩間穿行，橋上行駛著電車。街道上正在平靜地結束一天。頭頂上電車怪叫著呼嘯而過，公車擠滿了泥塑般面無表情的人，朝某個地方駛去。而我卻像染上惡寒一樣瑟瑟發抖。胸腔像被撕裂一樣的疼痛和炙熱的喜悅充滿了我的體內。剛才我分明看到了，逐漸被夜幕吞噬的巨大混凝土橋墩之間，一個渾身燃燒著火焰的人。可是他沒有墜落，而是穿透了死亡，正在上升。

（原載《文藝中央》，一九八七年）

chapter three

祭奠

祭奠

天色陰沉，快要下雪了。殘冬的晚風十分潮濕，天空低沉得好像輕輕一捅就會傾瀉而下。快下場雪吧。下了公車，我望著回家的斜坡路，心裡這樣想著。

一眼就能望盡山上的風景，大大小小的房屋肩並肩擠在一起，既像抓緊岩石執意不肯離開的小螃蟹，又像是為躲避暴風雨而繫泊在一起的一艘艘小型機動船，還會讓人聯想到無數隻被撕碎的失事船隻。

近來每每站在大路旁望著這樣的光景，我總感覺到佇立於巨大高牆之下的迷茫和想要趕快逃離的衝動。退伍已經兩月有餘，而我卻還是無所事事。債主依舊三天兩頭找上門，離房東趕我們走的日子只剩十來天了，父親仍然躺在房間的角落裡沒有任何好轉或是惡化的徵兆，開學註冊的時間已經迫在眉睫，我卻連復學的念頭都不敢有。這些天我像小孩子一樣期盼著一場大雪掩埋掉眼前的一切，然後重新開始。我在這種等待下雪的茫然中打發著日子。

沿著斜坡漸漸走近我家的房子時，心忽然怦怦地跳起來。這是因為一種不祥的預感，好像拐入我家小巷口的電線杆上，已經掛出寫有粗字「謹弔」的紙燈籠，在牆外也能聽到號啕痛哭聲。然而走進大門時，卻發現母親正獨自蹲在自來水龍頭邊洗衣服，家裡籠罩著一片不祥的死寂。

「您在幹嘛呢？」

沉浸在思索中的母親被我嚇了一跳。她正用凍得通紅的雙手幫父親洗內衣，父親的內褲像小孩子的尿布一樣沾滿排泄物。

「你爸兩天沒說要上廁所，我還覺得奇怪呢，這不，直接拉到褲子上了。學校的事打聽了嗎？」

母親還天真地以為我可以復學。如同舊疾復發一樣，我的心底湧起一股煩躁。

「塑膠手套打算留到什麼時候戴啊？」

母親的頭頂像是落了霜一樣花白。看著母親迅速衰老的臉龐和她日復一日照顧、伺候父親大小便的樣子，我心裡不覺得可憐，反倒感到無比煩躁鬱悶。

「怎麼了？有什麼事情嗎？」這時我才察覺到母親的態度有些異樣，追問道。

其實從我一進門，母親就是一副失魂落魄的樣子。

她不安地望向父親房間，「你進去看看吧。」

「到底怎麼了？有人來了？又是討債的？」

「嗯……好像不是討債的……」

母親的聲音竟然在顫抖，以前從未見她如此。討債的人三天兩頭結夥跑來我家，撒幾個小時的潑才肯走。一開始母親要麼哀求要麼提高嗓門爭吵，可是後來母親似乎習以為常了，好像要讓他們洩了憤再走，任人拉扯推搡。

「不是討債的能是誰？」

「就是說啊。」母親嘟囔著望向父親杳無人聲的房間。

打開房門走進去，一股刺鼻的酒味撲面而來。天色已晚，房裡卻沒有開燈，一個男人蜷縮在黑暗裡。我摸索著打開燈，日光燈閃了幾下才亮，藉著昏暗的燈光看清了對方的模樣時，心裡升起一股寒意。男人黝黑的臉龐在酒精刺激下紅得發黑，他好像一直保持著同一個姿勢，一動不動地盯著橫躺在房間一角熟睡的父親。

「您有什麼事嗎？」

男子看起來四十來歲。一張粗糙、飽經風霜的臉，布滿溝壑般縱橫的皺紋，不像歲月留下的痕跡，倒像是苦難的傷痕肆意畫出的。

「你叫什麼？」男人上下打量一番後，問道。

他的目光彷彿黏在我臉上，語氣粗魯，帶著醉意，使我有些不知所措。

「問你叫什麼呢！」

「我叫正宇。您到底是誰？」

「我是誰？呃呵，我是誰？」他好像覺得我的話很可笑，扭頭乾笑了幾聲，接著說：「你問我是誰，我怎麼解釋好呢？」他反問道。我也無言以對。

「暈過去了，還是睡著了？我說這老人家。」他望著張大嘴打著呼睡得昏天黑地的父親問道。

「睡著了。」

「叫起來。」

「什麼？」

「睡著了的話，就是可以叫醒吧。叫起來。」

我對他的來頭一無所知。看起來不像討債的，可誰知道呢。雖然他像鄉下人過節一樣穿著西裝打著領帶，卻無法掩飾那張在艱苦工作中飽經滄桑的臉。他懷裡抱著一個碩大的黑塑膠包蹲在地上，我突然覺得他微駝著背蹲坐的樣子十分眼熟。

父親還在打著呼，睡得正香。他裹著髒被子仰面朝天的樣子，跟他這輩子裡的大部分夜晚一樣，一副醉酒後睡得昏天黑地的模樣。雖然父親的身體癱瘓，連大小便都要人伺候，時刻散發著死亡的味道，臉上卻是一派恬不知恥的祥和。「哎喲！誰在拉我呢？誰拉我呢。」聽說去年夏天的一個早上，父親就著一碗黃瓜絲湯吃光一碗飯後，忽然像開玩笑似的摸著後頸倒了下去，就再沒起來。送到醫院後診斷出腦中風，而且很難恢復。然而陷入昏迷狀態全身麻痺僅僅一週，父親竟意外地緩緩睜開了眼睛。

「當時誰都以為爸就要去世了，沒想到他又活過來了。」姐姐後來對我說。

父親一倒下，公司就像預謀已久一般破產了。父親幾年間經營的「事業」，不過幾日間便無聲無息地分崩離析了，留下的只有巨額債務。家裡沒人了解父親所謂的事業，自然無法追究負債的細節，只好照單全收。那時我距離退伍還有兩個月，正處在焦急卻百無聊賴的服役末期，還要為準備復學躲在內務班的角落裡翻英語字典。其實即便我不在部隊，事情也不會有任何改變。我考上大學時，父親開始了他的「事業」。我最初不敢相信父親居然要做生意了。他一輩子不僅與財富無緣，而且厭惡金錢，如此清高的人活過六十歲後卻要投身事業，確實讓我無從理解。我覺得即使父親不量倒，破產照樣會如期到來。有時我甚至荒唐地懷疑，父親是面對破產危機無力回天，才假借腦中風來逃避的。就像我小時候家境陷入貧困的沼澤，父親卻漠不關心地醉倒在酒鄉鼾然大睡一樣。

「誰……誰……誰來……來……來了？」

父親慢慢地睜開眼睛，努力用他無法動彈的嘴巴打了個很勉強的哈欠。父親醒來後打了個哈欠，這男子卻像被人堵住嘴一樣，一言不發地盯著父親，似乎內心深處正發出無聲的狂叫，臉上的肌肉抽搐扭曲了。過了許久，他用沙啞的聲音問道：「你認識我嗎？」

「誰……誰啊？」

父親口齒不清地問。我將父親扶起來靠著牆，父親眨了幾下眼睛努力打量這男子。

「德秀，你認識嗎？」

「誰……誰……你說誰？」

「德秀。金——德——秀。」

一開始父親沒有任何反應，沒過多久，衰老且病入膏肓的臉上突然間露出白痴一般的表情，他呻吟起來。眼角的皮肉痙攣著，父親難以置信似的死死盯著這男子。

「你……你真的……是……是德……秀嗎？」

「怎麼？沒想到還能活著聽見這個名字？」

兩個人久久盯著對方。父親靠在牆上，只有下巴瑟瑟顫抖。男人像是石像似的一動不動地盯著父親。他們之間流淌著微妙卻緊張的氣氛，像是緊繃的弓弦，只要有一方露出破綻就會突然斷開。

「我……我為什麼來你知道嗎？」他用沙啞的嗓音緩緩地說。

「今天是陰曆臘月十六。你知道今天是什麼日子嗎？肯定不知道。今天是我媽忌日。爆發南北戰爭那年我七歲，這都三十五年了。」

男人居然先敗下陣來，粗糙的臉開始抽泣，忽然間扭曲得皺皺巴巴。眼角的皺紋像是被鐵鍬鏟過的地壟，眼淚順著溝壑慢慢淌下來。

「因為得了病被你趕出來，不到半年就死了。你還記得怎麼趕走我和我媽的嗎？就算你半身不遂糊里糊塗地躺著等死，這些你總還記得吧！」

房門無聲無息地開了，母親走進來坐在我旁邊。她的臉色蒼白，像染上惡寒一樣瑟瑟發抖。

「我媽病得站都站不起來，怎麼能扔到卡車上攆回娘家？您倒是說話啊？像是往屠宰場送牛似的，車廂裡鋪點草袋子把人一放，三伏天蓋上棉被就給送走了。我到現在都記得坐著卡車去慶州外公家，路上的槐樹枝像戒尺一樣打在身上……媽蓋著那麼厚的被子還一直發抖，一直問：德秀啊，怎麼這麼冷？德秀啊，怎麼這麼冷啊？這麼冷？我到死都不能忘啊！哎喲……我可憐的媽！」

他像癱倒一般把頭抵在地上，像一隻掉進陷阱的困獸一樣，分不清是哭聲還是慘叫。哭嚎聲如江水決堤一般越來越洶湧澎湃。

難以置信。雖然從母親那裡聽到過「你還有一個哥哥」，我也知道母親是父親的第二任妻子，但是我從未放在心上，也從未細想過。

「不知道我該不該插一句……你冷靜一下吧，看你酒也沒少喝。」母親極力壓住顫抖的聲音說。

他猛地抬起滿是淚水的臉說道：「冷靜？喝多了？現在你叫我冷靜？」

「人活一輩子，今天這種事也不多見啊。多讓人高興的事啊。這跟聽說死了的人活著跑來沒什麼區別啊。現在還計較和抱怨以前的事情做什麼。」

「那我還得抱著他跳個舞囉！我可做不到，死一回也做不到。想想我媽也做不到。她死得多冤啊！我外婆把我這個孤兒養大，『你媽是因為你爸死的，你爸被赤色分子迷住了，害死了你媽！』這句話我耳朵都聽出繭子了！」

男子用因酒氣和激動而通紅的眼睛怒視著父親。也許是因為布滿血絲，他的目光與其說是尖銳，不如說有兩團火在燃燒。

「瞧你這副熊樣兒！讓我媽吃盡了苦頭，虐待她，把她攆出家門，你也才混成這樣！為了混個赤色分子，連老婆孩子都不要了，你也就混成這個熊樣兒！他們規定了可以拋棄糟糠之妻嗎？你知道我媽是怎麼死的？她死的時候牙全掉了！我就像在河邊撿螻蛄一樣，一顆顆給她撿出來。因為她吃不下飯！因為實在吃不下飯，營養不良，牙都掉光了！」

面對眼前的狀況我一時手足無措。男人不停地喊叫，彷彿身體裡有人在不斷抽打他，一停下來就會加倍痛苦。父親一直瞪大渾濁的眼睛一言不發。我抱著父親乾癟的胸膛讓他躺下來。他那散亂的目光望著空中，不清楚是不是在想什麼。每次呼吸都伴隨著喉嚨裡呼嚕嚕的痰聲。

「唉——！」

看到父親這副樣子，他用拳頭「哐」地捶了一下地板猛地站起來。他剛推開門走出去，母親就對我說：「你去看看。」

他拖拉著鞋走向大門。我這時才發現他走路的姿勢有些奇怪，並非醉酒的踉蹌，而是一條腿的膝蓋不能彎曲。他像拖著沉重的行李一樣拖著一條腿走路，駝著背一瘸一拐地穿過黑暗，走進巷口雜貨店的燈光裡。

我站在大門旁的黑暗中等他出來。我突然明白，為什麼剛才他彎腰駝背的姿勢那麼熟悉。這樣一看，喝醉後的語氣也很像。甚至連張著嘴大口喘氣，激動時咬著牙渾身顫抖的習慣都驚人地相似。

小時候我不理解為什麼父親天天喝那麼多酒，為什麼一醉酒表情就令人生畏，像被什麼氣得咬牙切齒渾身發抖。他罵「美國佬」，罵李承晚，罵朴正熙。看見的所有東西都讓他憤怒不已，就連每天轉動縫紉機維持生計的母親飽經風霜的樣子，還有我們三姐弟也是如此。父親在生活上十分無能，他非但不感到羞愧或是自責，反倒理直氣壯地表現出對生計的漠不關心。我們租住在別人家的單間裡，即便搬了無數次家，他也從來沒有找過房子或者幫忙搬過行李，但是搬家一兩天後又會神奇地出現在新家。

總是潮濕的房間，長滿霉斑的天花板和因鼠尿而軟塌塌的牆壁，鋪上尼龍炕板後熱氣騰騰的濕地板——那是我印象中的家。還有螞蟻。無論我們搬到哪裡，螞蟻始終絡繹不絕。它們無孔不入，白天從學校回家打開飯鍋就會看見黑壓壓的蟻群。即使把已經結塊的冷飯用涼水洗過兩三遍，咀嚼時依舊像嚼螞蟻一樣令人作嘔。

我們擁有自己的房子時，我已經升入高中了。我們在城郊市場裡盤下一個小店面。我至今還記得石棉瓦屋頂的房子蒸騰著熱氣和惡臭，屋外還有永不停歇的喧鬧聲。扁長的建築像大型養雞場一樣，被水泥板隔成一間一間，在這裡，人們的生活跟集中飼養的家畜沒什麼兩樣。建築物之間的道路上方被藍色的塑膠板遮住，所以連陽光也是藍色的。這是令人非常憋悶的地方。母親的縫紉店上面的閣樓就是我和弟弟的房間。石棉瓦屋頂矮得伸不直腰，所以我只能穿著內褲一直躺著。到了夏天，陽光烤熱了屋頂，閣樓就會變成汗蒸房，熱得只穿內褲也會汗流浹背。尼龍炕板也會變得黏黏糊糊。躺在黏膩的汗水裡，能聽到附近店鋪收音機的音樂聲，還有母親踩縫紉機的聲音，而且每天準會聽到一兩次激烈的爭吵，我一邊拚命手淫，一邊絕望地想：呵，這也算是活著麼？這麼活著也敢說是活著麼？

簡單堆砌的房子裡煤煙嗆人，螞蟻照舊熙熙攘攘。「唉！這該死的家！這該死的日子！」早早離家在遠方工作的姐姐一回到家，就會這樣咬牙切齒地嘆息。我們家的煤煙已經嚴重到能讓每個進來的人窒息，要捂著口鼻才能勉強站住。即使如此，我們一家人也只是每時每刻頭痛得像吃了藥的老鼠一樣搖搖晃晃，卻沒人死掉。瘋狂繁殖的螞蟻似乎是一種尖銳的諷刺，與在這種生活中依舊苟延殘喘的我們一家如影隨形。弟弟開始了賣冰棒的生意，到了深夜就會在黑黑的手裡握著幾枚硬幣爬進房間。當市場打烊，宵禁的警報響起，對面編織店的收音機聲也消失之後，小巷的另一頭經常會傳來一陣聲響。躺在閣樓上聽見父親醉酒後哼著歌，深一腳淺一腳地往家走，我的心就會怦怦直跳，並且在腦子裡反覆想，如果我們家裡有人要先死的話，那一定是父親。

「到底怎麼回事？你怎麼站在這兒？」

姐姐上氣不接下氣地走過小巷，看見我焦急地問道。

「接到媽的電話就來了。我問她，她卻什麼也不說，就讓我快點來。店門也沒關我就跑來了。」

姐姐在女子學校門前開了一間小吃店，賣些小孩子們吃的東西。我告訴她事情大致的經過。這時，那個男子推開小雜貨店的玻璃門，手裡拿著一瓶燒酒走了過來。

「是他嗎？」

看著男人一瘸一拐走過來的黑色影子，姐姐小聲問道。男人沒有理睬我們，直接走進屋子。

「您過來一下。」他走進客廳坐下來後對母親說，「我現在告訴你，我為什麼來這兒。」

他咬開燒酒瓶蓋，沒等母親遞過去泡菜和酒杯，就仰頭對瓶喝起來。

「今天我得在這裡辦祭奠。」

「祭奠？祭誰？」

「你們以為我今天是跑來抱住三十多年沒見面的爸爸大哭的？哪兒跟哪兒啊！今天是臘月十六，我媽的忌日。我媽也是這個家的鬼，得趁著老頭活著的時候辦一回吧？老頭怎麼也得敬杯酒吧？他要是不願意，我就是強抓住他的手，也得讓他敬一杯。」

「好吧，祭奠也行，做什麼都行。心裡堵得慌就得解開嘛。不過你好好說話，別一副來報仇的樣子，有話好好說，酒也少喝點。」

「不喝酒我能來嗎？今天這個日子我怎麼保持清醒，怎麼好好說話？」

他用粗糙的手抓起酒瓶倒了一杯酒，轉眼就倒進了嘴裡。

「要不是我媽的祭奠，我才不來呢。我幹嘛來這兒？來談什麼親情？有眼屎那麼丁點兒的親情，我早來了！幾個月之前我就都知道了。我在治安本部用電腦都查過了，我那個爸爸還活著嗎，在哪兒，怎麼活著，我都查清楚了。破產和暈倒的事情我都聽說了。所以我今天才來。他死之前怎麼也得給我媽上回香吧？就算不知道人在九泉之下能不能因此消除萬分之一的恨。」

「等一下。我有話要說。」姐姐上前坐下來說。

「先自我介紹一下。我叫蓮淑。雖然嫁人了，但也是這家的女兒。這位……我該怎麼稱呼你呢，叫你哥哥嗎？」

彷彿被過於平緩的語氣嚇到了，他瞪著通紅的雙眼怒視著姐姐。

「好吧。不論怎麼算你都是我哥，那我就叫你一聲哥哥。有規矩就要守，有話就直說吧。」

「閉嘴吧。有什麼好說的？你不要跟著摻和。」

「媽，你知道我接了電話嚇成什麼樣子嗎？我還以為我爸去世了呢！我現在聽見電話鈴響都一驚一乍的。哎呦，嚇得我都說不出話來了。」

我看到姐姐的臉因為激動而漲紅。她從小就是倔脾氣，從不願意輸給別人。工作不久就結了婚，可是姐夫卻是一個一眼就能看出地痞氣的男子。婚後經歷了幾番曲折，現在他終於踏踏實實地做起司機這一行了，個人計程車許可證也指日可待。姐姐則一邊撫養兩個孩子一邊照看小吃店。

「我也能理解哥哥你的心情。但是三十多年了頭一回見非得這麼說話嗎？換成別人連抱頭痛哭還不夠呢，哥你倒好，一來就說祭奠的事，聽著讓人怪傷心的。」

他呆呆地望著姐姐，手裡習慣似的摸著酒杯。他那粗糙且傷痕纍纍的大手，跟小小的酒杯產生了奇妙的和諧與融洽。他像洩了氣似的說：「我跟你們這些人沒什麼好說的。」

「我倒有很多話要說。你一直把『我媽，我媽』掛在嘴邊，我們聽著可不大舒服呢！我們也沒享什麼福啊，你看看我媽的臉，誰能相信她還不到六十？」

「你跟我說這做什麼？這帳算我的嗎？是我求著她到這個家吃苦的？」

「我就是想說咱們都一樣，別像討債的一樣鬧騰。我們家早受夠了討債的。去世的人啊，一了百了，可活著的人不管願不願意也得活著呀。」

「你說什麼？死了就完了？別像個討債的？」他醉醺醺的臉變得黑紅，握住酒杯的手瑟瑟發抖。「喂，你都不知道去世的人怎麼死的就這麼胡說？人命能用什麼換？好死不如賴活著你聽過沒？所有人都能這麼說，就你們不行。你們的命是我媽換來的，我媽要是沒死，還能輪到你們出世？別在這兒胡說八道。」他激動地用手拍著地板大聲嘶喊。

姐姐也不肯服輸，提高了嗓門嚷道：「怎麼不能說？我們有什麼罪過不能說話？好像你有資格跟我們大喊大叫似的。看起來你只知道有一個人死得很冤啊。」

我不知道姐姐為什麼這麼激動，罕見地漲紅了臉，一直不肯服輸地爭辯。好像她要把這些天從債主那裡受到的屈辱和鬱火一下子扔回去一樣。姐姐甩開母親的手，說：「你別攔著，媽。該說的就得說。別像個罪人似的光站著，您倒是說話啊！我舅舅是怎麼沒的，因為誰死的，您倒是說啊！」

「你真是什麼都敢說！現在還說那些做什麼？」

「為什麼不能說？都說到這個份兒上就說開了吧！我說給你聽吧，哥？」

姐姐直直地盯著他。他因姐姐的態度露出一絲慌亂的神情。

「我沒親眼看見，但是既然這裡有證人就應該是真的。原來我舅舅和爸爸是莫逆之交，一起搞什麼左翼，說白了就是赤色分子。我爸是赤色分子的事大家都知道，沒有什麼可藏的。南北戰爭那年聽說要把所有赤色分子都抓起來，我爸和舅舅本來躲起來了，結果警察不知怎麼就找來了。」

這個故事我也聽過。他們在藏身之處被抓個正著。但是只有舅舅被判了死刑，父親卻撿回了一條命。但是那時我還沒有出生，甚至我能否出生都是個未知數。對我來說，這件事情就像是小說中的某個情節，沒有感同身受。我做夢也沒想到在這個場合會提到這件事。

「有人向警察告了密，你覺得是誰？」

他好像沒有理解姐姐的提問，依舊死死地盯著姐姐。姐姐接著說：「不然，你覺得為什麼你媽被攆回娘家了？」

他依舊什麼都沒有說，所以我也無從猜測他是否聽懂了姐姐的話。但是我看見了他眼裡的酒氣正在慢慢消退。過了許久，他用沙啞的嗓音問：「你說什麼？」

「我說的你不是聽到了嗎？戰爭結束之後爸爸就和我媽結了婚。我舅媽到現在還是一個人，孩子都沒見過爸爸長什麼樣。」

他握著酒杯的手痙攣般地顫抖了，而且抖動的頻度漸漸加劇。他正要開口說話，突然間傳來一陣嘈雜聲。嚇得我們都站了起來。房門哐噹一聲打開，父親正倒在裡間的門口。本來沒有人攙扶連轉身都很困難，可是父親居然拖著病軀掙扎著爬到了房門口。

「臭……臭……臭……丫頭……」父親喘著粗氣怒視著姐姐。「你……你……你算……什麼，胡……胡……胡說……什……麼……屁話……什麼……什麼也……不……知……知道……」父親大口喘著氣斷斷續續地說，「準……準……準備……祭……祭奠吧。」

父親從舌根擠出來的話所有人都聽懂了，但是因為太過震驚，一時間沒有人作出反應。

「做……做……什麼……什麼呢……讓……讓你……你們……準……準備……祭……祭奠。」

「爸你也真是的。」姐姐不得已地開口。

「您當擺祭奠桌跟吃晚飯一樣吶，這麼突然怎麼準備啊？」

「那……那……是說，不……不……不做……嗎？」

父親的臉嚇人地扭曲起來。跟以往一樣，我們知道無法違背父親的意思。準備祭奠並沒有像想像中花費那麼長時間。那個男子打開隨身帶來的黑色塑膠袋，拿出一個個用報紙包裹的紙包，裡面竟然是祭奠需要的水果、各種肉類、年糕和煎餅，甚至還有兩支蠟燭和一些香。

「我們平時也祭祖，拿這些東西幹嘛？這麼重的。」母親一邊打開報紙取出祭品一邊說，甚至還稱讚道，「你妻子的手藝真不錯。」

客廳一邊擺上祭桌，後邊放上屏風。父親靠在客廳門上指揮我們擺放祭品。

「紙……紙……紙牌位……還……沒……準……準備……好嗎？」

男子取出了袋子最下面的東西，是一個相框。他把相框放在祭桌的匙箸之後時，父親的臉上浮現出短暫的茫然之色，但很快父親又開始指揮我們：「點……點……點上香。」男子跪在桌前將香點燃。狹窄的小屋裡很快充滿了焚香的味道，氣氛變得沉重而安靜。也許是從舊照片裡放大了臉部的原因，相片上女人的臉很模糊。是被老式照相機炸開的鎂粉嚇到了嗎？戴著喜冠作新娘打扮的她好像受到什麼驚嚇似的瞪圓了眼睛。相框中的模樣看起來比我還小，更顯稚氣。

「把……把……杯……杯子……拿……拿來……」

男人首先行了禮，跪在桌前正要倒酒時，父親說道。他把酒杯遞給父親，然後對我說：「你來端著吧。」我抓住父親的手。他的手無法承受一隻酒杯的重量，一直在顫抖。男子在酒杯裡倒了些酒。父親稍微抬起酒杯裝作喝的樣子，然後將酒杯還給了哥哥。

「你……你……你們……也……也行……行禮……」

父親對我和姐姐說道。姐姐向我做了一個微妙的表情，緊接著就把手放在額頭上，端正地垂下視線開始行禮。我們行完禮站起來時，投射在牆上的燭影就會劇烈地搖晃。

「再……再……再行……行……行……一次……」

我聽到父親的呼吸聲正漸漸變得粗重，就像是剛剛結束辛苦的工作一樣氣喘吁吁。但是他卻固執地靠坐在門口指揮我們，遵守嚴格的祭奠程序。

「默……默……默……默哀……吧。」

男人將筷子插在米飯中間。我們伏在地板上許久，寒氣尖銳地刺進膝蓋。我忍著身體輕微的顫抖，等待父親發出「好了」的指令。我抬起頭注視著廉價相框裡女人的臉。歲月變遷，白雲蒼狗，女人依舊用驚訝的目光看著我們。突然間，不知從哪裡傳出壓得低低的抽泣聲。一開始只是小聲嗚咽，後來聲音漸漸變大。當我發現哭泣的人是母親時，嚇了一跳。

在我印象中母親從來沒有哭過。小時候父親喝醉了就會打母親。嘴裡喊著難聽的話，還掀翻飯桌，拉著母親的頭髮推倒她。可母親也從不反抗，只是「哎呀！」、「啊！」地呻吟幾聲。母親的逆來順受和父親瘋狂的暴行一樣，都讓我無法理解。父親彷彿對這種沉默更加無法忍耐，嘴裡一邊嚷著「你這個傻娘們兒！傻娘們兒！」一邊變本加厲地打人。等到他打累了，就會說一句「這女人，真耐揍」，然後轉身走出家門。父親走後，母親會像死人一樣躺在原地很久。然後緩緩坐起來，把滿地的頭髮撿進菸灰缸裡燒掉，伴著頭髮燃燒時的聲音和刺鼻的味道，還有裊裊升入空中的煙霧。我和弟弟就靠在牆邊從頭到尾目睹這一場暴行。直到最後一瞬間，母親沒有掉過一滴眼淚。

「正宇呀，快看爸！」

聽見姐姐焦急的聲音我連忙回頭。原本靠在門口的父親不知何時已經像一捆稻草似的癱倒在地上。

「醒醒，爸！」

我跑過去的時候，父親閉著眼睛半張著嘴，已經失去意識了。他的血液彷彿都湧到了臉上，太陽穴上的血管粗得像小孩的手指，胸口像拉風箱一樣，因大口喘氣而急劇起伏著。

「爸，你看看我，清醒一下！怎麼辦啊，媽？這回真要辦祭奠了。」

姐姐已經帶上了哭腔。這時站在一旁的男子推開我們蹲下來，從我手中接過父親，轉頭對母親說：「您進房間去拿個毯子來吧。地上太涼了。」

他的話沉著冷靜到凜然自信的程度，這才使我們回過神來。母親往地上鋪毯子的手還在明顯地抖動。

「爸，能聽見嗎？醒醒。」

父親仍然閉著眼睛大口大口地喘氣。看到姐姐不停地搖晃父親，男子說：「你晃他就是在催命。得讓他平躺，安定下來才行。我對腦中風還算知道點。我外婆就是這個病去世的。」

「到底是誰在催命？你這麼明白，還跑來讓他難受啊！」姐姐兇狠地回嘴，然後高聲大哭起來，「哎呦喂，咱爸真要走了！咱們可怎麼辦啊……」

在我聽來，姐姐的哭聲裡似乎沒有幾分悲傷，倒像是排練過很多遍似的行雲流水。我心中突然湧起一絲不快。這種不快也可能是衝著我自己的，因為我一直無法投入到眼前的狀況中，在一旁不知所措。母親沒有看著父親，而是透過客廳門上的玻璃窗，呆呆地眺望外面的黑暗，像一個陷入各種心事和愁緒裡的人。

父親的生意始於故鄉修建水壩，我們的村子被淹沒了。雖然很久以前我們一家就離開了故鄉，但是那裡仍有祖上留下來的山。那是一座無人居住的小石山，所以對解決我們的貧困毫無幫助。但是石山被淹沒之後，我們卻收到了巨額的補償金。如果好好管理那筆補償金的話，就能一舉結束我們家的貧困處境，但是父親突然間說要拿這筆錢做生意。想法雖然荒誕，家裡卻沒有人能攔得住他。估計當時有一群號稱頗有經商手段的人都湊到了父親身邊。總之，父親對於生意的執念到了令人震驚的地步。所謂的事業，就是把美國的東西運到韓國賣，簡單來說就是進口獨家代理。入伍後的第一次休假，我去過父親在首爾南大門市場的公司。牆上掛滿了宣傳海報，上面畫的全是滿身肥皂泡沫的裸體美國女人。父親坐在海報下面的轉椅上，因為年老而略顯駝背，在我看來兩者真的格格不入。然而父親卻信心滿滿地告訴我，生意前景不錯，眼下只要有資金就可以不費吹灰之力賺大錢，還對資本主義的社會經濟結構和其中的漏洞高談闊論。我一時間無法接受父親的這份事業。父親從大罵過的「美國佬」手裡引進沐浴香皂，不知為什麼，眼前的這一切讓我覺得荒唐可笑。

生意在一年前應該就已經難以維繫，而父親不僅沒收手，反而借了私人貸款，後來甚至強拉著母親向村裡人借了高利貸。公司破產，父親中風後，銀行和短期融資公司立即拿走了所有擔保物品。無所適從的，只剩下那些僅憑母親的幾句話就借了一百萬或是兩百萬的鄰居們。湧進我家裡又哭又鬧、大喊大叫的人，就是那些巷口雜貨店、洗衣店，還有跑短工一點點攢下傳貰房租的鄰居租房客。

或許從父親中風癱倒的那時起，我們每天都在盼著父親的死亡。雖然不清楚如果父親去世的話，法律上的債務會怎樣處理，但是以母親的名義向村裡人借的錢一定要還上。我很清楚如影隨形的債務，是我要擔負起的沉重包袱。眼下最大的問題是房子被銀行回收，已經進入拍賣程序，二月底必須將房子清空。現在離二月底只有十天了。我們被掃地出門後，最頭疼的就是父親。母親可以去姐姐的店裡幫忙照看孩子，弟弟早早離開家了，我隨便到哪裡都能找個容身之所，但是父親半身不遂的病體卻找不到可以安置的地方。唯一的方法就是他離開這個世界。

「哭……哭……」父親微微睜開眼睛，抽動著嘴唇艱難地開口說話了。

「應該是遺言。」姐姐馬上止住哭泣跪坐起來。

「哭……別……別……別哭……」父親的聲音有氣無力，不湊近一點很難聽清楚。「我……我……我……我還……沒……沒……沒……死……死呢……」

姐姐最先聽懂這句話。接著不知是出於羞愧還是安心，說了句「爸可真是的」，噗哧笑了，然後大聲說：「當然了。您可得長命百歲啊！這下好了，醒了就好了。」

「就……就……就算……我……死了……也……也……也沒……沒什麼……可……可……哭的……」

父親停下話頭喘了一大口氣。接著眼珠左右轉動，用還沒有完全麻痺的右手一直摸索著周圍。我知道父親在找誰。

「德……德……德秀啊。」

像是在讀一個特別難發音的詞一樣，父親抖動著下巴，終於喊出他的名字。他卻沒有回答。他什麼都不做，只是呆望著，父親的右手想要捉住什麼一樣在他膝蓋前蠕動。

「說話呀！就那麼難嗎？」姐姐趴在他耳邊說完，就抓著他的手放在父親明太魚一樣乾癟的手上。皮包骨的手指左右撫摸著男人粗糙的手。父親望著空中又試著開口說話。

「現……現在，在……哪……哪裡……住？」

「在開峰洞住。永登浦那邊。」

「哪……哪……兒？」

「永登浦。」

「能……能吃……吃飽……飽飯？」

「多做點工作能有飯吃。我發過誓，這輩子就算不能讓老婆孩子享什麼福，也不能讓他們餓肚子。沙烏地阿拉伯我也去打過工了。老大現在念中學，小的今年春天也要上中學了。倆小子都挺會念書。」

他把手放進在父親手裡，用事不關己般的語調淡淡地說著。父親的眼睛仍然望著空中，但是紅腫的眼角在細微抖動。我看見淚水正在皮膚上漫延。

「腿……腿……怎……怎麼……搞的？」

「去別的國家打仗受傷了。不過給孩子解決了不少學費。」

「都……都……都是……是我……我的錯……我……我對……對你……沒什麼……好說的。」

父親渾濁的淚水像燭淚一樣流到了耳根。姐姐抽了一下鼻子又開始嗚咽。

「我……我的……人生，很……很失敗……大家……都叫我……赤色分子，但是也……也是個……失敗的……赤色分子。在……在……資本主義……社會，活了……四十多年……最……最後，這個也……也沒成，那個……那個也……沒成，連……連累你……你們受苦啦。」父親停下來歇了一口氣。

「說……說你……媽告……密的話……你別……相信……你媽，人太善良……就是想……救我……我把她攆……攆出去，不是……為了告密……就……就是不……不喜歡了。我也不……不知道……為什麼討厭……鬧不清……是討厭……她善良……還是不理解……我的……那副……無知的樣子，還是就……只是……只是討厭她封建……我就是……這麼……一個……似是……而非的傢伙。無……無法愛……愛一個女人，又……又怎麼……去愛……愛人民……這本……本身就……就是一個……錯……」

我很驚訝。因為「愛」這個詞雖然早就滿天飛了，但是我沒想到能以這種形式從父親口中聽到。以前父親瘋狂毆打母親後，好幾天都不回家。短則四五天，長則半個月，父親不在家的日子越長，對我和弟弟來說越是喜事。但是沒過幾天母親就會把我們叫來，把便當盒和用報紙堵住壺嘴的水壺裝在包袱裡交給我們，囑咐道：「拿去三岔路的東海旅館，進去說找金鐘萬，就會有人告訴你他在哪個房間。」

金鐘萬是父親的名字。弟弟與我分別拿著水壺和便當盒去找旅館。我們不僅知道便當盒裡面有熱乎乎的米飯，水壺裡面裝著香氣撲鼻的明太魚湯，更知道我們跑這一趟意味著什麼。到了該回家的時候，父親就會想方設法告知自己的所在，而派我們去父親那裡，則是母親的回應。

應該是住在市場巷子裡的時候，有天深夜，我醒來無意間聽到樓下傳來奇怪的聲響，聽了很久才反應過來。窸窸窣窣的聲音一直沒有停下，從輕喘到高潮時的大喘，父親醉醺醺地反覆說：「我愛你，我愛你。」母親則反覆小聲說：「唉呀，孩子們該醒了，孩子們該醒了。」那是我第一次，也是最後一次確認父母同床。我起了一身雞皮疙瘩，如果不堵緊耳朵咬緊牙，整夜都無法入睡。第二天早上見到母親時，她還是像往常一樣臉上略帶冷淡地躲著父親，臉上卻閃爍著藏不住的光澤。我突然覺得那光澤令人毛骨悚然，絕望地發現母親像一個陌生人，存在於某個我無法企及的世界，那個世界有黏糊糊的汗水、黑暗中瞪大雙眼的敵意、膿血般的厭惡和虐待，居然還有「愛」這個詞。我發現自己正置身於根本無法理解的世界裡，陷入了一種徹底的絕望。

我要殺了他，我要殺了他，我要殺了他……當我在弟弟的書桌裡發現一本銘刻著無數殺意的日記時，我不知道這強烈的仇恨具體指向誰。震驚如同某種預感一樣穿過我的身體，弟弟同樣無法擺脫那比死亡更壓抑且令人痛苦不堪的關係，這一發現令我無比沮喪。弟弟高中一年級都沒有念完，留下這份殺意就離家出走了。而且至今沒有回來。

「德……德秀啊。」父親又一次呼喚他。

「我……我有……有件事……想……想拜……拜託你。」父親抓著兒子的手指不停地蠕動。但是他的手已經沒有力氣再抓緊兒子的手了。這男子也一直保持剛才伸出手的姿勢，既沒有抽回來，也沒有主動去抓父親的手。

「把……把我……把我帶走吧。」

聽見父親用已經麻痺的舌頭努力說出這句話，當我們明白時都嚇了一跳。

「去……去你……你家……」

「什麼都敢說！我以為你還沒老糊塗呢！別當真，他腦子不清楚了。」母親嘖著舌說道。

父親望著空中瞪大眼睛等待他的回答。但是這男子卻默默地坐在一旁，一言不發。我不清楚他在想什麼。父親徒勞地用力想要抓住他的手，但是他只是無言地看著父親如同樹枝一般乾枯的手。過了一會兒，我看見他的手慢慢地，但是用力地抓住了父親的手。

「好。」他說，「跟我走吧。馬上走。」

他的話實在出乎我們的意料，我們一時間竟找不到話可說。

「怎麼能跟你走呢？不行！」

「為什麼不行？別說了。來之前我都打聽了這裡的情況。我帶他走，您收拾一下行李吧。我去叫計程車。」

他帶頭站起來。我們卻不知所措地坐在原地，好像聽了一個可以忽略不計的笑話。

我抓住他的手臂：「出去馬上就能叫到車。雖然明白哥……哥的意思……」我第一次叫他哥哥。

「沒什麼可計較的。我帶他走，我沒什麼可說的。還說什麼？」

我感覺到從他的手臂上傳來肌肉堅硬的觸感。我知道自己無法改變他的想法，也無法阻攔他，這才突然覺得，或許他早就預料到了事情的結局。

三十分鐘之後我們才出得門來。我背著父親，他拎著包跟在後面。「爸——」姐姐追上來放聲痛哭，「您就這麼走了？真的就這麼走？」

「又不是死了，不能這麼哭啊。」母親的聲音聽起來意外地冷靜，「正宇知道你家住哪裡後，我們很快就去。真的沒臉去見你們啊！不能這麼做人啊！」

「我們什麼都別說了。」他握住母親的手。

顫抖著，不肯消逝。

我小心翼翼地邁開腳步。天空不知何時開始飄起了雪花。在巷口盡頭電線杆上的路燈映照下，飛蟲般亂舞的雪花散發出耀眼的白光。抬頭望去，溢滿雪花的天空就像東方破曉一般明亮。有些雪花想要像羽毛一樣努力向上飛，還有一些雪花停留在空中，像一張充滿憤怒的臉，瞪著眼睛，顫抖著，

「你是叫正宇吧。」他走近跟我搭話。

「剛才一看見你就覺得和爸爸長得很像。」

我覺得哥哥長得更像父親，原本想說這句話卻忍住了。他無言地笑了。這笑容裡透出親切和寬厚。我的心裡充滿了激動和充實感，一種忽然間找到方向時的激動。我想起了據說在南海岸一處工業區打工的弟弟。弟弟離家後我們就再沒見過面。我想明天就動身去找他。至於房子問題、復學問題、要承擔的債務問題，我決定以後再想。我心裡似乎蕩漾起了莫名的焦急。

他一瘸一拐地匆匆走在前面，好像是去叫車。父親像小孩子一樣把臉埋在我的後背，十分放鬆地將自己的身體全部依託給我。從肩膀到腰間傳來父親的體重，就像那是父親就是父親的唯一證據，我一步一步用力邁開步伐。

（原載於《創作和批評》，1985年）

焼紙

chapter four

「奶奶，奶奶，出事了。」

或許是長時間緊盯著紅色紗製衣料的緣故，老太太放下手裡的針線活兒抬起頭時，一陣陣頭暈目眩。

「我們公寓前邊來了可疑的人，是來抓叔叔的。」

老太太無法睜開眼睛。陽光越過陽台射進來，從孩子的背後針尖似的刺入雙眼。因為從樓下一口氣跑上來，小孩子氣喘吁吁的臉龐僅如一個影子在眼前晃動，沒能馬上看清楚。

「你……你說什麼吶？」

「他問我，『你家住402號吧？你爸爸名叫金成國，還有你叔叔叫金成浩吧？』還仔細打聽叔叔的事。到這兒來，奶奶，從陽台上能看見。」

小孩子情緒亢奮，跑過來拉起老太太，然後搶先跑到陽台上，透過欄杆的縫隙往下張望。公寓樓前整個鋪上了堅硬的水泥路面，小孩子騎三輪兒童車經過時會發出「咯嗒咯嗒」的響聲。初秋下午略微傾斜的陽光射在眼睛上，什麼都看不清楚。

「你瞎說吧？想故意嚇唬奶奶。」

「沒瞎說，是真的。剛才還在呢。那人是刑警肯定沒錯，奶奶。」

「胡說什麼呢。刑警來做什麼？誰犯什麼罪啦？」

「有個小孩說的，他看見那人口袋裡有手銬。你知道手銬是什麼，奶奶？」

「不管怎麼的，可能我們家植看電視看多了。」老太太習慣性地拉過針線活兒。突然間又朝陽台下面瞥了一眼，陽光照在公寓前的路面上火辣辣地耀眼，根本不見減弱的架勢。真是怪事，老太太暗暗嘖了嘖舌頭。像是被煤煙燻醉了，胸口毫無理由地怦怦跳起來，始終無法安穩下來。這時，眼前好像出現一個黑暗深邃的窟窿，自己的身體正向黑洞裡陷進去。老太太受驚是因為吞噬著她的那遙遠的恐懼，雖然長時間以來被她遺忘了，但是這恐懼這般熟悉，就像從未離開過她的身體一樣，如此活生生地存在著。

「看吧，奶奶，好像是那個人。」

這時，門鈴響了。孩子一臉驚慌地撲到奶奶身上。

「誰呀？」

她用嘶啞的嗓音詢問，可是外面沒有回答。門沒鎖，門鈴卻接連響起來。老太太正把眼睛湊近門鏡時，房門卻吱呀呀開了。

「老太婆死了還是活著啊？」敞開的門縫裡，一張熟悉的白淨臉龐露出笑容，「我不該來這地方嗎？幹嘛像看到死人似的看我啊？」

的確，出現在門外的這張臉如果不是小姑而是別人，也許不至於這樣嚇一跳。小姑雖然一個月來兩三次，但是今天她的臉怎麼看都不像這個世上的人，嘴角向下歪，掛著鬆垮垮的微笑，給人一種陰森森的感覺。

「唉呀，嫂子，到現在還弄這些活兒呀。」小姑攤開兩腿坐在房間的地板上，瞥了一眼腿邊的衣物和針線說道。

「鄰居家來求我，說是娶兒媳婦用的衣服，閒著也是閒著，隨便接點工作做吧。」

「別老是這副寒酸相了，也得顧顧成國的面子嘛。」

「不說我也知道，要是成國見了會發火的。現在老糊塗了，眼睛也看不清，光弄髒衣料了，也沒趕出什麼工作。」

大兒子反對老太太做針線活兒。老太太二十年來一直做針線活兒賺加工費，直到搬進這幢公寓後才收手。然而，消息不知怎麼傳出去的，時不時就有鄰居拎著衣料跑來拜託。

「怎麼不住大屋呢，放著又寬敞又亮堂的地方不住，跑到這麼丁點的地方做什麼針線工作呀。當心把線穿到手指頭上吶，喊。」

其實老太太有時也感覺這屋子像棺材似的又黑又悶。小屋子窗戶很小，而且偏向西邊，所以裡面常常一片昏暗。老太太和二兒子成浩一起住這間屋子。十三坪大小的空間，除去一個長九尺寬六尺的房間和客廳、廚房以外，就只剩這間小屋子了。放進去一個舊衣櫃，加上正在讀大學的成浩的書桌，母子倆睡覺時連翻身的縫隙都沒有了。

兒媳婦離家出走以後，老太太幾乎沒用過大房間。陽光透過通往陽台的寬大門窗無遮無攔地直射進來。待在那兒，好像心胸也能頓時開朗起來。可是，即使成國白天上班不在家的時候，她也不肯到那間屋子裡坐一小會兒。她不想坐在沒有兒媳婦的房間裡，看那些還留著兒媳婦手印的化妝台和寢具櫃之類的家當。

「喂，這小孩子，怎麼一看見我就躲呢。」小姑朝孩子伸出手去，「來，到姑奶奶這兒來。就算遠近不一樣，姑奶奶也是奶奶呀。」

可是孩子緊緊抓住奶奶的裙角，不肯挪動腳步。這孩子本來不認生，但很奇怪偏偏不喜歡自己的姑奶奶，而且怕她。小姑打開手提包。

「瞧見這個了嗎？我們家植，快點過來，讓姑奶奶抱一抱，就給你這錢。」

到這時，孩子才扭扭捏捏地走過去，接過錢抓在手裡，然後倚在姑奶奶懷裡。小孩子像吃了苦藥似的皺起了臉。姑奶奶在孩子的臉蛋上「啪」地親了一下。孩子咧開嘴怪叫一聲逃掉了。他似乎完全忘了樓下可疑人的事，抓著鈔票興高采烈地跑出去了。孩子響亮的喊聲在樓道裡漸漸遠了。小姑傾聽了一會兒，說道：「看樣子到這會兒還沒消息吧？」

「還提什麼消息呀。」

「最近的年輕人真讓人猜不透。扔下自己孩子，她怎麼睡得著覺啊。有什麼榮華富貴的事等著她啊。」

小姑用力嘖了嘖舌頭。兒媳婦是成國在地方上工作一年多時認識並帶回來的女人，好像是常在釜山一個餐館吃飯認識的，帶回來時肚子已經大了。老太太雖然氣壞了，但是考慮到日子過得這麼窮困，能有一個不挑理的兒媳婦進門已經夠幸運的了，而且肚子已經大了，要是生下一個大胖小子就好了，就這樣默默接受了這個兒媳婦。兒媳婦隻身進了家門，婆家既不用置辦聘禮什麼的，也不用收親家的東西了。老太太取出一套珍藏的被褥放到大屋裡，然後搬到小屋跟成浩一起住，僅此而已。也許兒媳婦根本就不是那種守著家庭過日子的女人，孩子還沒斷奶她就離家出走，直到現在一點消息都沒有。

「這孩子怪懂事的，一次都沒提起他媽……」

沒有聽到回音，老太太轉過身一看，小姑坐在那兒不知什麼時候打上瞌睡了。她抬起一條腿，下巴放在膝蓋上，微微張開嘴，看樣子已經睡著了。老太太嘖了嘖舌頭。

「老實待一會兒吧！」小姑像在說夢話。

「都跑到屋裡來鬧了，臉皮厚得像巫婆家的年糕袋子啊。」

老太太蠕動著半張的嘴唇嘟囔，多少有些不悅的語氣，卻暗含著至親之間親密的感情。

「你說什麼？」

穿針眼的線頭老是錯過去，老太太正眨巴著昏花的老眼努力穿線，小姑不知什麼時候醒過來，搶過針線來。她衝著小姑問道：「跟你要什麼，讓你那樣？」

「要飯吧。因為都是餓鬼，所以追著屁股煩，鬧得我都快煩死了。」

小姑把線穿入針眼，表情依舊，好像在說自己不懂事的子女。

「吃了又吃，也不知道滿足，可怎麼辦吶。剛要盛飯，拎著飯勺一坐下，就像一群亂叫的蛤蟆似的圍上來，說不出有多煩人啊。」

小姑兩三年前開始出現這種奇怪的症狀，說是能看到死人的魂魄。鬼魂們像活人一樣清清楚楚地出現在眼前，還和她搭話。從那以後，她時不時地打瞌睡，常常像中了暑的雞，不分白天黑夜，經常搖搖晃晃地坐下來，坐下來就坐著睡，躺下來就躺著睡，甚至走路時也昏昏欲睡，像是囈語似的胡說。她說這種時候就是在和鬼交談。

天啊，這世上怎麼這麼多鬼啊，早上起來打開廚房門，鍋台上嚌嚌嘈嘈坐滿了鬼。打開廁所的門也是鬼喲。走出大門了，鬼還圍著她鬧，幾乎都要把人絆倒了。她說，晚上睡覺時，鬼就圍坐在枕頭邊上，攪得她根本沒法睡安穩。受不了的不光是她自己，孩子們晚上起來，常常看到她要麼唧咕咕地說話，要麼像在嗔怪挑嘴的嬰兒，都不願意跟她一起睡覺。

她曾經到祈禱院之類的地方連續一週禁食祈禱，也去療養院住過，都不見任何起色。醫院也住過一段時間，醫生們連病名也說不明白。有一次，聽人說彌阿里山嶺那邊有一位厲害的巫婆，就把她請來施展巫術。然而，那位巫婆走到房裡一見到躺在褥子上的小姑，馬上就說：「我行不了法術。」

問她為什麼，她回答說：「這巫婆比我還厲害，我怎麼能治她的病呢？」說著話一溜煙跑掉了。更奇怪的是，過了一段時間，飽受折磨的小姑自己反倒覺得眼前的幻影越來越自然了。雖然身體好像還在忍受折騰，動不動就打瞌睡，但是這些鬼在她看來，像看活人一樣熟悉了。

「真是的，瞧我這記性。我可不是來玩的，嫂子，今天我是有話要說才來的。」

「什麼話？」

「不過，一定要先信我的話。不相信我，我就不說了。」

「真讓人著急，不管什麼事，聽聽才知道信還是不信嘛。」

小姑沒有痛快地講故事。老太太感覺小姑今天的態度有點怪。從她的眼神裡透出某種興奮的異光。不知道為什麼，從剛才開始，老太太的心就被某種冷颼颼的恐懼嚇得怦怦直跳。華麗衣料上令人眼睛發酸的反光，映在小姑白白的臉上，看上去像是抹了厚厚白粉的老巫婆，讓人不寒而慄。她的嘴裡似乎就要說出某種不吉利的可怕故事。

「昨天夜裡，我見到哥哥了。」

過了半晌，小姑像是占卦似的開口了，嗓音低得幾乎聽不見。聽明白這句話的意思之前，老太太眼前一陣發黑，手開始顫抖起來，緊張地拉過針線。

「你哥？」

「我只有一個哥哥，還有什麼可問的。我哥哥的話，和嫂子是什麼關係啊？」

「不知道你扯什麼。」

「昨天夜裡哥哥來找我了。變成鬼來的。他說去世已經三十多年了。」

「嘁，淨胡說八道！」

「三十多年來連碗熱飯也沒吃過，說是只能天天到別人家的祭祀桌上討一口飯吃。」

老太太努力想使握針的手鎮靜下來，但總是一次次扎錯地方。想說點什麼，卻怎麼也張不開嘴，手一直不停地顫抖。小姑用一種不帶感情沒有抑揚頓挫的聲音繼續緩緩說道：

「『跟你嫂子說一下，讓她就送一碗飯一把勺子來，這就是我託付的事』……他跟我說的。不知道就算了，聽說了還能裝沒事嗎？嫂子，今天就趕緊做祭祀吧。」

「祭什麼祭呀，別胡說了。」

老太太覺得嘴裡像著了火，艱難地說了句話。她懷疑小姑編造空話來騙她。小姑以前就說過幾次，要變更哥哥的戶籍，申請把「下落不明」改為「已死亡」，並且為他做祭祀。老太太每次都拒絕了。

「嫂子，求求你了。昨天晚上我都跟哥哥說好了，保證跟你說這事，然後給他做祭祀。」

「你看花眼了。你眼裡瞅見的都是虛影，你怎麼就不明白呢？」

聽到老太太冷冷的回答，小姑用一副不知所措的表情呆呆望著她。突然，老太太的嘴裡什麼地方傳來針扎似的刺痛。

可能是口腔右側深處殘留的一顆臼齒。去年春天，左邊的臼齒都掉光後，她每次嚼東西都很愛惜地仰仗這顆臼齒，心裡才能感覺踏實。如今連這顆牙也開始疼起來了。牙齒一顆接一顆爛掉脫落了，剛要忘掉疼痛時又開始疼起來。牙齒脫落後，痛症也像幻覺似的消失掉，然後不知何時又開始新的疼痛。

「而且哥哥也說了……」過了一會兒，小姑裝出別人的嗓音，用粗啞的聲音繼續說，「千古萬古上哪兒也找不到像你嫂子那麼狠心絕情的人。日子再怎麼窮，在小方桌上擺一碗祭飯也供不起嗎？虧待的話，家裡要倒霉啊。」

老太太卻認為，這雖然是藉老伴的口氣說話，其實是小姑在說自己的心裡話。這粗魯冒失的語氣，跟第一次出嫁時，無緣無故找麻煩發脾氣的那個長滿青春痘的十六歲少女一模一樣。老太太沒有任何回答。小姑又開口了。

「就算老媽這樣，這小子怎麼也這樣啊。這歲數了，都長大成人了，自己老爸怎麼樣，是死是活，也到該想一想的時候了。」

「別怪成國了，是我不讓他做的，孩子有什麼錯？不能給他爸祭祀，老早以前我就板上釘釘了。」

「就是嘛，成國這小子是個多誠實多孝順的孩子嘛。」

小姑瞥了眼老太太的臉色，恢復陽間的嗓音說。

「所以我說，『唉喲，哥哥，你冤枉他們了，天底下哪還有像我嫂子和成國這樣的人吶。都以為哥哥到現在還活在今世的什麼地方呢。如果知道哥哥已經不是這世上的人了，怎麼會那樣呢？給過世了的爸媽祭祀，一次都沒漏過呢。』」

「反正在孩子面前提都別提這些話。」

「我真不明白嫂子幹嘛這麼倔。哥哥在大邱監獄前面被拉上卡車的時候，我們不是都去見他了嗎？後來不是聽說，那時候坐卡車走的人都一塊死了嘛。」

「見什麼見！一大堆人擠在大邱監獄前邊，都亂哄哄地找自己男人、找自己孩子，擠的擠喊的喊，你和我當時腦袋裡亂哄哄的，有個臉長下巴尖的人一閃過去，就喊他『成國他爸呀！』也沒見他回頭看一下。我到現在也不清楚是不是他。」

「到現在還不信我的話。昨天夜裡來找我的時候，哥哥穿著草綠色的褲子和長袖襯衫。跟他最後出去時穿的那件衣服一樣吧？褲子上連腰帶都沒有，襯衫也不知道是髒了還是沾血了，黑一塊白一塊的。」

「求你了，快把那張嘴閉上！」

老太太失口叫道。她把針線活丟在一旁，快要癱倒了似的倚在牆上。嘴裡像咬了鋼針，牙齒劇烈地刺痛起來。

「你說我什麼我都沒話說。說我是害死自己哥哥的壞女人也行。」

小姑詛咒般地嘟囔道。不知道是流汗還是流淚，小姑用手絹不停地按著油光光的上眼皮。到這歲數了還會流眼淚？老太太忍不住嘖了嘖舌頭。三十多年來，愛也好恨也罷，互相依靠著熬過了非人的苦日子，到現在才能吃上一口飽飯，精神卻不正常了，雖然白天黑夜的被鬼包圍著，卻偶爾也會跑來讓人心裡難受一回。

*事變爆發前一年的春天，小姑結婚了，對方偏偏是個警官。公公婆婆都去世後，老太太跟著丈夫離開故鄉安東，在大邱大鳳洞的一座防洪堤邊租了間小屋住下。結束了長期以來跟公婆一起的日子，這下終於過上獨立生活了，但是丈夫幾乎整天不在家，而丈夫的妹妹從家鄉搬來住了，說是要去襪子工廠工作。

可是她沒去工廠上班。不知道抽的什麼瘋，小姑整天在外邊晃蕩。每天從一大早開始，光洗頭髮洗臉，就用去了兩個鐘頭。然後重新坐到鏡子前塗脂抹粉，唇膏也抹了擦，擦了又抹，這樣忙碌一番才出門。後來才弄清楚，這樣轟轟烈烈地梳洗打扮，好像就是要去和那個警官幽會。警官雖然個子不高，但是眼睛眯成細縫，肩膀寬寬的，也有點男子漢的模樣。

不能因為是警察就說他不好。從某種意義上說，那時候身邊有一位警察，不見得是件壞事。老太太原來只知道丈夫是一位讀了許多書的人，結婚後才發現，他因為帶有反動思想而整天被警察追來攆去。

不過，老太太眼中的丈夫只是一個平凡的或者說感情脆弱的人而已。加入一個叫「*保導聯盟」的組織後，丈夫不用再被警察攆來攆去了。所以，老太太比誰都感謝小姑的丈夫，因為正是他極力勸說並且幫助丈夫加入了保導聯盟。

「你有什麼罪呀，都是命裡注定的事。」

事變：指 1950 年 6 月 25 日朝鮮戰爭爆發。

保導聯盟：成立於 1949 年的反共團體，全稱為『國民保導聯盟』。

「怎麼沒罪？下到九泉也洗不完的罪啊。因為我男人哥哥才被抓去，是我的罪，欠下可憐的成浩的債，也是我。」

「喊，怪了。怎麼又扯出成浩的事。」

「如果我沒遇上那個天底下最該死的強盜騙子，也不會……」

「呃呵，真是的！」

老太太乾脆閉上了眼睛。頭開始暈眩起來。公寓的這間小屋子，好像是在風浪中漂流的一葉扁舟，她感覺頭暈得厲害。

「嫂子，求你了。哪怕就到近一點的寺院裡祭奠一下吧。燒點紙錢，超度他去極樂世界，哥哥會多高興啊。」

「話說完了現在就回家去吧。孩子他爸下班的時間也快到了，不能再留你了。」老太太一邊收拾針線一邊打斷她的話。小姑以一副難以置信的表情瞪著她說不出話來。過了一會兒她才站起來，臉似乎突然間變得又老又疲憊。小姑拉開門往外衝的時候，老太太又說：「我們家成浩像他爸，不管別人說什麼，成浩天生就像他爸爸。你一定得記住這個。」說著話，老太太自己也感覺到嗓音發抖。但是這話是真的。

成浩的臉頰本來就瘦削，下巴也尖尖的，最近服役回來後，連顴骨都突出來，臉龐更加瘦削了。他跟哥哥一點都不像。老大成國緊緊閉上嘴的話，兩頰的顎骨像咬了栗子似的突出來，這一點倒不如說像她。小兒子從小就是長線條的臉型。所以，她跟老大反覆嘮叨：「成浩長得像你爸。你想知道爸爸長得什麼樣，看看你弟弟就行了。真的，都說種豆得豆，種瓜得瓜，就算長得像，怎麼能長得一模一樣吶。」好像隨著年齡的增加，老二長得更像他爸爸了。對老太太來說，與其說是驚訝，不如說是一種恐懼。

「看到幻影的人不是我，是嫂子你呀。都到什麼時候了還瞞著孩子們，連自己也瞞著過日子啊。」

小姑丟下這句話，開門出去了。可是老太太倚坐在牆上一動也沒動。不知從哪兒傳來小孩子的哭聲。老太太仔細傾聽是不是她孫子在哭。牙疼越來越厲害了。老太太覺得這份痛楚跟埋藏在體內深處別的什麼痛楚有關。猛然間她醒悟到那份痛楚是什麼，老太太嚇得打了個冷顫。那是三十多年來因為覆蓋了厚厚的繭子而失去感覺的某種痛苦記憶，如今被猛烈地喚醒了。

三十多年前的那天晚上，她也曾牙疼過。隨著事變爆發，傳聞中戰事越來越緊迫，在那些戰戰兢兢的日子裡，她一直飽受牙疼的折磨。懷上成國後就開始的牙疼一天天嚴重了。連鎮痛劑都不容易弄到的時期，只能硬挺著等待痛症自己消失。當時像用燒紅了的針尖狠扎似的那份痛楚，現在她好像也能鮮明地感覺到。她坐在狹窄的客廳一角強忍疼痛的時候，牆外傳來鬼鬼祟祟的腳步聲。隨即，有人用力捶響木板做的房門。丈夫猛地跳起來，臉色蒼白地躲到通往閣樓的門後。事變發生的消息傳來後，丈夫又開始陷入惴惴不安中。只要聽到外面有來人的動靜，他就馬上往閣樓上躲。又窄又黑暗的閣樓上，朝後開著一個壯漢勉強能夠鑽出去的小氣窗，從那裡可以爬到鄰居家的房頂上。「大哥在嗎？是我，我。」塗了黑色瀝青的木板牆那邊，傳來非常熟悉的聲音。躲在閣樓上靜聽的丈夫肯定也聽到了這聲音。她打開門，看到了那肩膀寬寬身材矮胖的熟悉身影。他壓低聲問道：「大哥在嗎？」還沒來得及回答，她瞥見緊貼在門兩旁牆上三兩個人影的輪廓，身後同時傳來閣樓門重新打開的動靜。然而她只是渾身劇烈地顫抖，連叫喊的念頭都沒產生過。幽暗中的影子膨脹變大並且朝她壓迫過來，她像陷入夢魘似的呆視著。

「奶奶，奶奶……」

樓梯上傳來喧鬧的腳步聲，隨即小孩子踢開房門飛跑進來。

「那個人來了，現在朝我們家來了。跟爸爸一塊兒……」

小姑走後老太太才把心安穩下來，坐著休息了一會兒，時間過了多久都忘了。房間裡已經昏暗了。

「我說什麼了，我都說那人肯定是警察吧。爸爸回家的時候，那個人問爸爸：『您是金成國嗎？我是做這個的。』邊說邊從口袋裡掏出證件，真的是警察的證件……」

小孩子正手舞足蹈地描述所見所聞，突然把話打住了。樓梯間裡傳來的腳步聲在門口停下來。門開了。老太太首先看到成國的臉，他的身後站著一個陌生男人。

「打擾了，您是成浩的母親吧？」

「誰……是誰呀？」

老太太忽然間氣力全無似的用雙手撐住膝蓋，吃力地站起身衝她兒子問道。

「那……是這麼回事……」

成國臉色蒼白剛要結結巴巴地回答，身後的男人大聲說：「從署裡來的，奶奶。」

「署裡……是說警察署吧。到底有什麼事……我們跟警署沒什麼來往呀……」

「什麼事都沒有，您別擔心了。有話要跟您說所以就跑來了，這是成浩君的房間嗎？進去看看行嗎？」

也不等回答，這男子開門就進去了。兩手還插在褲袋裡，環視了一下房間，走到成浩的書桌前，隨手拉出一本書，一邊故意說「我哪能看懂這麼難的書啊」，一邊裝模作樣地瀏覽書架。

「不清楚您到底有什麼事，我們家成浩可絕對是個乖孩子。除了看書沒別的愛好，從小挨了別人的打也不知道還手。」

「最近人太好了也犯毛病，書讀得太多了也犯毛病。好吧，金先生，可以說一下話嗎？」

成國把他帶進大房間關上門，隨後又出來，把老太太叫到廚房裡，壓低嗓門說：「媽，上次我拿回來的那瓶洋酒還在吧？弄一桌酒菜吧，水果也切一點。」

「到底什麼事？成浩惹什麼事了？」

「別操心了，沒什麼大不了的事。」

「沒事，那警察幹嘛找上門來了？」

「好了，您就別出聲先待一會兒吧。」

老太太看到兒子眼眶周圍慘白而憔悴。

她像丟了魂似的倚在鍋台上愣了好一會兒。她現在不知道該做什麼，完全手足無措，只有牙的疼痛加劇了。這會兒所有的感覺和思維，好像都集中在臼齒上了。那已經不再單純是一顆牙的疼痛，似乎已經變成一團籠罩全身的巨大痛楚。

她忽然電光火石般地記起了三十多年前的夏夜，那個漆黑的夜晚。跟他妹夫一起來的幾個人，用強悍的手臂扭住丈夫帶走的那一瞬間，她也只能在無法忍受的疼痛中煎熬，完全不知所措。丈夫好像早已預料到，沒有反抗就把雙臂交給他們了。

「會平安放出來的，這完全是一種保護措施……相信我吧，一點都不用擔心。」妹夫用過去從未有過的和藹語氣跟她說話時，她也只是癱坐在廊台下面，用雙手緊緊捣住下巴。那時候，要不是小姑不知從哪兒得到了消息突然闖進來，她很可能就那麼目送他上路，就像丈夫只是跟朋友出去一會兒似的。小姑不管三七二十一拉住自己男人的褲腿就勢倒在地上，「不行，不能帶走我哥哥！」、「鬧什麼鬧，你們女人知道什麼！」、「我憑什麼不知道？就是知道了才跑來的，我憑什麼不知道？不能帶走，要帶走先弄死我再走吧。」小姑乾脆躺在地上發作起來，被拖出老遠也沒放開她男人的褲腿。「唉——喲，這可怎麼辦吶，我真該死啊，就因為我這嫁錯男人的女人，我哥哥要遭難了……這可怎麼辦吶！」隨即，小姑好像被他們用腳踢開了，脫手摔倒在地，就在地上撒潑般大哭起來。這時候，她也只是蹲在廊台邊瑟瑟發抖而已。好像所有的感覺都消失了，只有牙齒的劇烈疼痛。碰到這樣嚇人的事，本應當忘掉疼痛，真弄不懂那會兒是怎麼了。也許她是想從恐懼中逃走。說不定是想逃離難以置信的現實，全神貫注於牙齒的劇痛。

房門再次打開時，已經過了一個多小時。兩個人的臉都紅紅的。陌生男子穿鞋的時候，嘴裡還咬著魷魚乾。

「那麼，就相信前輩了。還喝了這麼好的酒。」

「原來啊——」成國一邊握住那人伸過來的手，一邊朝她說，可能是喝酒上臉，兒子的臉色比剛才好些了，「這位是我高中同學。該常見見面啊，在外面喝杯啤酒什麼的。」

「常見我做什麼呀，最好別見我們這種人，活得會更舒坦點。」

兩人用同樣高的嗓門哈哈笑了。可是那人剛走出去，老太太發現成國臉上的笑容瞬間消失了，臉上的肌肉僵硬地沉下來。

「混帳東西。」

不知道這話是衝剛出門的刑警說的，還是在說自己的弟弟，老太太的胸口又怦怦直跳了。

「奶奶，那人走了，我看著他走了才回來的。」

「叔叔呢？還沒看見叔叔嗎？」

「你，小不點兒，兔崽子，都晚上了還到哪兒閒晃？還不快滾到牆角去！」

兒子突然吼叫起來。小孩子嚇得撲到奶奶身上。

「小孩子有什麼錯，是我叫他出去的。我怕那人還在的時候，成浩突然進來。也不清楚到底是怎麼回事。」

「都說不用媽擔心了。」

成國再不吭聲了。老太太放開抓著裙帶的孩子，推開公寓門走到外面。暮色早已降臨，四週一片空寂。她在公寓前踱來踱去，不停地朝大路上更稠密的黑暗處張望。

在這之前，成國沒在家喊過一聲。他本來話就很少，不輕易表露自己的性情。雖然是自己親生的孩子，也常有感覺疏遠和不好意思的時候。因為家裡窮，他從小餓著肚子，吃了很多苦，好不容易讀完高中，報考*士官學校落榜後自己放棄了上大學的念頭。當了公務員直到現在，雖然一直在最底層工作，但是不僅買了現在住著的公寓，還把弟弟也送上大學了。妻子離家出走以後他也沒有任何變化。除了每週兩次值夜班，每天下班回家都非常準時。為了趕上七點十分的電車，清早天還沒亮他就出門上班。連吃飯前在房裡做徒手體操的事，也從來沒缺過。老太太常常看見兒子一早從褥子上爬起來獨自做體操，看著他揮舞手臂的模樣，因為小時候沒吃好，針織上衣向外翹起時，露出的手臂乾瘦細長，還有他倒立時臉漲得通紅，眼珠子都要蹦出來似的模樣，看著看著，她不知怎麼像看著即將爆炸的氣球一樣忐忑不安起來。

「在這兒做什麼？」

她嚇了一跳，轉過身一看，成浩不知什麼時候站在身後，毫不知情地衝她笑了。

士官學校：韓國二十世紀六七十年代窮人子弟渴望就讀的軍校，考上後不僅免除四年全部學費，還提供住宿及生活費用，畢業後可以到軍隊擔任高級軍官。

「一直等你呢。你在外面闖什麼禍了，警察都找到家裡了。」

「真的嗎？現在還在裡面嗎？」

「你哥哥請他喝完酒送走了。進去時小心點，你哥心情不好。」

「真行啊，還以為他就是個死心眼呢。」

「你喝酒了。」

「清醒著呢。」

她這時才發現，這小子的肩上扛著一個速食麵箱似的東西。可能是太重了，他走路都有點歪。

「像個賊似的，這麼晚了扛的什麼東西？」

「賊？哈，哈，這是書，書！」

剛進門來，發現成國已經直挺挺地站在門口等他了。成浩東倒西歪費力地脫鞋，也沒打算放下箱子。看著弟弟的腳套在鞋裡拔不出來，歪歪扭扭吃力地甩腳踝，當哥的一直雙臂抱胸旁觀。突然，他上前奪過箱子摔到地板上，命令道：「你自己打開！」也許是迫於哥哥的威嚴，成浩順從地打開箱子。老太太這才看到裡面裝的不是書，而是剛剛印刷出來的紙張，上面的字像活了似的亂跳，令人頭暈目眩。

「你胡鬧什麼啊！」成國拉出一張紙，仔細讀了一遍後說道。

「理解一下我吧，哥。」

「理解？印這些東西一點都不知道害怕，讓我理解你這種人？」

「哥哥以為這是什麼爆裂物嗎？這只是文章，是思想。」

「看起來你是以為只有炸彈才能傷人吶。炸彈你盡可以一個人抱著引爆，可這東西能讓很多人受傷。」

「我不會讓哥哥受傷的，你不用操心了。」

「你說什麼？」

「我也不想這麼說，但是，如果這是危險品的話，為了不讓別人受傷，我可以受傷。」

「就是說為了這些紙上的想法，必要的話，你也可以去死嗎？」

「如果只能去死的話，根據情況，也可能會吧。」

「媽的，你這騙子！」

「什麼？」

「你仔細聽著。我最恨像你這種傢伙。明白嗎？像你這種能說會道的人，嘴上總說什麼都能做的傢伙，一邊給父母兄弟和自己的兒女惹禍，不讓他們好好過日子，一邊唱各種高調，要為了什麼理想去死，其實都是些為了什麼目的害死別人的傢伙。用一句話說，你們就是赤色分子。」

「說話太過分了，哥哥！」

「怎麼，你以為赤色分子有什麼不一樣嗎！你和我都是赤色分子的子女。小子！你也得代代相傳哪。」

「哎哎，說的什麼話？大晴天要讓雷劈的。說誰是赤色分子呀？」

「以為我不知道呢？我都知道。我為什麼沒考上士官學校，為什麼晉級考試回回都失敗，知道嗎？還不是因為了不起的爸爸。就是那位為了信念和思想，連老婆孩子都可以像扔破爛一樣扔掉不管的偉大爸爸。」

「你知道什麼呀，說什麼……那，不是那麼回事。說你爸爸扔下妻兒……真要遭天譴的呀。」

「不是那麼回事的話，為什麼不露面呢？爸爸到現在還下落不明吧？到底去哪兒了？也不是像別人那樣在『六二五』時期失蹤的，如果那樣反而更好了，至少成浩出生的時候他還活著吧。可是我一次都沒見過爸爸的臉。我腦子裡有關爸爸的記憶一點都沒有。到底為了什麼，在哪兒，做什麼偉大事業呢？」

老太太的頭像是被重擊了一下，眼前一陣發黑。好像什麼東西在心裡猛然翻了個個兒，頭暈得令她全身劇烈顫抖起來。她想說點什麼，但是乾涸的嘴唇無法開啟。她同時又陷入恐懼當中——假如能開口說話，不知道會說出什麼樣的話。

正值自由黨後期非常混亂的時候，有一天，小姑非常興奮地找來說她哥哥還活著。她說不僅活著，還可以見到呢。一開始，她沒相信小姑說的話。丈夫被那樣悲慘地抓去而且下落不明後，小姑時不時總愛說這些話，「在什麼地方算過命，肯定還活著」，「有位道士說，他跟別的女人重新結了婚在哪兒哪兒過日子呢」等等，什麼怪話都有。但是這次不同，有人替丈夫傳話來了。說是丈夫就藏在不遠的地方，但是他的處境不允許他直接出來，所以要在某日某時見面，而且讓家裡準備二十萬元帶來。當然，這件事千萬不能讓別人知道。當時不知道中的什麼邪，她竟然相信了這荒唐的傳話，好不容易湊齊了二十萬，用報紙包起來，再用包袱布緊緊裹上揣在懷裡，跟小姑一塊去見那個男人。後來回憶起來，當時那人的眼睛好像有點兒狠，話雖然很少但是偶爾露出北方口音，除此以外，臉的輪廓非常模糊，真怪。她們跟著他來到大邱近郊的桐華寺入口。初冬時節，天氣很冷。那男人讓小姑在入口附近的一家飯館等著，只讓她一個人跟去。當時雖然感覺有點不對勁，但或許是因為他躲躲藏藏好像在避人耳目的模樣，她也沒有產生戒備心理。夜風吹得松樹林發出令人害怕的嗚咽聲。她的牙齒始終咯咯地發抖。她一次也沒敢回頭看一下，為了跟上走在前面的男子，好幾次被露出地面的石塊絆倒。進入沒有人跡的樹林深處，她的心提到了嗓子眼兒，卻毫無辦法。「他在哪兒，在哪兒呢……」她大聲叫起來。那男人停下了腳步。黑暗中，她看到又有一個人影慢慢站起來。「辛苦你了。」這不是丈夫的聲音。她感覺脖子像被人狠狠勒住了，兩腿僵硬了似的一動也不能動。他們輕而易舉地從她身上把錢搶走了。「有像你這樣的好人，我們才能有飯吃呀……別太往壞處想啊。」一股蠻力弄彎她的腰時，她才發出了尖叫。一隻巨大的手掌捂住了她的嘴，接著傳來粗暴地撕破衣服的聲音。「別這樣，找點兒樂子嘛。」男人呼出的熱氣噴到她臉上。「聽說是寡婦，正好嘛，嗯？」松風不停地發出令人顫慄的嗚咽聲。她以為自己要死了。她想這下自己就要死了，就要從這不安的一切中解脫出來了。

「你弄錯了，錯得離譜。你爸爸絕對不是那種人。」老太太艱難地開口了，「媽媽到今天到現在還在等你爸爸。不管怎樣，不管在什麼地方，一定還活著，我就是靠著這個希望活下來的。」

「我沒有爸爸。就算那個所謂的爸爸現在馬上活著從門口走進來，也不關我的事。從我沒考上士官學校，然後放棄上大學，再到街道辦事處當職員開始，不，在那之前，我就已經親手把爸爸埋葬了。」

「真了不起啊！」

這時候，一直把頭深深埋在兩膝之間的成浩突然抬起頭，刀刃一樣鋒利的目光直視成國。「哥哥才是什麼都能殺的人哪。為了士官學校，為了升職，什麼都可以犧牲，連爸爸都可以殺死。」

「你說什麼？小兔崽子！」成國發出雷鳴般的怒吼，一下子揪住弟弟的脖領，「說得太好了！能殺死爸爸的人，連你一個小傢伙都弄不死嗎？今天你就死在我手裡吧！」

心裡想要拉開他們，但是老太太卻像中風了似的渾身劇烈顫抖起來。她明白了在漫長的歲月裡她一直最害怕的是什麼。她突然望向孩子。小孩子蜷縮在牆角緊閉著雙眼，兩手用力摀住耳朵。

「孩……子……們……」她的嘴裡突然喊出這句突兀的尖叫，尖叫之後才發覺有什麼東西從扭成一團的五臟六腑最深處掙扎著湧上來，從嘴裡一下子迸發出來了。兒子們瞪大眼睛看著她。

「打呀，又打又踢又咬地打吧！幹嘛要死一個人，你也死我也死一直打到大家都死光了吧！什麼爸媽，什麼兄弟！渾小子們，坐著幹嘛，勁兒不夠用了，還是仇恨不夠了？打呀，快打呀——」

她不知道自己在喊什麼，就那麼失魂落魄地坐著，好像從心底裡升上來某種野獸悲鳴般的東西，當它全部宣洩出來後，她的心裡一下子空蕩蕩的。屋裡靜極了。忽然，老二的肩膀塌下來，開始發出低低的啜泣。肩膀的抖動和抽泣聲漸漸加劇，無法抑制，越來越強烈。老太太就像傾聽自己的哭聲一樣，漸漸放下心來。成國嘖了一下嘴，咬了一支菸抽起來。這彷彿是一個訊號，成浩猛地站起來，帶著哭聲衝了出去。房門在兒子身後重重地關上了，家裡又恢復了沉重的寂靜，老太太一動不動地坐著。小孩子抽著鼻子走過來。

「奶奶，叔叔去哪兒了，嗯？」

「植啊，跟奶奶一塊兒把這個抬出去吧。」老太太無力地說。小孩子好像也察覺到什麼了，老太太拉著箱子走出房門時，順從地跟在後面。然而這個箱子對於老太太和六歲的孩子來說太重了，他們走下四層樓梯時累得休息了好幾次。

外面一片漆黑，風吹過公寓樓前的空地。哪兒都看不到兒子的人影。老太太想到了公寓後面的空地。儘可能選在人們很少經過的地方。牙齒仍在刺痛，但是衰老而疲憊不堪的牙齦，這會兒好像失去了感覺，連疼痛也變得遲鈍了。快要脫落的牙齒像一隻生了鏽的鐵釘，已經鬆動了，用舌尖一碰就會晃動。公寓後面的空地上，乾枯的雜草沒過了腳踝。老太太解開箱子，把裡面滿滿的紙張都傾倒出來。她把幾張紙堆起來引火，划著火柴湊了上去。

火苗很快燒起來。紙從邊緣開始發黑，然後燃燒。印在白紙上的黑字被火焰吞噬著，掙扎著發出悲鳴，最後還是消失了。她不知道那些字意味著什麼，又在訴說著什麼，但就像老早以前處心積慮想要做的事，如今終於了結了一樣，她的心情頓時暢快起來。

那天夜裡，被那兩個男人侮辱時，她只是渴望死亡降臨。對於經歷了那恐怖可怕的瞬間還能苟活下來的這條堅韌而骯髒的性命，她倍覺寒心和憎惡。她想到了丈夫。奇怪的是，那一瞬間她真切地感覺到了丈夫的體溫。她把臉貼在丈夫的背上。丈夫騎著自行車，她坐在後座上緊緊抱住丈夫的腰。丈夫加入「保導聯盟」以後，他們才開始過上安穩的婚姻生活。丈夫在金融組織找到了一份工作，為了上下班買了一輛自行車。有一天晚上，她第一次坐上了自行車。開始她執意不肯坐，丈夫就摟住她的腰，把她輕輕抱起來放到後座上，然後朝河壩騎去。騎到河壩上時，她用雙手抱住了丈夫。她第一次感覺到丈夫的腰竟然這樣結實。丈夫吹起了口哨。壽成川下游，夕陽正在暮色中墜落。即使閉上眼睛，美麗的晚霞也能映入眼簾。

惡漢們離去後，她就那麼久久地躺在撕爛的衣服裡。丈夫溫熱的體溫從臉頰上消失了。任風無情地劃破身子，她就那樣一動不動地躺著。成國爸……她低低地呼喚丈夫。她再一次意識到自己是孤身一人。第二年，她生下了成浩。

不知從哪兒吹來一陣風，火焰晃動起來，燃燒的紙張被吹到空中。燒剩的白色灰燼被風吸起，又被吹成碎片，四下飛散。

再飄高一點兒。飛得高高的。她突然意識到自己在如此反覆嘟囔。家鄉過堂祭的時候，也這樣燒紙。為死去的靈魂求冥福，也為自己許願。都說紙燒得越透，飄得越高越好。看見幻影的不是我，而是嫂子你啊。你還想瞞孩子們瞞你自己到什麼時候啊。小姑的聲音在耳畔響起。她覺得眼前豁然開朗。對，現在應當把一切都告訴他們了。讓成國和成浩都坐下來，給他們講關於他們爸爸的故事。沒法再隱瞞，也不能再隱瞞了，她暗暗下了決心。

「植啊，給奶奶拔一下牙。」

老太太在小孩子面前張開嘴。小孩子皺起眉頭直搖腦袋。

「奶奶不是因為疼嘛。我們家植不願意奶奶疼吧？」

老太太拉過孩子的手，讓他用兩根手指捏住鬆得快要脫落的牙齒。小孩子皺著眉頭，猶豫不決地緊緊閉上雙眼。牙齒拔出來的瞬間，她發出「啊啊」的呻吟聲。

小孩子驚訝地盯著手上的牙，連髒污都顧不上了。老太太搶過了牙齒。醜陋的牙連根都發黑腐爛了。不過疼痛沒有立即消失。她把這似乎還在隱隱作痛的病根，把這身體的一部分扔進了火堆。

「奶奶，你哭了？疼嗎？」

「哭什麼呀，不是讓煙嗆的嘛，像奶奶這麼老，就不能哭了。」

她用裙角擦了擦眼皮，一邊不停地把紙張送入火堆，一邊跟小孩子說：

「植啊，你也有願望的話，就許個願吧。現在許願，什麼願望都能成的。」

不知道是不是聽懂了，小孩子一臉虔誠，默默望著火焰。也許是在祈求讓媽媽回到自己身邊來吧。孩子緊閉著雙唇，映在眸子裡的火光熊熊燃燒。

她強忍住一把摟住孩子的衝動。

（原載《實踐文學》，1985年）

臍帶
chapter five

我被一陣電話鈴聲吵醒了。原來我靠坐在牆上的時候，像失去意識般陷入了睡夢。

請問是金大植先生嗎？

低沉卻十分清晰的嗓音闖進了我的耳朵。

這裡是*警察署對共科。李英海女士是您的妻子對吧？

我的大腦瞬間一片空白，不知不覺間聲音也顫抖了。

沒……沒錯……

您妻子在警察署。請您九點三十分之前到警察署前面的那家約會茶館，來接一下夫人。

不……不好意思。請……請問到……到哪裡？

我又開始結巴了。說話結巴是從幼年時期開始根深蒂固的習慣。受到驚嚇或是緊張的時候，舌頭就不聽使喚。但是電話那邊的男人很是耐心地等我全部說完，才回答：

警察署對共科。

警察署對共科：韓國警察署內原來專門負責處理涉及共產主義活動的部門，現已更名為「保安科」。

我妻子，出……出事了嗎？

沒什麼事，只是需要配合一下調查。現在調查暫時結束，所以可以先回家。請九點半之前到。

像是接受信訪一樣，警察用禮貌又親切的聲音說著。掛掉電話，我茫然地坐了一會。想著應該站起來，身體卻不聽使喚，好像並沒有因為確認妻子安全了而消除緊張感。雖然放下心來，但是腦袋裡卻被不安和懷疑攪得一片混亂。我不知道發生了什麼。某個傍晚妻子毫無理由地消失了，第二天卻從警察署打來電話讓我接人。看來不是失蹤，而是在警察署接受調查。

我抬起腕錶和掛鐘對了一下，差三分鐘。

腕錶是妻子送給我的新婚禮物。雖然標著「瑞典製造」，但不知道是不是假貨，從來沒有準過，弄得我養成了經常對錶的習慣。這腕錶就像婚姻生活的某種象徵，我一直無法擺脫這種令人不快的預感。

妻子於昨天傍晚突然消失。下班回家時我以為妻子只是去買東西，因為廚房明顯有著做飯中途被打斷的痕跡。晚飯時間過了很久，我突然生出不好的預感。妻子從來沒有這麼長時間不在家。我在家門口焦慮地來回踱步，夜色中妻子依舊沒有回來。無數恐怖的想像嚇得我不知所措。家中沒有任何東西能解釋她的失蹤，所有物品都完好無損地放在原位，只有妻子神不知鬼不覺地消失了。

一夜未眠，想到應該去警察署報案的瞬間，我卻感受到了刺骨的恐懼。難道我要兩次報案離家出走嗎？這時，耳邊迴蕩起母親的聲音：

行，我倒要看看，把我這個媽攆走，你們能過成什麼樣！

兩個月前母親離開了家。與妻子不同，母親是離家出走，到現在杳無音訊。雖然我們在警察署報了案，也四處找過，但都徒勞而返。母親離開之後我們沒有一天不是提心吊膽，每天都在惴惴不安中度過。我總是覺得這種不安到最後沒準會成為現實。

最近天氣逐漸變涼，夜晚的街道一片寂靜。我攔了一輛計程車去警察署。

您的錶準嗎？

我向計程車司機確認了兩遍。雖然我已經在家裡對過錶，還是擔心會有差錯。九點三十分！電話裡男子單方面定下見面的時間，給我一種不能忤逆的壓迫感。計程車開始在黑暗中奔跑。妻子為什麼會被帶去警察署？又為什麼會被調查？我看著窗外的黑暗焦慮不安地思索著。還有那人剛剛說的「對共科」，也一直讓人放心不下。

瞧你那熊樣兒。我說什麼來著？我就說那個女人會毀了這個家。

母親似乎正在某個地方如此冷嘲熱諷。這樣想來，這幾天母親已經被我忘在腦後了。我甚至都沒有想過天氣突然變涼，母親會在哪裡抵抗這樣的寒冷。羞愧感哽住喉嚨，我突然間意識到自己的冷酷無情。母親離家出走之後，我只是勉強去警察署報了案，在附近的養老院和流浪者收容所找了找，覺得已經盡了義務，就茫然地相信她自己會回家。自責感猛然間刺痛了我的心臟。

應該是我結婚前一天夜裡，我突然從夢中驚醒，某種奇怪的感覺驅使我睜開眼睛，看見母親獨自坐在黑暗中還沒有睡覺。她正背對著窗外那微弱的光線筆直地坐著。

您怎麼還不睡啊？

這不是在看你嗎？

媽，您也真是的，這麼黑能看見什麼？

我裝出睡眼惺忪的樣子打著哈欠說，母親馬上用怪異且低沉的聲音回答：

看不見你的臉怎麼了？天再黑，我也能數清你有幾根眉毛。

風吹得窗戶嘩啦作響。我抓住母親的手，她的手就像是乾枯的樹枝，粗糙而冰冷。

你出生的那天也是這麼冷，吹著這麼大的風。

母親摸著我的手說道。

你爸不在，這麼大的國家都沒有能讓我生孩子的地方。費了好大勁才找到別人家的倉庫，但是餓了四天，哪裡還有力氣？北風夾著雪花吹了一整晚，吹得竹林撕心裂肺地哭。它們哭，我也跟著哭，覺得自己應該就要死在那個晚上了。

這段往事母親像口頭禪一樣掛在嘴邊，我從小時候起已聽過無數次。但我只是默默地傾聽。獨自撫養遺腹子，母親要比旁人更為艱辛。在這樣一個晚上，想必對於母親來說，過往的所有痛苦都會更為清晰，所以才無法輕易入睡。

我因為陣痛疼得死去活來，但是又迷迷糊糊地想睡覺。這麼疼怎麼還想睡覺呢？可能肚子裡的小東西和我都要死了吧。沒準那個時候想著死了也好，就睡過去了。剛睡著，突然看見你死了的爸爸站在眼前。他什麼也沒說，似笑不笑地塞給我一個栗子就消失了。我從來沒見過那麼漂亮的紅栗子。那個時候我就知道，你肯定不會死，我肯定能把你生出來。要不是那個夢，那麼嚇人的事情我能挺過來嗎？

這時，母親突然用手撫摸我的臉頰。手掌乾燥粗糲，卻帶著炙熱的體溫。

我的大植絕對不要丟下你媽啊！娶了媳婦可不能只想著媳婦扔了你媽。

母親不停地撫摸我的臉，像對待吃奶的孩子一樣。黑暗中，母親的眼睛閃爍著奇異的光芒。聽著母親用熱烈的嗓音不斷重複這句話，寒意一下子籠罩了我的全身。

媽，怎麼會呢？結了婚我也更喜歡您啊。沒有媽媽我活不下去的。

我像孩子一樣撒嬌道。母親卻用雙手捧住我的臉，用更加炙熱的聲音顫抖著說：

這個世上我就只剩下我的大植了。你要是欺負我、打我，我就馬上去死。要是你只疼你媳婦，討厭你媽，我馬上就去死……

我用力搖了搖頭。不會的。母親並沒有脆弱到動不動就幼稚地尋死覓活，母親比任何人都堅韌。她就是憑著這份堅韌獨自撫養自己的獨子的。我又看了一眼腕錶。離約定的時間明明還綽綽有餘，我卻因為莫名的焦躁顫抖不已。

我三年前才結婚，比同齡人晚了許多。從我在職場上站穩腳跟開始，母親就暗示我趕快成家。但是很奇怪，我遲遲找不到合適的結婚對象。相親無數卻總是因為這樣那樣的原因不能成事。我覺得不錯的，對方不滿意。對方很滿意，母親又覺得不稱心。不對，應該說母親從來沒有稱心的準兒媳婦。

比如：

那女人可不行。以為自己多了不起呢，直愣愣地坐在那兒，像蛇一樣抬起頭直勾勾地看人家的眼睛。把這種女人娶進來可怎麼行，她得拿我這個婆婆多不當回事啊。

或者是：

不知道你怎麼看，我覺得這孩子看著老實，可還是個小孩。別看她低著頭，可面前發生的事她都偷偷瞄著呢。這可瞞不過我的眼睛！這種女人早晚得闖禍，折騰得丈夫不得安生。

就這樣，相親一一告吹。我有時甚至懷疑，母親與這些年輕女人見面後，從她們身上找出毛病再拒絕她們，能夠獲得某種快感。

我對即將成為我妻子的人沒有任何期待，因為我清楚，自己實在沒什麼拿得出手的優點，最重要的是，我在女人方面跟白痴沒什麼兩樣。從一開始，給我找妻子就變成給我母親找兒媳婦，所以結婚就理所當然沒那麼容易了。幾年來，我一直被母親拉著四處相親。身心疲倦的我只想隨便找個女人，兩眼一閉舉行婚禮。

現在的妻子是我們原來住的社區班長的夫人做的媒。當時她在市場裡經營一家手工藝品店，母親去她的店裡看了一次，竟意外地相中了她。

長得雖然不是很漂亮，但也說得過去。自己做生意可能也吃了不少苦，一看就跟現在那些不知道天高地厚的年輕人不同。年齡也不是太小，知道尊重老人。

此前母親見過兒媳婦人選後，從未有過滿口稱讚的情況。但母親說的優點反過來想卻怪異地都是缺點。首先，年齡太大。女人過了三十歲就已經過了花季。母親說長相並不驚豔，還過得去，那就跟長得醜沒什麼區別了。這個女人在許多方面都與我相似。單親母親膝下的獨女，母親去年因癌症受盡痛苦撒手人寰。這些年她一直經營手工藝品店來支付母親的醫藥費和住院費，以至於錯過了婚期。我不理解母親為什麼偏偏中意這個女人。時至今日，她不惜故意找麻煩拒絕了那麼多家的閨秀，就是想找這樣一個普普通通的女人？我實在猜不透母親內心的想法。敵不過母親的糾纏，我決定第二天去市場和她見面。那時我百般不情願，所以就穿著有公司標誌的工作服去她附近的小吃店找她。她果然也是在店裡工作的裝扮。

那確實是一次特別的見面。夏季梅雨還未結束，陰雨連綿不絕。到現在我仍然記得，妻子渾身雨水推開小吃店玻璃門走進來的那一刻。她抓著木把手用力推開嘎吱作響的破舊玻璃門時，臉上閃過一絲絕望。妻子給我的第一印象是非常疲憊，她的眼裡看不到對生活的任何希望和期待。她就像虛弱無力的人，甚至連黏在額頭上的濕髮都無力撥開。她獨自發著呆，坐在我對面看著玻璃門外市場小巷裡淅淅瀝瀝的小雨，時不時像突然想起來一樣，擺弄一下面前的魚粉串。她看起來並不像是來相親的，而是在享受著辛苦工作中獲得的短暫休息時間。

她心不在焉地回答我的問話。有時不做回答，等我第二次問的時候又像是突然回過神來一樣反問：你說什麼？我再一次懷疑母親到底看中她哪裡了。過了花季的年齡，寒酸的長相，甚至連幫扶的父母和姐妹都沒有，與其說有什麼地方能吸引我，倒不如說那是一種憐憫。

但是我驚訝地發現，在她面前我竟然沒有結巴。我從小就害怕在人前講話。開口之前要在嘴裡練習好幾遍，每到要說話時我都會緊張得直冒冷汗。我只在母親面前不結巴。只要在母親面前，我就可以毫無顧忌地喋喋不休。放學後跨進家門的時候，就像是結束了掐著鼻子的漫長潛水，終於能夠長吁一口氣，從窒息般的緊張中解脫。我驚異地發現在這女人面前我居然也不結巴。這是我第一次沒在陌生女人面前結巴，甚至能夠侃侃而談。打開了話匣子後，我就像是上輩子沒說過話一樣滔滔不絕。聊著聊著，女人的臉上奇蹟般地出現了笑容。我的腦海中開始浮現出緣分、天生一對這樣的詞。從座位上站起來時，心裡已經暗自決定，就是她了。

但是我們的婚姻生活從一開始就充滿了坎坷。現在回想起來，結婚第一天就出現了產生間隙的徵兆。

我們去釜山新婚旅行。沒有定昂貴的酒店，而是選擇住在松島所謂的高級旅館。從旅館窗戶可以望見已是淡季的狹窄沙灘，晚上可以聽見晚風中海水舔舐海岸的沙沙聲。

今夜我們將在這裡舉行新婚之禮。想來我們兩人經歷了人世間許多的苦難坎坷，很晚才得以結婚，正因為如此我們的新婚之夜也許會更加美好。朝向大海的窗戶開闊明亮，黑暗中妻子端端正正地躺在床上。我像為舉行神聖儀式而興奮不已的祭司，而她躺在祭壇上閉著眼睛等待儀式的開始。

我的手觸摸到她，她的身體因緊張而微微顫抖。我感受到身體裡正在翻湧的慾望。可在那一瞬間，我毫無緣由地突然想起母親。耳邊突然清晰地傳來幼年時期母親對我說過的話。

哎呀，真噁心。

那是在小時候曾租住的小屋後院。正對著後牆的廚房狹窄而幽暗，我赤裸裸地站著。每到夏天，母親就會一天不落地用鐵桶裝滿水給我洗澡。那時母親為什麼如此用心地給我洗澡呢？她好像對此十分享受，為我洗澡總是要花很長時間。先洗頭，然後仔細地在全身各處打好肥皂，接著用手搓得我渾身通紅。不知道被轉了幾圈，確認身上的灰都搓淨了，最後再用乾毛巾把水擦乾。

哎呀，真噁心。

應該是母親的手清洗我大腿中間的時候。當我緊閉著雙眼忍受搓洗時忽然間嚇了一跳，立即睜開眼睛。直到跟母親瞪大的雙眼對視，我才知道出了什麼問題。是我的小雞雞不知不覺中挺直了。可奇怪的是母親並沒有生氣，漲紅的臉色和興奮的語調都令我十分不解。母親甚至還用手指彈了一下我的小雞雞，噗哧一聲笑了。

哎呀，真噁心。那聲音早就蒙上了厚厚的歲月之塵，偏偏在這一瞬間跳進腦海。記憶太過鮮明，我彷彿還能感受到母親「突」地彈下來時奇妙的觸感。原本沸騰的慾望也無可奈何地熄滅了，我們神聖的儀式被迫中斷，新婚之夜就這樣草草了事。

新婚旅行在第一天晚上戛然而止，第二天，我們又不得不急急忙忙趕了回來。

怎麼辦啊，昨天晚上腸子突然像要斷了似的疼。一晚上都沒睡。

次日一早就接到母親的電話。話筒另一端母親的嗓音嘶啞憔悴得嚇人。母親露骨地傳達了她的想法，即希望我們結束新婚旅行馬上回家。當我們放棄了原計畫三天兩夜的新婚旅行趕回家時，令人驚訝的是母親的臉色看起來十分健康。說是剛才在藥店買了點胃藥，吃了就好了。明明吃胃藥就能好，卻把我們從新婚旅行中叫回來。我與其說悵然若失，不如說氣得無言了，母親在裝病的想法一直在心裡揮之不去。

這不是無端的懷疑。母親之後也經常使用這種手段。家裡只有兩個房間，稍大一點的給母親住，我們夫婦用客廳兼廚房邊上的小房間。每晚我都會在母親身邊看一會電視劇再回房間。每當我要回房間的時候，母親總會想盡辦法留我再待上一會兒。肩膀酸讓我揉揉肩，或是不合時宜地說些老掉牙的故事，沒完沒了，把人弄得心煩氣躁。有時我剛回房間躺進被窩又馬上喊我，藉口大都是身體不舒服。

哎喲，晚上吃的不消化了。肚子怎麼這麼疼。

我沒有辦法，只好過去幫母親揉揉肚子。你的手真是藥手。怎麼你一揉，就像春雪融化一樣都消化了呢。我揉著母親肚子時，母親會滿足地閉上眼睛。我有時覺得母親說自己肚子疼或許不是在說謊。送走膝下獨子後獨自度過漫漫長夜的空虛，可能會撕裂母親的心吧。

半夜躺在被窩裡，有時突然聽見母親在狹窄的客廳裡走來走去。其實沒有什麼事，只是在監視我們夫妻的動靜。有時抱著妻子，會猛然聽見母親的腳步聲響起。每當這時，別說是被子的窸窣聲，妻子連喘氣聲都要努力忍住。可是第二天早上，母親對我們夫妻的床笫之事仍然瞭如指掌。

哎喲，多髒啊！用這髒手做的飯讓人怎麼吃啊！妻子在廚房做早餐時，母親忽然間大喊道。母親像是一晚沒睡似的披散著頭髮，無神的雙眼像要吃人一般怒視著妻子。這樣的話，妻子最後一定會被趕出廚房。覺得和自己兒子睡覺的兒媳婦不乾淨。母親的這種心情應該怎樣解釋？我儘量相信母親的症狀只是一時的，時間長了母親一定會溫和地接受自己的兒媳婦。然而母親卻越發露骨地折磨妻子。

讓你煮個湯，煮青蛙出汗那麼丁點兒，你是嫌棄這個婆婆，想噎死我啊？

坐到飯桌前一口沒吃就扔下飯勺，或者忽然提起從未提過的嫁妝太寒酸了，或者說長在赤貧家庭裡，做什麼事都是一副窮酸相，母親找麻煩罵妻子的內容層出不窮。「婆婆看不慣兒媳，從頭到腳都是毛病」，我感覺這句老話絕對不是誇張。

然而，妻子默默地承受了這些虐待。似乎認為自己命該如此，臉上的表情永遠和第一次在小吃店見面時一樣，發著呆，像掉了魂。從小經歷的所有苦難，還有捆綁在母親病床前耗盡的青春，使她遺失了對生活所有的活力和熱情。對幸福和日常的安逸感到陌生，卻諳熟各種不幸。

我無法理解結婚前母親怎麼會對妻子產生好感。在那麼多兒媳人選中，為何偏偏選中缺點最多的妻子呢？一個恐怖的想法突然間閃過腦海。母親相了無數次親，難道就是一直在尋找缺點最多的女人？選兒媳婦時是否激起了她的嫉妒心？這種想法令我不寒而慄。

向妻子發火時母親表情憤怒，圓睜著雙眼，臉上滿是燃燒的嫉恨。這張充滿嫉妒的臉逐漸與記憶中的臉重疊。

離開故鄉後，我們母子有一段時間過得跟乞丐一樣。直到我七八歲時，我們才勉強在大邱鳳德洞的美軍部隊附近安了家。那裡又叫德克薩斯村，到處都是令人眼花繚亂的英文牌匾，還有穿梭於其中的穿著稀奇古怪的*洋公主。

我們租下深巷裡一戶人家的一間小房。母親給那一帶的洋公主洗衣服賺點錢，有時也會收些跟工錢等價的小物品。在當時，裝咖啡的鐵罐或是洋菸，拿到美國佬市場馬上就能換成現錢。我們以此餬口，所以租住的小屋子後面狹窄的院子裡，永遠掛著厚大衣、骯髒的床單或是內衣。孤獨的我經常忍受著饑餓，整天坐在院子的角落裡看水滴從各式各樣的衣物上淌下來，漸漸弄濕整個院子。

我們房子的後面住著一個洋公主。她的名字叫「蘇西」。我記得有些骨瘦如柴而且早熟的孩子經常聚在小巷充滿濕氣的陰影裡玩，每當她走來就亂七八糟地吹著口哨捉弄她。嘿！蘇西！卡門！CBCB，OK？這個女人不知為什麼很喜歡我，常把我帶回她的房間給我吃巧克力，還給我講遙遠國度的童話故事。不知是美製香水還是她身上的味道，走進她的房間總會有一種神祕的香氣撲面而來。因此每次走進她的房間我都會反胃緊張，不過我並不討厭這種味道。或許比起巧克力和童話，我更喜歡她身上獨特的香氣和抱住我時身體光滑的觸感。那是在母親飽經風霜的身上無從體驗的感覺。狹窄的房間裡大白天也開著燈，她穿著睡衣，總是露出白皙的大腿。她有時會毫無徵兆地眼含淚水把我緊緊抱在懷裡，那時我會覺得喘不上氣，同時又有一種快要融化的奇妙感覺。

那天我也像往常一樣在她的房間玩耍。房門突然被推開，母親不知怎麼尋來，表情異常恐怖地出現在門口。母親不由分說地衝進房間，抓著我的手臂朝女人走去。

洋公主：為美軍提供性服務的韓國妓女。

死娘們兒，狐狸精！勾引我家天真的孩子，想做什麼！

女人被突如其來的狀況弄愣了，接著臉色唰地一下變白，瞪大了眼睛。

什麼？你說什麼？

喂，死娘們兒！當洋婊子就去找洋鬼子賣！在這兒想勾引誰呢！遭雷劈的！

你是不是瘋了！對，我就是洋婊子！那你是什麼？一個給洋婊子洗內褲混飯吃的，衝誰嚷嚷呢？

我是瘋了！知道我為什麼瘋嗎？死娘們兒。我看你就是個赤色分子。

眨眼間兩個人已經撕扯著頭髮滾倒在地。她們一邊大聲辱罵一邊廝打，我躲在房間角落裡驚恐地觀望。我不知道母親為什麼這般生氣。母親披散著頭髮，臉上帶著恐怖的表情，大聲叫罵，看起來完全像一個陌生人。我甚至有些擔心，母親是不是真的瘋了。最後我「哇」的一聲哭了出來。

不只是這個女人，母親和許多人都吵過架，社區裡的每個人都至少吵過一次。吵架的時候，母親一定會撒潑般地大聲罵出這句話。

你個赤色娘們兒。

對母親來說，折磨自己的都是共產黨，是赤色分子。那是我小學四年級的事。那天母親也像往常一樣讓我脫光了洗澡，我卻十分不情願。因為那天我在學校裡搗亂，被班主任用柳條打了幾下。這是怎麼了！果不其然，母親面色鐵青地大聲問我。我的肉原就比別人綿軟，柳條的痕跡象蛇一樣盤在我的屁股兩邊。我只好將事情全盤托出，但是母親似乎並沒有將我受罰的原因聽進去。穿衣服，快點，馬上跟我去學校。我雖然知道壞事了，但也只能跟著母親去了學校。

母親一到學校就直奔教務室。我躲在玄關門邊上等母親快點出來。過了一會兒就聽見裡邊傳出有人大吵大嚷的動靜，我知道那是母親。我躊躇著走向教務室，透過玻璃窗可以看見裡面的情形。母親站在正中央，其他人則像被母親的氣勢嚇住了，佇立在一旁。我緊貼在走廊的牆壁上聽著母親高喊，羞愧得渾身顫抖。母親一副目中無人的架勢，在教務室裡用洪亮的聲音大喊：

我兒子是撫卹對象！他爸爸和共產黨打仗死了。大韓民國是什麼樣的國家啊，能這樣瞧不起我們烈士家屬！欺負我兒子的都是赤色分子！都是共產黨！

母親談起我岳丈的事，我倒沒有驚訝，反倒有種該來的終於來了的感覺。那天我比平時稍晚回家，一進屋就被母親拉進她的房間。

唉，這可怎麼辦！我就覺得這個女人不對勁，這一打聽還真有問題。

又怎麼了？

因為是你媳婦所以我一直包庇她到現在，這回真不行了。我打聽了一下，她那個死去的爸爸是赤色分子！因為這事在監獄裡待了幾年才出來。做媒的那個老娘們兒說的話我都聽見了！

這件事我早就知道。老丈人因有叛國罪嫌疑被關進監獄，幾年牢獄生活傷了身體，出獄後早早離開了人世。這件事情我曾聽妻子說過。我不耐煩地反問母親。

所以呢？您想說什麼？

這還不止！她不是說她舅舅在日本嗎？據說他也是赤色分子啊，要不然別的在日僑胞回韓國就像回家一樣，怎麼偏偏她舅舅回不來呢？

所以呢？您到底想做什麼？

我再一次反問道。原本氣勢洶洶的母親突然臉色一變，盯著我說：

什麼做什麼？這種女人能留嗎？你爸爸怎麼死的，你姥姥爺死在誰手裡的，你不記得了？

那是她的錯嗎？

噢，我看你已經被她迷住了。

您就別折騰了！就這麼一個兒媳婦，您怎麼就不滿意呢？

我最終還是大聲喊了出來。母親張大嘴驚訝地望著我，因為我從未對母親這樣大喊大叫過。我猛地站起來走回我的房間，妻子正低著頭蜷縮在房間的角落裡。剛點上一支菸，房門突然打開，母親走進來，面色異常恐怖，因為憤怒，她的身子像篩糠似的不停顫抖。

怎麼著？臭小子。眼裡就只有媳婦沒有你媽了是吧？紅顏禍水真毒啊！禍水不光化了你這傢伙，連祖宗的骨頭都能化了！你個兔崽子！

你拿她當個寶，我可不幹！要麼她走要麼我走，我和她絕不能在一起過！

您隨便！但是有一條，她是您兒媳婦之前，首先是我的媳婦！我絕對不會扔下她不管！

母親罵了許多不堪入耳的髒話似乎還不解氣，氣喘吁吁地，話都說不輪轉了。

我無從辯白那時為什麼對母親說了狠話，也許是厭倦了婚後這一年多來地獄般的生活。若非要解釋的話，我可能是想明確地表明我的態度，期望母親可以早點接受現實。

總之，那是最後一次見到母親。第二天早上妻子慌慌張張地叫醒我，說母親不見了。那時我依舊相信母親不會就這樣離開家，應該只是在附近的廟裡冷靜一下頭腦，很快就會回來。可是母親卻一去未返。

抵達警察署時離約定時間還有十多分鐘。電話裡說的茶館就在警察署對面。走進茶館前我抬頭看了一眼馬路對面的警察署大樓。佇立在黑暗中的建築，有些窗戶透出明亮的燈光，有些則是黑漆漆的。妻子就在那個冰冷的建築裡過了一夜。想到這兒，就像背後有人追趕一樣，我急匆匆地推開茶館的門。

茶館很冷清，還稍微有點涼。歡迎光臨。正看著電視連續劇的女人站起來打招呼。我找了個正對著入口的座位坐下，然後又望著牆上的掛鐘對時間。

那個鐘準嗎？

我沖端來茶水的女人問道。當然準。女人用奇怪的表情偷瞄了我一眼。我焦急地點了一支菸。牆上的時鐘剛剛過了九點三十分。茶館門被猛地推開，冷風呼地湧進來。三個人走了進來，我立刻站起身。妻子夾在兩個男人中間，我本以為她會喜極而泣，但是她仍像丟了魂一樣呆呆地望著我。

您是金大植先生嗎？

兩人一個穿著深色厚防寒服，另外一個穿著光滑的皮夾克。他們坐在我的對面。穿防寒服的男人轉過去對妻子說：請坐，夫人。呆呆站在後面的妻子條件反射般一驚，接著癱坐在我身邊。

其實我們在調查一件與對共有關的案件，跟您夫人有些關係，所以做了些調查。

我……我妻子，犯……犯了什麼……罪……罪了嗎？

我努力忍住結巴。穿防寒服的男人一直盯著我說：

現在案件還在調查當中，無法給您明確的答覆。不過接下來也要請您積極配合我們的調查。

我轉過頭看了一眼妻子。褪去血色的臉頰跟往常一樣疲倦、蒼老。她好像忘記了如何表達感情，蜷縮在椅子上瑟瑟發抖。

你們把我妻子怎麼了？瞬間我想揪住他們的衣領大聲質問，想發洩內心所有不安和鬱悶，但此時我只能將它們嚥回肚子。因為這根本就於事無補。

調查雖然還沒有結束，但您夫人身體很虛弱，再加上還要顧家，所以先放她回去。

好……好的。謝……謝謝。

我不斷道謝，好像他們發了什麼善心，其實我只是想著快點離開。

請在這裡簽名確認。男人遞給我一張紙。

我讀了讀紙上的內容。上端寫著妻子的名字，確認上述人員已由本人交接無誤，大概就是這些內容，細節我也無心再一一確認。我就像在貨物接收單上簽字一樣，在紙張的下端寫下名字。接著穿皮夾克的男人飛快地掏出黑色粗製的印泥盒推到我面前，我用大拇指蘸了印泥，在我的名字旁邊按下手印。妻子呆呆地看著我簽字、按手印，好像眼前的一切都與自己無關。

好了。他們從座位上站起來伸出手。相信今後您會好好協助我們。當……當然了。義不容辭。我勉強笑了笑。然後跑過去連他們的茶錢一起付了。

老婆，身體怎麼樣？有哪裡疼嗎？

他們走出茶館後，我跑到妻子面前焦急地問道。我想快點回家。妻子用茫然的眼神看著我說。妻子的嘴唇乾得開裂。當然，快點回家！回我們的小家！我一邊大聲回答，一邊扶著妻子站起來。

出了茶館，我馬上跑到車道上用力揮手攔下一輛計程車。把妻子扶上車，坐到她身邊才感覺全身僵直的關節稍微得以放鬆。計程車裡就像鳥巢一樣擁擠而溫暖。但是妻子卻像染了惡寒一樣顫抖著。

前一陣子舅舅從日本回來了，好像犯了什麼事。但是我說了我什麼都不知道。我都不知道他回來了，再說我都沒見過他……我說了我什麼都不知道。

好了，沒事了，現在沒事了。什麼都別說了，都忘了吧。

我握住了妻子的手。深夜的街道上車輛稀少，偶爾出現在燈光下的人們也都蜷縮著脖子步履匆匆。我癱倒一般將疲勞的身體縮在靠椅裡，闔上眼睛，眼前的一片黑暗中出現一張清晰的臉，是母親。

你知道你的臍帶是怎麼斷的嗎？是你媽用自己的牙，咬斷的。

母親說。每說到這裡，母親就會做出齜著牙顫抖的樣子。

還能怎麼辦呢。臍帶是肯定要斷的。黑漆漆的，手邊什麼也沒有。唉喲，也不知道臍帶這麼有韌勁！那時候我哪有精神，就一直想，得咬斷，得咬斷……就一直這麼想。

對了，母親到底在哪裡呢？像三十年前，那個拚盡全力咬斷臍帶的寒冷冬夜一樣，母親現在也在痛苦的黑暗中試圖斬斷根植於生命中的臍帶吧。我在內心中吶喊，沒錯，母親。請斬斷那根散發著血腥氣味的臍帶吧！母親。

明天我們再去找找媽媽吧。

我對妻子說。

就算翻遍全國也要找，媽會沒事的。她現在應該望眼欲穿地等我們去找她呢。

妻子沒有回答。從辛苦和緊張中完全放鬆下來，她已經靠在我肩膀上睡著了。我無聲地將妻子抱在懷裡，睡夢中，她的身體還在微微顫抖。

（原載於《深泉水》，1987年）

大雪紛飛的日子

哨兵用M16步槍攔住了女人。女人看上去身體單薄，手裡拎著一個旅行用包。因為包裹很沉，她的一側肩膀傾斜下來。在向士兵說明來意時，女人呼出的白氣升騰在寒冷的空氣裡。

「喂，她說什麼？放她進來。」

部隊門口的警衛室窗戶被嘩啦一聲打開，帶著防寒帽的下士喊道。

「有事嗎？」

女人走近時下士問道。

「我是來會面的。他是一等兵，叫金永民……」

「哪個中隊的？」

「這個……我不知道。我只知道他在這個部隊。」

女人的臉頰因為長途跋涉變得通紅。她說話的時候習慣性地用戴著白手套的手擋住嘴巴。

「小姐，單憑一個名字是找不到人的。你得告訴我們他是哪個中隊的啊。」

把頭塞進生鏽的火爐生火的男人直起腰來說。他的等級是兵長，瘦長的鼻子上沾了煤灰，顯得十分滑稽，女人強忍著笑意。

「都是一個部隊的你們應該認識吧？個子挺高，長臉，雙眼皮也挺深的。」

兵長和下士看了對方一眼，兩人都努力忍著笑。兵長饒有興趣地問：

「你和那個人是什麼關係啊？」

女人沒有回答，只是用手遮住嘴巴笑了一下，然後若無其事地轉過頭去。警衛室後面廣闊的練兵場上覆蓋著白雪。女人來的路上一直擔心看不到雪。練兵場上的陽光霜花般冰冷地發著光。軍營躲在山的陰影當中，陰陽界限分明。山的陰影裡，松樹樹梢上耀眼的陽光像槍口上的刺刀一樣閃爍。

「算了。看你走了這麼遠的路，我就破例幫你問問吧。」

女人小聲說了一句謝謝。兵長拿起手搖電話的聽筒撥號，下士打開了出入人員登記簿。

「你叫什麼？」

「李英淑。」

「家庭地址？」

「首爾。」

「首爾都是你家啊？」手拿聽筒的兵長討人嫌地插了一句。

「九老區九老洞。」

「哎呦，住在好地方啊。」還是煩人的兵長。

「明確住址？」

「26 統 4 班 169 番地。」

「職業？」

戴著白手套的女人再一次用手擋住嘴巴。凍紫了的小巧嘴唇猶豫著蠕動了幾下。下士用圓珠筆敲著窗邊催促道。

「沒有職業嗎？」

「工人。」

「嗯？」

「工人。在工廠工作。」

下士和兵長對視了一眼，無聲地笑了笑。

「工什麼人啊？高雅一點叫公司職員吧。」兵長說道。這時電話接通了，兵長拿著話筒大聲地喊，可能是線路不太好，他撅起嘴吹了幾聲口哨，然後又開始大聲喊叫：「叫金永民。嗯，一等兵。你說什麼？」兵長的臉色突然僵硬了。「確定那個人就叫金永民嗎？媽的！」

兵長用手堵住話筒向下士使了個眼色。兩人躲到一旁小聲嘀咕了幾句，這回輪到下士神情緊張地接過話筒。女人用不安的眼神望著他們，唯獨目光碰上緊盯著她的兵長視線時，立即轉過頭去。

女人順著軍用道路而來。那條路現在被白雪覆蓋，穿過平原沿著山腰消失在山的那邊。女人突然醒悟到自己沒有想過要沿著這條路再回去。但是現在看來這條路卻如夢幻般遙遠。

警衛室邊上寫著部隊的番號，「首戰告捷！」或是「滅共」的立牌威脅似的立在邊上。女人看著沿著部隊連綿不絕的鐵絲網，遠處山影中蟄伏的軍營，還有被白雪覆蓋的空曠練兵場，冬日的陽光冰冷地插在上面。所有的一切都奇怪地陷入一片寂靜。而這寂靜卻像是腳下的冰咯吱吱碎裂一樣岌岌可危。她一下子陷入莫名的恐懼中，瑟瑟發抖。

他突然從睡夢中驚醒。醒來之後他馬上——雖然是很正常地——想到自己是一名軍人，陸軍一等兵，現在正在夜間執勤。

應該是站著的時候不小心睡著了。M-16步槍還歪歪扭扭地掛在肩上，身體正在止不住地顫抖。特別是膝蓋和牙齒，從開始夜間執勤時就在發抖，到現在還不知疲倦地繼續著。

他瞪大了雙眼。除了偶爾傳來的風聲，周圍一直十分安靜。他的眼前是鋪開的黑暗，幾步外是鐵絲網，鐵絲網外面是更加濃厚的夜色。雖然是一成不變的景象，但他感覺到有什麼發生了變化。直到突然有冰涼濕潤的東西落在鼻尖上，他才反應過來這變化是什麼。下雪了。黑暗中正下著星星點點的雪。

他回頭看了一眼身後不遠的哨所。哨所裡面還有一個執勤的軍人。不清楚他看沒看到下雪，一點動靜都沒有。沒準這會兒正坐在鋼盔上打盹呢。

「你，好好站哨啊！查哨來了的話，回答大聲點！」

夜間執勤的時候那傢伙這樣說完，就爬進哨所。老兵說這話，大抵就是要放心地眯上一會兒的意思。他是一等兵，那傢伙是上等兵。一等兵突然很想把上等兵叫起來。他產生了大聲告訴那人下雪了的衝動。

一等兵很快便後悔了。他突然想到上等兵應該不會像自己一樣喜歡雪。果然，老兵應該還坐著鋼盔睡覺，聽見他的聲音，手忙腳亂地跑出了哨所。

「怎麼啦？什麼事？」

「下雪了。」

「什麼？」

「我說下雪了。這是第一場雪。」

「神經病啊你！嚇死我了。臭小子，頭一回見雪啊？」

入伍已經六個月，一等兵依舊有很多事情不理解。比如，他從沒想到有一天他會因為看見初雪的歡喜被人當作傻子。

「過了多長時間了？」

一等兵從厚重的防寒服袖子裡找到手錶，然後把臉貼在上面看了一眼時間。被埋在黑暗中的手錶指針本來就看不清楚，他還是個深度近視。

「三十分鐘……不對，過去四十分鐘了。」

「媽的，一分鐘過得跟一年似的。」

上等兵從牙縫裡「哧」地射出一串唾沫。上等兵的每句話裡都摻著髒話。但是這傢伙有種特殊才能，能用獨特的語調讓髒話聽起來不像髒話。罵髒話是這裡的一種風俗，以這傢伙的年紀，適應的速度實在令人驚訝。一等兵知道上等兵比自己要小上四歲。上等兵說自己戶籍上的年齡填錯了，所以提前入隊。除卻那無所事事的眼神，他在外表上確實和孩童一樣稚嫩。

與上等兵相比，一等兵並沒有適應部隊風氣的天賦。剪了頭髮成了訓練兵之後的那段時間，他一直無法準確報出自己的官階姓名。他很清楚，當教官在晚間點名時用指揮棒戳著他的肚子時，他就應該扯著嗓子回答「到！訓練兵金！永！民！」，但是他卻怎麼也做不來。不知為何，他感到這一切都像是生疏的戲劇，而他就是一個沒有表演才能卻自我意識強烈的演員，無法按照安排參與劇情。但是沒有人關心他的自我意識，所以他只能把腳尖擱在床沿，頭抵著士兵寢室冰冷的水泥地撅起屁股，一直到能正確喊出官階姓名為止。

「媽的，明天一上午又得掃雪！」

上等兵抬頭看著逐漸變大的雪花說。他這才發現明天是星期天。一見下雪不僅沒有絲毫的喜悅，一門心思只能想到掃雪，雖然是一件令人悲傷的事，但是他卻十分羨慕上等兵。這傢伙知道用部隊的方式去感受和思考。他從上等兵身上感受到了自卑。

「崔上等兵……」他覺得與其一直抖著下巴，不如說點什麼，便開口搭話，「冒昧問一下，入伍之前您做什麼工作？」

「冒昧？臭小子，說話挺高雅啊。怕別人不知道你是大學生？」接著，這傢伙把臉湊過來，用低沉的聲音說，「也是，在軍隊就是好，不是嗎？在外面你怎麼可能在我面前這個熊樣兒。」

這傢伙露出牙來大笑，但是他卻笑不出來。老兵變化無常的時候要小心一點，這他還是知道的。

「這麼看軍隊真是個公平的地方。飯碗數量能告訴你所有的事情。還有比這更公平的嗎？要我說，我一點也不理解那些說部隊生活辛苦的人。我在外面從來沒有睡超過四個小時，在這裡除去上班至少能睡六個小時。還有，就算是天塌下來，也沒少吃一頓飯，不是嗎？」頓了一下，那傢伙接著發洩般地說，「真想知道嗎？我在澡堂做工作。」

「澡堂？在澡堂做什麼工作？」

「狗崽子。在澡堂還能打著領帶辦公嗎？」

隨後上等兵緘口不語了。只能聽到腳下踩雪的聲音。一等兵感覺這傢伙說不定生氣了，也許他覺得自己在小嘍囉面前說了不該說的東西。

「喂，過去多長時間了？」過了許久，傳來上等兵冒火的嗓音。

他看了一眼手錶。周圍好像因為雪變亮了許多。

「過去三十分鐘了。」

「你個兔崽子！」

一等兵這才意識到自己看錯了時間。

「你剛才不是說過了四十分鐘嗎？」

「對不起。太黑了就……」

「你過來，臭小子。」

他走近了上等兵。黑暗中這傢伙的眼睛像野獸一樣閃光。

「你在耍我嗎？剛才說是四十分鐘，現在又說過去了三十分鐘，因為你我損失了多長時間你知道嗎？」

「這個……我只是……太黑了所以沒有看清手錶。」

「兔崽子！廢話這麼多。十分鐘在部隊裡能打一炮，再煮碗拉麵吃了！小子，懂嗎?!」

他覺得上等兵也就只有高中生大小，是否「打過炮」仍值得考究。總之，那傢伙用盡全力大聲喊道：「從現在開始，你得對陸軍上等兵崔上等兵白白損失的十分鐘負責，清楚嗎？」

他沒有回答，那傢伙又歇斯底里地提高了聲調。

「為什麼不回答？呃，你敢笑？」

「我要怎麼負責？」

「從現在開始給我講有意思的故事。得笑破肚皮的那種，讓我感覺不到時間。」

「這……我不大會講故事。」

「什麼不會，臭小子。都上過大學肯定知道得多。就講講在社會上談戀愛的事。」

「我沒談過戀愛。」

「臭小子要造反吶。一點兒軍紀沒有！頭拱地！兔崽子。」

他把戴著鋼盔的頭杵在了地上。冰冷的雪鑽進後脖頸。在這種情況下，他通常會產生一個想法：這是在演戲。只不過那傢伙出演上等兵的角色，自己則是一等兵的角色。可是他一點演戲的天分都沒有。

他覺得自己的存在既弱小又愚蠢。如果說當兵服役後有什麼感悟的話，就是這一點。部隊這種組織好像就是為了說明這種事實而存在，他的上級和崔上等兵等同僚，共同策劃並且忠實地執行自己的任務。

在訓練所的時候，他經常因為晚上想上廁所而備受煎熬。不知道是不是因為緊張，他一個晚上要被尿意憋醒五六次。但是訓練所規定不允許隨意上廁所，想出宿舍必須三人同行。有一天清晨他被尿意憋醒，不忍心叫醒沉睡中的戰友，然而夜班執勤士兵又不同意他獨自去。所以他只好捂著快要炸開的小腹，手足無措地想要叫醒戰友。但是他們卻露骨地朝他發火，沒有人起來。尿液淅淅瀝瀝地快要漏出來。他再一次爬上床，拿出水壺躲在毛毯下撒尿。在毛毯的黑暗中，他一邊為他的悲慘處境咬牙切齒，一邊往水壺裡小便。手裡感受到水壺逐漸變沉的重量和熱熱的溫度，他才明白已經沒有什麼能夠守護自己了。然而更大的問題出在晚間點名上。值班軍官偏偏那一天要檢查訓練兵的水壺，打開了他的水壺蓋子。那一刻他期盼他的鼻子是堵住的，然而值班軍官並不是個鼻竇炎患者。當他把水壺裡的東西倒在地上時，就算是鼻竇炎患者也能馬上知道那裡面裝的不是水而是尿。他無法解釋本應該裝著飲用水的水壺裡為什麼裝著滿滿的尿。從此他就完全被當作傻子了。

「喂，兔崽子！起來！」

上等兵突然抓住他手臂拉起來，尖銳地低聲說，然後彎下腰像松鼠一樣趴在石頭後面。他也弓著腰躲在上等兵後面，那傢伙已經擺好了帥氣的射擊姿勢。

「舉起手！」

「喂，是我！」

從軍營上來的斜坡上，雜木中間顯現出人的輪廓。聽聲音應該是查哨下士。但是上等兵卻無所顧忌地再一次大聲喊道。

「舉起手！」

「媽的！都說是我啦！查哨。」

下著雪，天氣又很寒冷，查哨士兵恐怕也只想匆匆轉一圈就回到毛毯裡。但是緊接著傳來鐵器摩擦產生的令人不快的尖銳聲，迫使查哨士兵停下腳步。是上等兵拉動了槍栓。這時查哨士兵慌慌張張地停下腳步舉起雙手。

「轉過去！」

上等兵的聲調不高卻充滿力量。查哨士兵嘟囔地彎著腰舉著雙手順從地聽著命令。

「酒店。」

「枕頭。」

「是誰？」

「巡查。」

「任務？」

「查哨。」

上等兵非常真摯地按照規定詢問。在一等兵看來，上等兵就像是在戰爭遊戲中過分認真的小孩，這份真摯讓他感到不寒而慄。

「轉過來，向著哨所三步！」

查哨士兵走了過來，上等兵這才收起槍，帥氣地敬禮。

「忠誠！執勤中，無異常。」

「不錯，不錯。很像樣！還有一個是誰？」

一等兵嘴裡含含糊糊地回答，向前邁出一步。

「我還以為是誰呢？原來是我們大學生啊，今天背著槍出來的？」

查哨士兵瞟了他一眼挖苦道。一等兵已經習慣了侮辱，即便感覺到羞恥也像死人般一聲不吭。他很清楚大家叫他大學生是在說反話。結束新兵訓練分配到部隊第一次站哨執勤，他把配槍丟在宿舍裡空手跑去站哨，直到查哨士兵點到他，他才反應過來應該帶上配槍。雖然第一次執勤難免緊張，但是他自己也不能理解，怎麼會連最重要的槍都落在宿舍呢。從那以後，人們不再叫他「新兵菜鳥」，開始叫他「大學生」。在他看來，在「新兵菜鳥」和「大學生」之間，有種超越單純侮辱的微妙聯絡。

「好好站哨！沒準還能上個報紙，撈個獎勵休假什麼的。」

查哨士兵好像沒什麼事情可做似的圍著哨所繞了一圈後，拋下這樣一句話。

「媽的，這種地方能捉著什麼。這大山裡又沒有海狗。」

「不一定非得海狗啊！運氣好的話瞎了眼的土狗可能會爬過來，而且還是匍匐姿勢。」

下士嘻嘻笑著沿斜坡走下去了。他說的事情前不久發生在海軍岸防部隊。一名士兵在夜間站哨時發現了一個爬行的奇怪物體。他發出停止前進命令後，奇怪的黑色物體仍然以匍匐姿勢繼續爬向哨所，於是士兵開了槍。後來才知道那是一隻海狗。擊斃海狗的幸運士兵因為一絲不苟的夜間執勤作風和一擊而中的出色射擊水準，得到了特別獎勵休假。他們在戰友報上看過這個故事，昨天傍晚部隊首長還就這件事發表了談話，要求他們向那位好運士兵學習，爭取做到夜間執勤萬無一失。

「你知道有人站在槍口前的時候，我在想什麼嗎？」看著查哨下士消失在夜色裡，上等兵突然問道。

「想扣扳機。」

一等兵瞬間毛骨悚然。因為他清楚這傢伙沒開玩笑。他抓過挎在肩膀上的步槍。冰冷堅硬的槍體戳著他的肋骨。

扳機，扣扳機時要像對待情人的乳房一樣溫柔——訓練所的射擊教官經常這麼說。他卻無法接受這種比喻。居然把冰冷的金屬扳機和女人的乳房相比。雖然他所有的事情都做得一塌糊塗，但是射擊尤其糟糕。一直到現在，他的射擊測評從來沒有合格過。

他從來沒有休過假。即使按順序輪到他，也會被從外出人員名單中剔除。這樣的事情發生幾次之後，他去找了中隊長。中隊長即使坐在自己書桌前，也像接受檢閱一般挺直腰桿，而且從來不脫帽子。他對中隊長說，他想知道自己的名字為什麼被從外出人員名單中剔除了。

「這是自然的。你現在還不能外出。」

他突然不知道應該說什麼。中隊長也沒有說話，他眯著眼睛從低低的帽檐下向上盯著他。過了好一會兒他再一次問道：「我可以知道為什麼嗎？」

「因為你的射擊沒有合格。射擊不合格的人沒資格外出，這是我的原則。」

他只好退出辦公室。然而，下一次他依舊沒能在射擊考核中合格，名字自然又從外出人員名單中刪掉了。他再一次去找中隊長，這一次中隊長大發雷霆。他拖著青紫的小腿被趕了出來。但是每次外出人員名單公布時，他都會不知疲倦地去找中隊長。

「我實在是合不了格。中隊長，我眼睛不好。」

「配眼鏡戴上不就行了嗎？」

「我得出去才能配眼鏡，不是嗎？」

「想出去就通過考核，臭小子。」

明知這種行為輕率且盲目，他卻沒有放棄抗議。連他自己也不知道他為什麼要一直找中隊長申訴。其實他第一次去的時候目的很明確，幾次之後卻開始迷失了目標。即使小腿被踹，被威脅會以不服從命令的罪名被關進禁閉室，他也不知疲倦地一直去找中隊長。終於有一天，隊長無奈地對他說：

「你在向我示威嗎？搞示威你還真是輕車熟路啊。」

最後他也開始弄不清了，堅持不肯放棄的魯莽且幼稚的行為，究竟是為了證明自己不是笨蛋，還是要確認自己是一個笨蛋加新兵菜鳥。後來他甚至害怕中隊長嘴裡說出允許他外出的命令。

「喂，過去幾分鐘了？」上等兵喊道。

他再一次費力地查看手錶，「現在……過去一小時十分鐘了」。

「那還剩多長時間？」

「還有五十分鐘。」

「操，真是受夠了，受夠了。」

上等兵咬牙切齒地說。一等兵抬頭望向空中隱隱約約漫天飛舞的雪花，根本看不到天空，山丘那邊的軍營簡易房不見了，韓國常見的那些高矮差不多的山也不見了，能看見的只有雪和鐵絲網。這世上什麼都沒有剩下，只剩下鐵絲網，可笑的是他們居然還要守衛它。

「崔上等兵，您家是哪裡的？」

「什麼？家？」上等兵大聲反問，似乎第一次聽到這個詞。

兩個人不停地原地踏步。雖然腳凍得厲害，但更重要的是，如果不一直跺腳，雪就會沒上腳踝。過了好久，上等兵開口道：「兔崽子，淨問些沒用的。我家住在首爾舍堂洞山上。景色不錯。我們家越窮越生，房子只有蘋果箱子那麼大，裡面卻擠了六口人。哎，你知道我在這世上最恨誰嗎？」上等兵突然問道，顯然他並不需要回答。「不是別人，我爸爸。因為他沒事的時候就去喝酒，然後一回來就打我們。我媽在老公面前像老鼠見了貓一樣，一句話不敢說。就這樣還拿我爸爸當老公，這麼看來我家老太太也夠讓人寒心的。所以這世上第二可恨的人就是我家老太太。」

上等兵用力踢了一下腳下的雪。他突然很想安慰一下上等兵。他的眼睛雖然像猛獸一般發光，聲音卻像孩童一樣稚嫩，而且還是對某種事物十分渴望的孩子。鵝毛大雪中，一等兵突然感覺他們就像是遇難船上的倖存者，正在茫茫大海上共乘一塊腐爛的木板。有一天，大學裡的主任教授對他說：「你怎麼學會了只知道抱怨這個世界呀？」不知怎麼回事，教授的這句話刺痛了他的心臟，他從這句話中感受到了前所未有的不快和屈辱。他望著上等兵想：你怎麼只知道怨恨這個世界呢？

一個月前，一等兵正在軍營邊上的小溪裡洗餐具的時候，突然接到行政班的緊急聯絡。讓他馬上準備外出並且向中隊長申請。脫下變硬的手套跑向宿舍時他並不知道原因。

「從今天開始四天三夜的特殊休假。」他一走進行政班，中隊長邊說邊遞給他一張紙，是他父親死亡通知的電報。

「喂！我說你，」他正準備出去的時候，中隊長叫住他，「你不會出去就不回來了吧？」

他沒有回答。倒了兩趟長途汽車，過了四道盤查才抵達首爾。坐著夜班火車到釜山時已是凌晨。已經有半年沒回家了，剛一進門，只看見披裹黃色麻布頭巾的哥哥連句「你回來啦」也沒有，愣愣地望著他。哥哥看起來比實際年齡老了很多，母親面對著牆躺著。可是他卻有種隔岸觀火的感覺。一張屏風搖搖晃晃地橫穿整間屋子，等哥哥收起一段屏風後，他掀起被單一角看到了屍體的臉。

「從你入伍爸就突然開始喝酒了。之前因為血壓的關係戒了一段時間，那天喝得爛醉，回家後就再也沒起了。我們都沒來得及送爸去醫院。」哥哥站在身後，用沙啞的嗓音辯解似的說。

他父親是小學的校監，一直輾轉於鄉下小學等待退休。他被通緝後跑回家的時候，是父親抓住他並給警察局打了電話。他在父親面前戴上了手銬，半個月之後就被送進了新兵訓練所。

雖然是三日葬，但是他回來的時候已經過了兩天。回家的第二天，他們到市郊的山坡上，在瘡痂般躺在山坡上的無數屍體之間又埋下了一具屍體。歸隊的前一天他去了首爾。學校前面仍然瀰漫著刺鼻的煙氣，熟悉的面孔都跑來見他。他們同以前一樣啞著嗓子，依舊熱衷於討論。還有就是，沒人像他這樣容易喝醉。他就像一個孩子，經歷了非小孩子所能經歷的事情，見到舊日好友時感到一種羨慕，同時又有一種遭到背叛的感覺。夥伴們合唱從前共同唱過的歌曲時他沉默了，他們唱完後他開始了獨唱，《仁川火柴廠裡做火柴的姑娘》。這是在部隊裡艱苦訓練時唱的歌，是教會他在道德上變得厚顏無恥的同時如何忘掉痛苦的歌曲。特別是女孩把火柴盒藏在裙子下面偷出來時，某個地方的毛都燒光了的段落，他高聲唱得更加起勁。等他回過神來時，身邊的人都沒了。跟中隊長的預測不同，他比規定的歸隊時間提前了一天。

「我給你講個很有意思的故事吧。」

今天上等兵的話好像特別多。這時雪花變得更加粗大，如傾瀉般灑落下來。上等兵開了個頭，抬頭望瞭望天空。

「剛才跟你說了我在澡堂上班嗎？那時我在彌阿里的一個澡堂工作，過了十點要下班的時候，老闆娘突然叫住我。老闆娘是個自己過日子的寡婦，有錢沒地方花。我進去一看，她正脫光了躺在浴池旁邊，我的火咯噔一下上來了。這女的可是超一百公斤的重量級。她就躺在那兒說，崔君，過來給我搓搓背。操，就這麼說的。」上等兵掐著鼻子生動地模仿那女人的嗓音。「你知道我怎麼做的嗎？一邊給她搓背一邊很紳士地說了句話，大媽，直接把您拉到肉店掛起來，應該很酷。她立馬翻著白眼大罵起來。你個傻瓜，連自己做什麼的都不清楚，放什麼狗屁！那一瞬間我也不知為什麼，一下子掐住她的脖子。她最開始還掙扎兩下，然後就翻白眼暈過去了。要是我再用一點力她可能就死了。我馬上收拾行李溜了。不過那以後，手上抓著那婆娘肥肉的感覺一直沒有消失。像什麼事只做了一半似的讓人不爽……」

上等兵的嗓音與平日不同，不知不覺間低沉了。他歇了一會，接著說：「那件事情以後，在街上看到脖子上長滿肥肉的人，我都想衝上去掐住他們的脖子。」

一等兵故意放聲大笑，但是出聲後才察覺這笑聲很不合氛圍，很像故意裝出來的假笑。

「不是玩笑，臭小子。」上等兵果然提高了嗓門。

「這個世界就得打個仗，死掉一半的人才行。」上等兵補充道。

「你就不想想，如果發生戰爭的話，崔上等兵也有可能先死嗎？」

「我怎麼會死，臭小子。我肯定能活著。再說就算死了也沒什麼，反正機會都是一樣的。先殺了別人我才能活下來。這才叫公平。」

「這是錯誤的想法。」

「錯什麼錯？臭小子！」

一等兵感到鬱悶。應該說點什麼但是又不知道說什麼好。他覺得語言這種東西實在是讓人無力，因為它什麼都改變不了。

「反正……誰都不能死。澡堂老闆娘、崔上等兵的爸爸媽媽，還有崔上等兵……誰都不該死。」

「發什麼瘋呢，兔崽子。上了幾年學就敢教訓我？」

上等兵轉過來用槍口捅了他一下。雖然黑暗中眼裡閃著威脅的光芒，不過可能是腳凍得受不了，他不得不短促地原地踏步。

「崔上等兵，我也……給你講個故事吧？不過不知道算不算戀愛故事……」

「臭小子，早說啊！好，開始吧。」

一等兵仰起頭望著天空，無數雪花閃爍著飄落下來。上等兵著急地喊道：「做什麼呢，臭小子。讓人怪著急的。」

兩三週之前的一個星期天，軍營裡一個叫珍重教會的小教會來了一個慰問團，說是從首爾來的唱詩班。教會裝點得花花綠綠，像小學生才藝表演會一般。唱詩班除了指揮都是年輕女孩，大多數看起來像是女大學生。唱詩班為軍人演唱流行歌曲時，他一直盯著前排的一個女孩看。為什麼在那麼多的面孔中她最顯眼呢？是因為她的捲髮嗎？可以猜測她下了決心才去理髮廳做的頭髮，卻十分老土，並不適合她。所以跟別的女孩比起來，她顯得更加尷尬和緊張。即使是在唱流行歌曲時，也像唱讚美詩歌似的努力張大嘴，擺出一副孩童般真摯的面孔。她感受到他的視線時臉一下變得通紅。最開始她一味避開他的視線，偶爾偷看一眼，後來就一直盯著他，臉卻慢慢紅了。

「軍人的手還這麼小？」

這是她對他說的第一句話。當女孩們和軍人們手拉手湊成對站在主持人面前的時候，她喘著氣小聲說。演唱過後還安排了遊戲環節。遊戲需要女人和軍人兩人湊成一對，那位女孩碰巧成了他的搭檔。跟他的手相比，反而女孩的手指關節更粗糙。

唱詩班的指揮擔任了遊戲的主持人。他像教會學校老師一樣乾淨、修長、整潔，臉上始終帶著親切的微笑。吉他掛在脖子上，偶然夾雜些笑話，像對待小朋友一樣對待女孩和軍人們。果不其然，女孩們像約好了一樣，跟小學生似的對他的每一句話都報以咯咯的笑聲。遊戲規則是哪對選手先找出主持人要求的東西就獲勝。最開始是找出《聖經》中的段落，到後來變成了找出「軍人的襪子和女人的絲襪」。她一直很認真，所以成績不錯。遊戲氣氛達到高潮時，主持人說：

「好，現在我要出最後一道題。這次要找的，是世界上最好找也最不好找的東西。是什麼呢？就是愛！請把愛找出來！」

一時間，喧鬧著的女孩和軍人們都懵了。但是主持人沒有開玩笑，表情反而十分嚴肅。軍人們開始交頭接耳。這時女孩對他耳語：「我們去吧。」她抓住他的手臂跑到主持人面前。主持人用演戲時的誇張語調驚嘆道：「兩位找到愛了嗎？」

「對！」

女孩用模範生一樣沉著但又十分緊張的語調回答。

「能給我看一下嗎？」

女孩轉過身直勾勾地望著他，孩子般小巧的臉頰不知為何變得通紅。到那時他也沒有猜出女孩的下一步打算。人們都在望著他們。女孩稍微猶豫了一下，突然抬起雙臂抱住他的脖頸。在他感到女孩漲紅的臉頰靠近的一瞬間，她的嘴唇快速貼上了他的嘴唇。女孩們發出讚歎，軍人們一邊大聲歡呼一邊鼓掌。但是被女孩瞬間偷走嘴唇後，他只是呆呆地愣在那裡。

「什麼呀這是？結束啦？」見他的故事到此就打住了，上等兵大聲問道。

「對，故事到此結束。」

「臭小子，說是戀愛故事，怎麼這麼無聊？」

一等兵突然覺得自己或許不應該講這個故事，講出來了反而玷污了它，他感覺到了一種侮辱。

「喂，味道怎麼樣？怎麼就沒咬一口吞下去呢？」上等兵很可惜似的碎念幾下嘴，一副「為什麼這種好事沒輪到我呢」的鬱悶神情。

「還剩多長時間？」

就在一等兵抬起手腕看錶的時候，兩個人幾乎同時察覺到某種奇怪的徵兆，這一瞬間周圍突然喧鬧起來。掛在鐵絲網上的空易開罐突然發出尖銳的聲音。轉眼間他們已經匍匐在地上。黑暗中，黑色的輪廓掛在鐵絲網上，那是人的輪廓。一等兵的身體緊緊貼在地上，一股冰涼的顫慄從背後襲來，全身幾乎痙攣了。

「誰？是誰？！」上等兵的聲音就像被人勒住了脖子。然而黑暗裡沒有傳來任何回答。

「回……回答！是誰？開……開槍了！」

「不……不要開槍……」

過了好一會兒黑暗中傳來回答聲。

「我……我……不是間……間諜……」是個老頭的聲音。聽聲音是喝醉了酒，再加上恐懼，聲音含混不清。老頭費力說完話，就一動不動地蜷縮在原地不再吭聲，只傳過來生病的猛獸一般粗聲喘氣的聲音。

一等兵放下心來，同時感到一種莫名的失望。應該是部隊附近的農民喝醉酒，搖搖晃晃走路時不小心掛在鐵絲網上。他們只是沒有發現這個男人橫穿農田走向鐵絲網而已。一等兵聽到崔上等兵低聲說：「就這個，抓他吧。」

「抓他？什麼意思？」

「就是開槍吧。」

「你瘋了？他是老百姓。看不出來嗎？」

「小聲點，臭小子。」上等兵用手肘戳了一下一等兵的腰，兇狠地說，「我會看著辦，你把嘴閉緊就行。誰知道怎麼回事？一個來歷不明的怪人手裡拿著東西，我已經下達停止前進的命令，但他還是向前靠近，而且是匍匐姿勢。這可不是海狗，是人啊！」

他起了一身雞皮疙瘩。不是因為這傢伙的話，而是因為他突然間醒悟到自己在那一瞬間的念頭。那是清晰的殺意。一個人的生命現在就取決於自己的手指。除了心臟劇烈跳動和彷彿要窒息一般的恐懼，他還察覺到一種像努力壓抑某種生理現象般的急躁。那份恐懼和急躁隨著殺意高漲而更加清晰。男人仍然像個置於射擊線之內的靶子一樣一動不動。一等兵感受到扳機在手指內側冰冷堅硬的觸感。這隻手指只要動一下，凝固的黑暗瞬間就會支離破碎，一個人就會流著血死去，沒準這個世界也會隨之坍塌。

「站起來。」忍住那份巨大的誘惑，一等兵向男人喊道。但是一聲金屬摩擦發出的尖銳的聲音劃破了夜色。是上等兵拉動槍栓，將子彈推上了膛。黑暗中拉槍栓的聲音格外令人害怕，讓人不寒而慄。

「你這臭小子！」一等兵下意識地抓住了上等兵的手臂。

「呃？說完了嗎？你個小兵崽子！」上等兵撐起身體大聲說道。但是一等兵沒有放開他的手臂，兩個人就這樣抱在一起摔倒在地上。上等兵被壓在身下，怒不可遏地大聲喊道：「放開，兔崽子，還不放開？我真的開槍了！」

霎時，他的耳朵響起轟鳴聲，手臂逐漸變得癱軟無力了。一開始他沒有看清原因。緊接著右胸火燒般地疼痛起來，同時傳來上等兵受驚嚇的聲音。

「開槍了……我真的開槍了……」

霎時他已經仰面倒在地上，臉頰上傳來地面的涼氣。

「我沒想開槍……金一等兵，我真的沒打算開槍……」上等兵一直癱坐在地上嘟嘟囔囔。他試著摸了摸右胸，黏黏的液體沾了一手。他很奇怪居然沒有感到絲毫疼痛。只有手腳像是別人的，不聽使喚，全身重得像是要沉到地裡一樣。

「我怎麼辦啊……？現在應該怎麼辦……天啊……」

哨所裡面有線電話叮鈴鈴地響起來。應該是部隊在確認槍聲來自哪個哨所。上等兵像小孩子一樣只知道哭。他用盡全身力氣抬起腳，踢了那傢伙一下。

「站起來。站起來照我說的做。」他不清楚這傢伙有沒有聽到他的聲音。他竭盡全力大聲說。

「先把那人趕走。快點……」

其實已經沒有這個必要了。他從漸漸模糊的視線裡也能看到在白雪覆蓋的壟溝裡連滾帶爬地逃走的背影。

「還有……」

一等兵忽然感到了一種奇妙的幸福。進入部隊之後，這是他第一次脫離隊伍做回自己。不是以一個軍人，而是以一個人。他用力地張開雙眼，因為癱坐在身邊的上等兵的模樣好像模模糊糊地遠去了。

「把我的彈夾和你的換一下。槍……槍是我開的。是我走火了。你懂了嗎？」

上等兵傻愣愣地癱坐在地上望著他。電話鈴聲變得更加急促。他想再踢上等兵一腳，但是腳已經不聽使喚了，他吃力地用僅剩的一點力氣大聲喊道：「做什麼呢？臭小子。」

這時上等兵才開始行動，身子在劇烈地顫抖。他一直仔細地端詳上等兵。

「好了……現在……去接電話吧。去報告吧……就說發生了走火事件。」

他突然察覺到自己的把戲幼稚而且可笑。其實任誰也不能改變現實，上等兵開了槍，我被擊中。但是我卻在有模有樣地潤色小說中的某個篇章。是為了證明自己不是一個新兵菜鳥，還是為了證明自己不是一個泛指的軍人，而是一個人？

嗓子開始變得乾渴。乾涸的舌頭疼痛地痙攣，身體哆哆嗦嗦，像是染了惡寒，無法抑制湧上來的睡意。

「喂，金一等兵！求求你，醒醒……」

耳邊模模糊糊傳來上等兵混雜著嗚咽的聲音，好像從遙遠的地方傳來。他覺得有話必須要對上等兵說，便一邊大口喘著氣一邊焦急地集中精力，但是什麼也想不起來。要快點想起來，沒時間了……突然腦海中浮現出那個女孩的面孔，那張雙臂環抱著陌生軍人對視時漲得通紅的臉。很奇怪，那一瞬間他像烙印一般牢牢地記下了那位女孩的嘴唇留給他的觸感。

「我會來見你的。下第一場雪的時候，你會等我吧？一定要等著我！」

慰問演唱結束後，女孩在他耳邊說。今後不管自己的命運會怎樣，有一點可以確信，那便是再也不能見到那位女孩了。這是此時讓他最為絕望的唯一原因。他已經精疲力竭，要用盡最後的力氣才能勉強忍住湧上來的淚水。不知何時，雪花漸漸稀疏了。

「小姐，真不好意思，」下士把頭伸出窗外說，「那個……聽說他被護送走了。」

「護送？」

「不知道什麼是護送嗎？有病住院了。」

女孩用難以相信的表情輪番看著兩個人。

「你從首爾跑了這麼遠……怪可憐的，還是趕緊回去吧。」

「哪裡不舒服住院的？哪個醫院？」

下士不知為何表情慌張，閃爍其詞，兵長插嘴說：「我們哪知道。總之他現在不在這裡，所以會不了面。懂了嗎？」

女孩用一副完全無法理解的、像白痴一樣的表情打量著兩人，無聲地拎起了背包。背包好像變得十分沉重。她想起裡面裝著逐漸冷卻變硬的東西。

「真的見不上了……非趕上……來得真不巧啊。」

「現在沒有巴士了，去鎮上的小旅館住一晚吧。」

兵長皺著長鼻子對著她的背影喊道。女孩走了幾步忽然轉過身，朝警衛室點了下頭，經過衛哨時，用一隻手捂著臉快步走了過去。走了幾步後明顯洩了氣，背著背包的肩膀垂了下來。

「搞不懂那小子，非要趕在女人來會面的前一天搞出那事。」

「等一下。」兵長突然戴上帽子站了起來。

「我兩個小時之後回來。大男人怎麼能讓一個女孩子家就這麼走？怎麼也得幫她找個旅館啊。」

「喂，你這是要晚節不保啊！」

「我都在部隊待了這麼多年，這點眼力見兒還是有的。我小心點說話就行，別擔心。」

「說話小心點就行啊？不用小心別的？」

下士說話的時候，警衛室的門已經關上了。兵長很快趕上了女人。兵長一邊努力地說著什麼，一邊伸手想要接過女人的背包。兩人為了拿包爭執不下，最終好像固執的兵長贏了。被搶走背包的女人像是被搶了全部家當，乖乖地跟在兵長身後。躲在路邊的冬季鳥群被驚起，在他們眼前呼喇喇地飛入空中，紛散而去。

（原載於《80年代作家群新作小說集》，1987年）

舞

chapter seven

大川邑的公車停車場裡也有自動販賣機。像破舊的倉庫一般黑漆漆又散發著某種味道的候車室裡，自動販賣機顯得尤為現代，器宇軒昂地杵在那裡。雪碧和果汁已經賣光了，只剩下可樂。尚哲分兩次塞進兩百元硬幣，買了兩杯可樂。一杯遞給妻子。蹲坐在人群中的妻子卻沒有接過紙杯。

「天哪！你瘋了嗎？你知道這比瓶裝的貴多少嗎？」

「喝吧，這不是熱嗎？別廢話了。」

「熱就大手大腳啊？還沒看見海呢。我不喝。」

妻子扭過頭去。汗珠岌岌可危地掛在她的鼻尖上。他有些生氣，為了表現出他的憤怒，就把兩杯飲料都喝光了。妻子卻像毫無察覺似的頭也不回。

候車室裡的每個人都流著汗，散發著熱氣，到處都充滿了熱烘烘的腥味，活像個屠宰場。臉龐黝黑的漁夫或是農夫、穿著軟塌塌衣服的老人、幾名歸隊的軍人正在等車，所有人的臉上都帶著酷暑難耐的疲倦。尚哲向其中一位臉龐圓胖黝黑、衣服軟塌塌的男人搭話。這人的臉上掛著一副只要能忘掉炎熱，出點亂子也無所謂的表情。

「請問往海水浴場的巴士幾分鐘一班啊？」

「十分鐘發一班。」

男人甚至沒有回頭，就用跟賣票處售票員一模一樣的口氣回答。

「都已經等了十五，不對，二十分鐘了。」

「不高興了就少出一班車吧。不是沒人坐就不發車，是沒車了就不發。」

「避暑旺季也能這樣隨便不發車？」

「從首爾來避暑的人誰稀罕坐這種碰碰破巴呀，也就我們這些鄉下人才坐。這裡到處都是計程車，從這兒往前走出去，就有什麼避暑遊客專用觀光巴士。」說到這裡，男子才打量了一下他們夫婦的穿著打扮。

「再等一等，馬上就來了。」男人不十分確定地重新打量了一下他們。

的確，即便尚哲也很難把蹲在候車室水泥地上大汗淋漓的妻子，視為首爾來的避暑遊客。妻子身上穿著過了時的水滴花紋連衣裙，像怕人搶走似的把大背包緊緊抓在手裡。今天她的妝化得格外濃，一塊塊的汗漬使她看起來既疲憊不堪，又十分固執。

他不僅知道街上到處都是計程車，往前走就有避暑遊客專用觀光巴士，他還知道叫車到海水浴場要三千塊，觀光巴士要五百塊，而從公車停車場出發的碰碰破巴，每人只要一百二十塊。

他們一個小時之前，也就是十二點多一點抵達了大川。從首爾站出發，經過水原、天安、洪城，緊貼著西海行駛的長程線統一號列車上擠滿了避暑遊客。近四個小時的煩躁和酷熱後，筋疲力盡的他們終於在大川站被釋放出來。尚哲本來以為一下車就會有涼爽的海風迎面撲來，抵達之後卻有些失望。大川鎮與位於半島南邊的所有小城鎮裡的風景並無二致。只有那些衣著花花綠綠的避暑遊客才能證明這裡有大海。打聽之下才知道，想看大海要從車站再坐三十分鐘汽車。車站內觀光巴士和計程車正在排隊等候遊客，妻子卻執意拒絕他們，一路打聽著來到公車停車場。

「鄉下人心腸就是好。管它計程車還是觀光巴士，好東西都讓給外地人，我們坐這種破車就滿足啦。」

那個中年男子又嘟囔了幾句，不知是說給他聽的，還是在自言自語。

「不是鄉下人的心腸好，是錢的心腸好啊。」正說著，忽然間人們開始喧鬧起來，所有人一齊朝出口湧去。

「唉喲，車來啦！」男人一把拎起墊在屁股下面用肥料袋子包裹的行李，朝出口奔去，動作敏捷，跟他慢條斯理的語速完全不同。分散在候車室的人們一齊湧向大巴士，整個候車室一時間亂作一團。人們像受過訓練一般迅速跳上巴士占座位。就連剛剛還一臉豁達的老人，也為了搶座位手忙腳亂，入座後，又換上從容不迫的表情冷眼旁觀眼前的混戰。

尚哲和妻子上車時巴士已經滿座了。跟首爾的市內公車一樣，座位一邊一個，走道寬敞。看起來都很老舊，倒也符合「碰碰破巴」這個名字。車廂已經坐滿了人，大巴士依舊沒有出發的徵兆。人們坐上車後，也都是一副並不著急的樣子。一個身穿工作服的年輕人，背後像落過水一樣都被汗水浸濕了，一邊跟誰開著玩笑一邊抓著門扶手跳上車：「我跑一趟就來，你們看好嘴巴，別歪了，哥跑完這趟回來好好治治你們的毛病！知道了？狗崽子們！」說完哈哈大笑。他轉過頭來，又向坐在一旁的老人打招呼：「喲，您出來散步啦！」青年的身子掛在車廂門口，用手拍打著車廂高喊：「哦——來伊！」看樣子應該是售票員。

大巴士好像沒有站牌。沒開出集鎮時，只要有人揮手就會停下來載客，所以越走人越多，車裡也就越熱。尚哲本想對妻子抱怨：「我說什麼來著，就為了省那幾個錢，遭的什麼罪啊！」話到嘴邊卻嚥了回去。妻子容易暈車，又加上空腹，臉色十分蒼白。從首爾出發到現在，妻子只吃了一碗湯麵，但她依舊擺出固執的表情緊閉著嘴唇，就像正在奮力戰鬥一樣，一副石頭般堅硬的表情，看起來像個不肯認輸的小孩。可是無法掩飾的疲勞卻使她的堅忍看起來更為可憐。

「瘋了嗎？我們哪有錢度假？」

他第一次提起度假時，妻子馬上反駁道。「你瘋了嗎？」是妻子的口頭禪。談戀愛時他第一次鼓起勇氣想抓她的手，她的反應也是「哎喲，你瘋了嗎？」她就像一隻一碰就會蜷曲身體的白菜蟲。他們每一次微小的——當然基本都與錢有關——爭執，比如他說「今天晚上我們在外面吃吧」，甚至是偶爾開個小玩笑的時候，她都會說：「老公，你瘋了嗎？」話才出口，照例又會換上一副孩子般固執的表情。

「你知道出一次門得花多少錢嗎？來回要車票錢吧？得找旅店吧？誰還能免費給你飯嗎？只要動一動就得花錢。」

「誰不清楚花錢嗎？別這樣，我們就去給自己的鼻孔換換空氣吧。」

「就為了給鼻孔換氣，值得花那麼些錢嗎？你不想想我們家帳本上的窟窿嗎？我不去，要去你自己去吧。」

「這回我絕不妥協。就算拉，我也要拉著你去。」

「你這是怎麼了？就像跟度假有仇一樣。」

「對，我就是跟度假有仇！你自己看著辦吧。」

傍晚，經過幾次較量，妻子最終敗下陣來。因為她感覺到尚哲毅然決然的態度與以往不同。其實他最開始並沒想過去度什麼假。暑假悄然而至，辦公室裡的氣氛開始微妙地煩躁起來。那時他只是用無法理解的心態靜靜觀望。上到部長下到打字員金小姐，他們只要一有空就會談論哪裡海水浴場好，哪裡交通更方便，後來連女性雜誌後面附帶的觀光地圖也搬出來，湊在一起竊竊私語。而他就像往常一樣，無法參與到那種熱烈的氛圍當中。

尚哲靠著半工半讀讀完了地方大學。別說是度假，他就連很普通的登山都沒去過。現在也覺得這些事與他不沾邊。比如，他坐在中間，部長和科長、科長和打字員金小姐說著「公寓式酒店」預約如何如何、天氣如何如何，對話在他頭頂上來來往往，但對他來說「Condo、Condo」聽起來卻總使他聯想起Condom。不是因為別的，結婚一年了他也沒能擺脫橡膠製的避孕工具。因為妻子固執地認為沒實現買房夢之前不能要孩子。

雖然售票員說到海水浴場只要三十分鐘，不知是不是因為中間有很多人上來下去，已經走了三十分鐘，卻連大海的影子都沒見到。不過從車上的乘客逐漸減少來看，應該離大海不遠了。車廂裡仍然沒有空座。尚哲看到妻子的臉色更加蒼白，似乎隨時都會吐出來，心裡便焦躁不安起來。但是妻子固執地緊閉雙唇盯著窗外。尚哲感覺十分煩躁和鬱悶。

從首爾出發，她就沒有度假的人應有的期待和興奮。不得不接受他的決定後，妻子就為訂出最省錢的旅行計畫從早到晚一直都在算帳。公司給了四天假。旅行定為三天兩夜，目的地是大川的海水浴場。因為這裡離首爾近，所以車費比較便宜。從首爾站坐上長程線火車開始，旅行對妻子來說就只是一場省錢的戰爭。

大巴士在一個豎著郵筒的香菸店前面停下時，坐在他們前面的男人下了車，空出一個座位。妻子剛剛癱坐在座位上，那個男人下車的門口就湧上來一個巨大的包裹，後面是頭髮半白的老太太滿是皺紋的臉。包裹看起來不重，她用一隻手拎著，就好像上車前已經打算好了，直接朝妻子的方向快步走過來。妻子不得不猶豫著站起來讓座給他。

「坐著吧。反正我也快下車了。」老太太話還沒說完就一屁股坐了下來。

「參加婚宴喝了杯酒，本來天就熱，這下胃裡跟火燒似的！」

他們還沒開口，老太太就開始滔滔不絕地嘮叨起來。

「現在養狗崽子都摻著粥喂，享福啦！哎，孩子你身上不舒服啊？」

「沒事的，奶奶。」

「怎麼是這個臉色，快坐下！我每天都坐這個車，有座就坐，沒座就站著。你快坐下吧。」

前面坐著的年輕男人突然轉過頭說：「坐這兒吧。」他像發火一樣扔下這句話，就大步流星地朝車廂前面走去。看他手裡拎著包裹的樣子應該也是快要下車了。

下車時，尚哲不僅沒有開始度假的興奮，反倒像是結束了艱難的假期一樣感到疲憊和虛脫。在旅館和飯店中間可以看到一小塊藍色的大海。雖然有所預感，但大海展現出的美麗仍令人驚訝不已。他們失神地看了一會。

「聞聞看，海的味道。」

「才不是呢。這哪裡是大海的味道，這是人的味道。」妻子說道。

不管是大海還是海水浴場沸騰的人群，總之是腥味隨著海風鑽進了他們的鼻子。「住民宿吧，民宿。」突然間他們身邊圍上來一群面龐黝黑的小孩和女人。

妻子問：「一間房多少錢？」

「住幾天？」

「兩晚。」

「兩個晚上一萬五。去哪裡都是這個價。」

「阿姨，我們這有乾淨的房間。去我們家吧！離海水浴場近，還能洗澡。」

但是妻子拒絕了他們。她不知想到了什麼，朝剛剛在大巴士上遇到的老太太跑去。老太太正頂著包裹走向海水浴場相反的方向。跟老太太聊了很久之後，妻子跑回來說：「解決了，老公。一萬。」

「你說什麼呢？」

「這裡的民宿太貴，所以我就問那老太太家裡有沒有空房間，她說有。我就跟她商量給她一萬讓我們在她家住兩晚。」

尚哲正在發愣的時候，妻子挽住了他的手臂：「走吧。」

「哎呀，也不知道行不行，沒跟老頭子商量啊。」

「別擔心，奶奶。我們來跟您丈夫說。」

「現在他應該在田裡，我家老頭子可是個倔脾氣啊。」

他們朝海水浴場相反的方向走去，沿著大路走了一會兒，拐進了水稻田間的小路。

「這也太遠了吧！應該住得離大海近一點吧。」

「沒事，當是運動了吧！能遠到哪裡去！」

老太太絲毫沒有停下來的意思，一路在前面走。頭上烈日炎炎，汗水順著臉龐一滴一滴淌下來，順著肩膀流向後背。他感覺很累，但是疲憊的神經又緊張起來。

走到老太太的家需要步行十五分鐘以上。房子很舊，只有房頂改過。硃紅色的石板瓦和被煙燻得髒黑的牆壁格格不入。房子位於山腳下一處洋槐林中間，倒是很幽靜。「房間稍微有點破怎麼辦？」正如老太太所說，房間很是髒亂。看起來一直被當作倉庫使用，土牆坯都露在外面，炕尾牆邊還堆著許多裝穀物的麻袋。妻子看起來稍微有些失望，很快又裝作若無其事的樣子說：「這樣就挺好的了，在這兒也能避暑。看，這樹林鬱鬱蔥蔥，又涼快又安靜啊！」

就算安靜涼快，也不能大老遠來人家的倉庫裡打滾啊。他們草草收拾了一下房間，整理好行李，又頂著驕陽朝海水浴場走去。

他們在海邊待了兩三個小時，直到陽光曬得後背火辣辣的才準備回去。在更衣室穿衣服之前先要沖淋浴，所以他們走到更衣室旁邊的浴室。

倉庫般破舊的建築外牆上用油漆寫著「浴室」和「三百元」，入口處有個臉上蓋著草帽的男人，前面放著裝飲料和玩具的箱子。他們一邊向裡走一邊遞出一張一千元的紙幣。男人卻說：「直接進去吧，我不收錢。」、「直接進去？免費嗎？」尚哲話音剛落，面孔黝黑額頭上滿是皺紋的男人睜大眼睛說道：「這小弟說話怎麼這麼狠呢？免費還做什麼生意啊？進去看看，是機器收錢！」連心情變壞的時間也不給，男人已經轉過頭去了。他們什麼都沒弄明白就走了進去。就像公共廁所一樣，房子中間用水泥牆隔開男女浴室，浴室裡面也像公共廁所一樣分成很多個隔間，裡面掛著淋浴器，人們紛紛走進隔間洗澡。尚哲看到每個淋浴器下面都掛著個木板，上面寫著：「自動淋浴器，三百元，只收一百元的硬幣。」原來是要放硬幣才能出水。他剛走出去就看見妻子等在入口，兩人都沒有硬幣。入口的那個男人連頭都懶得轉過來，衝他們說：「不好意思，沒有能換的零錢。」

「為什麼不給換啊？沒有硬幣怎麼洗澡啊？」

「我什麼時候說不給換啊？我說沒有零錢能換。」

「天啊，我真是無言了。堆著那麼多硬幣你要做什麼啊？」妻子用手指著裝滿一百元硬幣的小塑膠盒。男人這才抬起擠滿皺紋的額頭看他們：

「我用在哪裡跟你這位大嬸有什麼關係？」

「我偏要知道。」妻子又擺出一貫的表情，倔強地看著男人等他的答案。

但是男人卻用一副何必激動的口氣慢悠悠地說：「誰買東西找給誰，行了吧？」

他們突然被噎住了。不用想，要換硬幣就必須在這裡買點什麼。尚哲對妻子說：「沒辦法，買個一百塊的口香糖吧。」

「不好意思，我這兒沒有一百塊的口香糖。」

「那有什麼？」

「你也看到啦，喝的只有可樂。」

「可樂多少錢？」

「七百。」

妻子悲鳴般地尖叫：「天啊！太不像話了！這也太黑了吧！」

男人伸手摘掉頭上的帽子直勾勾地盯著他們，黝黑的臉上布滿皺紋。「您這話說的！你們是來玩的，我得靠這個養家餬口。一年三百六十五天開業的，和我們這種就做旺季幾個月的，物價能一樣嗎？我們也得交稅、交租金。還有水，你以為水是從地下冒出來的啊？再說了，你去那邊陽傘下面坐著喝一杯可樂就得五百塊，那要是一瓶得多少錢？首爾人在咖啡店裡喝一杯咖啡得多少錢？」

「老公，走吧。」妻子勾上他的手臂。

「走？去哪？」

「為了沖點水就花一千塊嗎？兩個人就要兩千塊，還不如用可樂洗澡呢。」

「那也不能不洗啊。」

「稍微忍一會兒，等下到了民宿，想用多少水就用多少。不能就這樣睜著眼睛讓人家把錢搶了。」

妻子臉上又戴上了每每讓他洩氣的堅硬外殼。

尚哲不知所措地望向海水浴場。人們的歡呼聲和炎熱正在走向高潮。寬闊的沙灘上到處都是大型的音響，放著喧鬧的音樂，花花綠綠大大小小的帳篷占滿了整個沙灘。人們在那些小小的三角形構造物裡面睡覺，在火爐上做飯，打花鬥牌。他不得不驚訝於即使在如此狹小的空間裡，人們依舊固執地堅守著原來的生活方式和習慣。人類的生存其實微不足道。人們的歡呼聲和喧鬧與遠處無邊無際、悠然起伏的大海相比更是如此。可是人們彷彿對這樣的差異毫不關心。尚哲很羨慕他們。他們清楚地知道享受快樂和慾望是這裡唯一的美德。可他和妻子卻被排除在外，他們就像盛大群舞中斷掉繩子的人偶，跳著盲目而荒誕的舞蹈。

在更衣室拿好衣服，妻子頭也不回地朝前走。他沒有辦法，只好跟上去。他們擠開人群快速走出沙灘。沙灘的盡頭排列著旅館、休息室、餐館一類的場所，過了這條街又是些差不多的建築。走過那些建築，再穿過幾個民宅就到了水稻田。綠油油的水稻田裡充滿了農藥味道，一拐進田裡的小路，尚哲突然意識到自己的樣子十分滑稽。因為沒能洗澡，他們還穿著泳衣。這身裝扮不僅與稻田格格不入，更顯得不道德和輕浮。在田裡做著農活直起腰的農民們像看熱鬧一樣一直盯著他們。但是眼下已經無法回頭，也不能在田壟上把衣服穿起來。走到老太太家至少還要十分鐘，這一路只能越走越厚著臉皮、越不道德、越滑稽。

陽光依舊炙熱，後背再一次被汗水浸濕。海水裡的鹽分就像沙子一樣刺痛皮膚。妻子不怎麼說話，擺著一貫的固執表情，流著汗水目視前方大步走在前面。遠處矗立的山巒和綠油油的水稻，還有阡陌交錯的田間小路，這些背景與穿著泳裝的妻子格格不入。看著妻子瘦弱的身材，並不性感的屁股滑稽地搖擺著，還有因為固執和汗水而變得斑駁的臉，他心中升起一股鬱火，卻又錯過了發火的時機。無從發洩的鬱火變成了自責感和羞愧，僅僅在他的心裡點燃了一團辛辣的煙火。

剛一走進木門，就看見院裡有人在鏟著鐵鍬上的泥巴。身材精瘦曬得黝黑的老大爺看見他們，嚇得一下直起腰。應該是老太太的丈夫從田裡回來了。

「您好！」

這位老人活到這把年紀，應該從來沒有預料過，有一天會看到兩個幾乎半裸的陌生年輕男女走進自家的木門。他瞪大眼睛驚愕地望著身穿泳衣的兩人。

「你們是哪……哪位？」

「我們是民宿的客人，老人家。」

「民什麼？」

「民宿。剛才奶奶說可以讓我們住後面的房間。」

老人瞪大眼睛思忖這句話的意思，一時間沒有任何反應。

「這段時間給您添麻煩了，老人家。」

他說完話剛點了個頭，老人一句話都沒說，一把扔掉鐵鍬，把掛在脖子上的毛巾拿下來甩出「啪啪」的聲音轉身進了屋。後來尚哲在院子一角用吊桶從井裡打水時，聽到了老人更加明確的態度。

「只要給錢，你連祖上的牌位都要賣了？」是老人的聲音。

「誰說要賣祖上牌位了？反正閒著也是閒著，就租出去吧。這不是躺著賺錢嗎！每天出去鋤地能賺多少？」是老太太的聲音。

「沒做這檔子事咱也活過來了。就為了賺這幾個錢，都這把歲數了還把房子拿出來做買賣？」

「咱家就是離海水浴場遠，你看那稍微近一點的哪有不做民宿的？」

「還城裡人呢，穿的什麼玩意兒，這大白天的。真沒文化！」

「別吵吵，再讓人家聽見。」

「聽吧！我就看不慣那一齣。」

聽著房間裡傳出的對話，他感到很羞愧。這種羞愧在妻子拿著乾毛巾裹著香皂走過來說「站著幹嘛呢？還不快舀水。要我幫你沖一下嗎？」時，轉化為煩躁和火氣，「在這裡沖什麼沖？還要不要臉？」

妻子卻說：「天哪，在井邊不沖去哪兒沖？你這話真奇怪。趴下，快點。」

這番話使得他的憤怒像一拳打在了棉花上。妻子還一把搶過他手中的水瓢，一面往他身上舀水一面說：「對，我想出一個好辦法了！明天去海水浴場的時候帶點水去。把井水裝在水桶裡面帶去。洗個澡能要多少水啊，能把鹽洗掉就行了吧。這樣也不會因為找零錢跟人家鬥嘴，多好？」聽到妻子這番話時，他已經無話可說了。

洗過澡之後，他們在院子一角蹲坐下來生火做飯。剛剛沖過水的身子很快又因為煮飯蒸了一身汗。到了晚上，尚哲忽然覺得這個地方倒也不錯。躺在房間裡就能看見天上的繁星，星星就像傾瀉下來一樣，繁多且耀眼。海風吹得屋後槐樹林嘩啦啦作響，蛙鳴和蟲鳴交織，不絕於耳。他和妻子並排躺在一起，靜靜聽著這些聲音。

他在黑暗中伸出手。妻子的兩手合在一起疊在胸前。他把手伸向妻子的腰和手臂之間，停留了許久，她的小腹隨著呼吸上下浮動，兩個人像忘記了這隻手的存在，就這樣一動不動地躺著。突然間從妻子的肚子傳來咕嚕嚕的聲音，在尚哲聽來彷彿某種悲鳴，他嚇了一跳。

他的手開始慢慢遊走。不知是誰的汗在他的手和妻子的肌膚之間做著抵抗。外面黑暗中的蟲子，還有更遠處的青蛙正在嘈雜地喧鬧。當他的手終於伸進妻子睡衣時，她突然擋住了他。

「幹嘛？」

「你別動。」

妻子抓著他的手的力氣卻格外大。

「不行，沒有東西。」

「沒有那東西也行。」

那東西，說的就是他們經常使用的橡膠製品。他抬起上身將妻子抱到懷裡。

「怎麼樣，很好吧？氣氛也很不錯。」

「我說不行。」

妻子像有點神經質一般推開他。但是他卻收緊了手臂小聲說：「我們跑到這裡來就為了老實睡覺嗎？現在還有度假的心情呢。」

「瘋了嗎你？」

他知道妻子當時的話並不是在侮辱他。從她的下一句「為了度假就要毀掉我們的所有嗎？」也能感覺出來。但是他突然想起一句絕不應該說的話，也不知何故他非常想把這話說出來。所以他開口道：

「該死！瘋的不是我，你才瘋了！你才是為了錢發瘋的女人。」

「你說什麼？」

他明白自己首先越過了兩個人之間那條看不見也不能觸碰的危險警戒線。這份醒悟反而讓他說出了更多的話。於是兩個人開始互戳對方的痛處，他們的武器就像一支兩頭尖銳的長槍，儘管彼此都清楚刺向對方的同時自己也會流血，可他們卻愈發瘋狂地互相攻擊之後才結束這場戰鬥。

然而當妻子開始哭泣時，尚哲卻不知所措了。他在黑暗中束手無策地聽著妻子的抽泣，心裡翻湧起一股不知是對自己還是對誰的深仇大恨。雖然那一瞬間，他感到那份仇恨像殺意一樣分明，但同時他又疲倦得不想再動一根手指。

有一次他下班比平時稍早，準備按門鈴的時候卻聽見屋內有音樂聲，玄關門也沒鎖。他沒當回事，走進音樂聲喧鬧的屋裡，發現屋內拉著窗簾，大白天卻一片昏暗。妻子絲毫沒有察覺到他的到來。她正在跳舞，不知是在跳迪斯可還是搖擺舞，手腳毫無規律地舞動。妻子四肢不知疲倦地隨著音樂瘋狂的節奏而舞動，閉著眼睛像跳大神一樣狂亂地擺動著身體。尚哲在妻子發現之前退到了玄關門外面。他像傻子一樣在門外站了一會兒，然後走下樓梯，如同犯了什麼大罪一樣緊張焦慮。妻子臉上並沒有跳舞的快意，而是一種發高燒般無法承受的痛苦。這個表情在尚哲眼前揮之不去。他在束手無策中度過三十分鐘之後，才再次順著樓梯走上來。這一次沒有聽見音樂聲。雖然知道玄關門沒有鎖，但他還是像往常一樣按下門鈴。房門開了，他驚訝地發現妻子的面孔同往日一樣蒼白。

尚哲絕對沒有辦法忘記妻子當時的表情。比起她的其他表情，這種表情總像幻像一樣出現在腦海裡。

是什麼呢？尚哲躺在黑暗中思考。是什麼讓妻子披頭散髮在幽暗的房間裡瘋狂地跳舞呢？一個每天活得像打架的女人，一個只想逃離十坪大小的出租房，想要買房子的女人，一個不惜去做日薪五千元的派遣婦工作的女人，一個為了每月十五萬塊的互助會費而絞盡腦汁的女人，塗口紅也覺得尷尬的女人，矮小又固執的女人，晚上像吹氣球一樣親自檢查保險套的女人，是什麼像魔法的咒語一般打開了她沉重頑固的門閂，釋放出這個女人內心深處的另一個自己呢？

這時，尚哲才明白自己固執地要來度假的理由。但是即使到了這裡，她依舊只是繼續著自己令人厭倦的戰爭。

妻子背對著他，他越過她的肩膀，把她的臉捧在手裡。剛碰到臉，就沾了滿手淚水。突然她轉過身向他說道：

「我錯了。你說得對！我是瘋女人。」她就像小孩子一樣嗚咽著用手臂環抱住他的脖子。「做吧。快點！做吧……」她一邊說著一邊急匆匆地脫衣服。然而慌忙間要開始的時候，他卻一點也使不上勁。黑暗中他瞪大眼睛努力嘗試，卻像氣球漏氣一樣，無力感從身體的某個角落漸漸蔓延到全身。最後他只好離開了妻子的身體。

妻子什麼也沒有說。她裸露著身體一動不動地躺在那裡。他懷著灰暗的心情注視房間裡的黑暗。院子裡的蟲子和遠處稻田裡的青蛙仍在不知疲倦地鳴叫。

兩天後，他們回首爾了。就像出於義務做了不情願做的事一樣，他們在海邊度過了計畫好的兩天，第三天就急匆匆踏上了返程的旅途。

雖然只有兩個晚上沒有住在家裡，他們卻有種經歷了漫長旅行後終於到家的感覺。

拿出鑰匙串剛要插進玄關門把手時，他突然有種奇怪的預感，感覺後腦勺被人打了一下。這種預感在一扭門把手，門卻自動打開時變成了現實。「天啊！」妻子面色蒼白地跑了進去。離開的這段時間他們的愛巢經歷了什麼顯而易見。「小……小偷！老公！」妻子瘋了一樣在大小屋、廁所和廚房之間來回查看。所有地方都被人故意破壞了，屋子整個被翻得亂七八糟。櫃子的門開著，所有的抽屜都被抽了出來，幾件衣服像內臟外露一樣驚悚地散落在地。無疑，窺視著人們休假的小偷偏偏選中了這個家。這些證據明白無誤地顯示，這可不是湊巧，小偷們出於生存需要，可以隨時進來翻個天翻地覆，他們還大膽地吃了宵夜，速食麵條和泡菜渣灑得到處都是，麵湯從廚房一路滴到了屋裡，看起來就像血跡一樣。

「怎麼辦啊老公？報警吧。」妻子渾身顫抖著問道。

那時他完全沒有主意應該怎麼做，能想到警察的妻子甚至看起來很了不起。

「我們得先找找丟了什麼吧？」

他們開始重新翻找被抽出來的抽屜和衣服。電視當然還在原位上，幾件過季的衣服在衣櫃，抽屜裡看起來什麼也沒有少。

「哎呀，磁帶錄音機！」妻子剛喊出聲，馬上想到他們出門時將錄音機帶在身邊了，唯一的結婚信物，兩錢重的金戒指也完好地戴在妻子的手上。

「可是……」喘著大氣到處翻找之後，妻子突然轉過身望著他說，「我們有什麼東西可偷嗎？」

他感覺突然間清醒了。確實如此，這個狹窄的空間裡也沒什麼值錢的東西。頻道旋鈕已經壞掉脫落的舊電視和幾套衣服、堆滿灰塵的書，除此之外還有什麼呢？妻子沒在銀行存錢，當然也沒有存摺一類的東西，甚至連最常見的照相機都沒有。他有些無言了，同時有種被某種幻覺迷惑之後忽然間恍然大悟的感覺。

「小偷怎麼就偏偏碰到像我們這樣連個像樣的筷子都沒有的人家，真是對不住小偷了，沒辦法。」

妻子居然開起玩笑來，用她那副發懵的表情嘟囔不著邊際的話。也不知誰先笑的，他們大笑起來。可能是突然放鬆了緊張的神經，兩人笑得停不下來。沒錯，我們一無所有。窮到連小偷進來都哭著離去，如此一窮二白的事實反而像是對某些人的一種荒唐而極端的報復，讓他們痛快淋漓。

「你瘋了嗎，老公？」

似乎沒有意識到自己也在笑個不停，妻子朝同樣無法抑制大笑的他說道。不知何故，妻子的這句話就像某種挑釁般的誘惑，在他身體某處「嘩」地點了一把火。他發現妻子曬黑的鼻梁上有一塊淺淺的像傷痕一樣的脫皮。猛地，他的腦中瞬間畫出了一幅圖畫。就像原始人在漫長艱辛的戰鬥之後慶祝勝利一樣，他和妻子一起，在小偷們劫掠過的這片觸目驚心的殘骸之上興致勃勃地舞蹈。

（原載《文藝中央》，1985年）

空房子

chapter eight

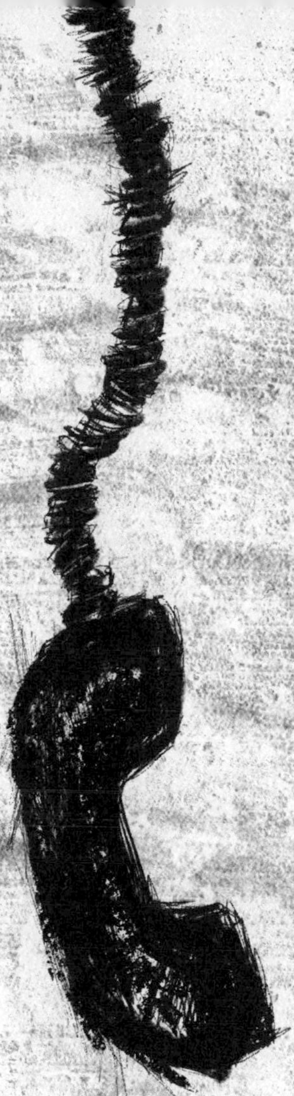

那天傍晚，尚洙因盜竊嫌疑被抓了，是在自家門前的巷子裡被聯防隊員抓的，先押到派出所，後來又被戴上手銬移送到警察局。

負責審訊他的刑警已經連續三天沒闔眼，眼裡布滿血絲。他們問了他的姓名、年齡和家庭住址，開始做調查筆錄。

「我不是小偷，我從沒犯過事，我只是個安分守己的普通市民啊！」

尚洙從被帶到派出所起一直重複這句話。刑警一聽到他這麼說，就會停下手中的筆，露出十分不耐煩的表情，用充滿血絲的眼睛瞪著尚洙，繼續重複同樣的問題。

「您在說什麼？前科？我可是到現在連交通規則都沒違反過的人啊，肯定弄錯了什麼，而且是天大的失誤啊。趕緊放人吧，我得回家啊。」

審訊刑警做出一副「這傢伙沒救了」的表情，抬頭掃了一眼站在身旁的同事。負責押送尚洙的皮夾克男子將手裡的鐵棍放到桌上。

「這是誰的？」

還沒等尚洙回答，皮夾克又將一個大手電筒放到桌子上。

「您倒是說說看，這都是誰的！？」

尚洙看著桌上的東西，在審訊室的白熾燈下，它們就像從未見過的物品一樣陌生，就好像在犯罪現場發現的兇器一般讓人頓時脊背發涼。

「我們從一開始就懷疑你了，你倒是解釋一下，這個鐵棍和手電筒是做什麼用的？為什麼半夜拿著這些東西在巷子裡鬼鬼祟祟的？」

尚洙一時不知該怎麼回答。說什麼呢？從哪兒開始說起呢？就像有一股無法抗拒的力量將他緊緊束縛住了，在這束縛中，他的四肢動都沒動一下就已經癱軟，他陷入了很久以來一直折磨著他的舊疾般的虛脫感裡。

一陣電話鈴聲響起，尚洙突然睜開了眼睛。雖然睜開了眼睛，但他沒能立即弄清自己睡在哪裡，為什麼醒來。在第二聲電話鈴響起前的短暫寂靜裡，他如同夜裡獨自醒來的孩子一般陷入深深的恐懼。

昨天夜裡，他回到家時已經醉得不省人事。妻子把他從玄關扶進房間，為他脫下西裝，解開領帶，褪去襪子。他如同死人一般閉著眼睛任由妻子一件件脫去自己的皮，感覺心裡很舒坦。可能那時他就已經睡著了。

他在黑暗中睜著眼睛聽電話鈴聲，等睡在身旁的妻子去接電話或者對方自己掛斷，但是電話鈴一直不停地響，妻子蜷縮著身子一動不動。他半坐起來，朝床邊的黑暗伸出手。

「別！別接！」

妻子抓住了他伸出的手臂，她那焦灼的聲音緊貼在尚洙的背上。

「一定是那個電話，怎麼辦啊？」

「怎麼了？什麼那個電話？」

「你是不是在外面和別人結下什麼仇了？」

妻子緊貼著尚洙說。尚洙坐直身子，睏意一下子消散了，只是跟平常宿醉時一樣頭痛欲裂。

「白天的時候接到兩次很奇怪的電話，接起來聽不到任何聲音，直到我掛斷那邊都不說話，只能聽到呼吸聲，而且還是男人呼哧呼哧喘氣的聲音。哪有電話噪音是那樣的？肯定沒錯。肯定是男人的喘氣聲，而且打來兩次。」

妻子話還沒說完，電話鈴又響了。妻子嚇得停住話，渾身發抖。尚洙在黑暗中摸索著站起來，打開了燈。

「啊，真是的！你在瞎說什麼！這點惡作劇至於這麼大驚小怪嗎！」

忽明忽暗的白熾燈照著妻子的臉，她像剛受過委屈的小女孩一般露出不安的神情，呆呆地盯著他看。尚洙接了電話。

「喂？」

沒有任何聲音，過了一會兒，尚洙再次大聲問道：「喂？」

「是誰啊，是尚洙嗎？」

電話那頭令人驚訝地傳來無比熟悉的聲音，妻子在後面小聲說：「沒錯吧，是那個電話吧？」

「不是，您這大半夜的打什麼電話？」

「除了半夜你還什麼時候在家！孩子他媽身子還好吧？肚子裡的孩子沒什麼事吧？」

「是啊，都好著呢。尚淑沒在家？」

「你說要回家看看，今天也備好飯等你來，還熬了肉湯。飯都涼了你也沒回來，這可讓老鼠過回年了。為什麼不來？不知道媽媽等得脖子都長了？」

「媽，您讓尚淑接一下電話。」

「別跟我提她。整天在外面找野男人都快瘋了。臭丫頭不檢點父母也攔不住了啊。你什麼時候回來啊？明天回嗎？」

「好好，我回去就教訓她，您先讓尚淑接電話。」

尚洙極力壓住內心的煩躁，這時，電話那頭傳來一陣呼嚕呼嚕的笑聲，好像嗓子裡卡著痰。

「不過，尚淑是誰啊？」

尚洙只得放下電話。妻子把被子蒙到了頭頂，被子裡傳來她低低的聲音：「是媽媽？」

尚洙沒有回答，找了支菸點上。妻子用被子矇住臉，就說明她知道電話那頭的人是婆婆，就如同相信閉上眼睛，眼前一切就會消失的孩子一樣，她蒙上被子，試圖忘記婆婆的存在。

這死丫頭！尚洙暗罵自己的妹妹。大晚上去哪兒撒野胡鬧！但他知道自己對妹妹怎麼也罵不出口。妹妹今年二十八九了，還未出嫁，在村裡的小學教書。她說自己沒有要結婚的想法，想和母親住在一起，以便照顧母親。這對尚洙夫婦來說卻是好事。

兩年前，母親得了老年痴呆，像風中搖擺的煤油燈一樣時好時壞，但神奇的是她能記住尚洙的電話號碼，經常不分晝夜地打來電話。

「你剛剛說的白天那個電話……」尚洙對著妻子頭部隆起的被子說。他看到妻子的幾縷頭髮露在被子外面，竭力打消自己可怕的聯想。

「好像是咱媽打來的。」

被子下的妻子沒有回答。

「哎，可憐的老太太啊。不過還能打長途，看來也有不糊塗的時候。」

「不是！那不是咱媽的電話，那呼吸聲很明顯是男人的！」

妻子伸出頭焦急地說。尚洙突然間像有一股電流穿過身體般顫慄了。妻子特別喜歡聽故事，特別喜歡刺激，卻又十分膽小，像只小兔子一樣受不了一點驚嚇，曾經緊實圓潤的臉蛋也開始鬆弛得不像樣。看著妻子這張臉，尚洙感到莫名的害怕。

「不管怎麼回事，我們好像不應該搬到這裡住。」

「說什麼呢！？你忘了這個家是怎麼來的了？這點小惡作劇就受不了了？搬來之前你多開心啊，忘了？」

「嗯……但我重新想了想，這個家對我們來說實在是太不現實了。這樣的好事怎麼也無法相信會落到我們頭上。我一直覺得有得必有失，這讓我很不安。」

尚洙一下子洩氣了。妻子的確總是習慣性地誇大不幸，就如同弱小的低等動物一樣，對不幸十分敏感。蜜月旅行時她在溫泉哭了一夜，不是為了父母的養育之恩哭，也不是因為看到尚洙一副幸福滿滿的樣子感動得哭，更不是有什麼婚前戀人因為結婚而不得不分手。那之後妻子流產了兩次，現在再次懷孕，已經八個月了。

「你真的沒和別人有什麼過節吧？沒做什麼讓別人懷恨在心的事吧？包括在你們工廠工作的工人。」

「別擔心了，沒那回事。都怪你最近身體太虛了。」

尚洙關上燈躺下，考慮這會兒還能不能睡得著。他最近養成了習慣，如果不喝醉就很難入睡。現在雖然頭還疼，但是酒已經完全醒了。

「不行，別亂來……」

尚洙伸手去摸妻子的胸脯時被她推開了。她把尚洙的手放到自己鼓起的肚子上，如同在做沙療一般平躺在床上，讓呼吸平靜下來，小聲說道：

「在裡面玩著呢。」

尚洙什麼也沒感覺到。他也平躺在床上，呆呆地盯著房間裡的黑暗等待著。過了很久還是沒什麼動靜。就在尚洙快要忘記的時候，突然有東西碰了碰他的手掌，因為實在是太突然了，他被嚇得差點失聲叫出來。

一個月前，尚洙一家搬到了這座市價數億韓元的豪宅裡。一樓有六個房間，二樓有四個，加上地下室共有十一個房間。庭院裡鋪著如同地毯一般修剪整齊的草地，幾棵觀賞用的園林樹木分布在恰到好處的位置上，為庭院更添幾分韻味。朝著台階和圍牆下面望去，昔日救國忠臣們打磨護國之劍的洗劍亭一帶也盡收眼底。就像妻子說的那樣，尚洙起初也無法相信這樣的好事會落到自己頭上。

結婚三年多，為了能有個家，付出的艱辛一言難盡。他們夫妻倆在彌阿里後山租到一間租金一百五十萬韓元的單間傳貰房，開始了新婚生活。六個月之後，租金漲到二百五十萬，他們不得已搬到了忘憂里以外的地方。又過了一年，尚洙從公司職員福利會借到了一百萬元，再加上一些*契會金，他們一家得以在長安坪以傳貰方式租下一處約十三坪的經濟適用房。一年後，公寓房價上漲了一百萬，以他們的資產無法在首爾租到同樣大小的房子了，於是他們最終決定放棄留在首爾，來到南楊州郡。這樣一來，尚洙為了去十里外的公司上班，每天要乘車一個半小時，來回三個小時。

契會：韓國民間自發組成的互助組織，少則幾人，多則幾百人，會員定期交納會費，會員遇到困難時發放補助，會員也可以向契會貸款用於短期資金周轉。

有一天，公司部長找到尚洙說：「尚洙啊，住得遠很辛苦吧？」在公司總部——市中心一棟二十層高樓的十八樓，尚洙與部長見了面。曾有傳聞稱部長是社長的侄輩，被認為是公司的實際繼承人。他畢業於美國名校，而尚洙只是小小的生產組長，平時只夠跟他通個電話的資格。作為頂頭上司，卻關心起一個小職員的起居問題，這讓尚洙格外受寵若驚。

別的不敢說，我一直很關心下屬的個人問題。說在始興郡？是南楊州郡，部長。哦哦，南楊州郡，南楊州，哈哈，我們國家的地名真是沒品味。雖然美國也有個叫南卡羅來納的地方……你現在住的房子傳貰金是多少？是三百萬左右。三百萬？確實很難啊。你有搬到市區的想法嗎？在洗劍亭附近，那裡不是富人區嗎？我有個小舅子，是公務員，這次要出差去外國待兩三年，他拜託我找個靠譜的人幫忙看家，所以我想了想，你最合適，聽懂我的意思了嗎？

聽到部長的話，尚洙即使聽明白了也不敢相信。不只是房子，還特別強調找可靠的人，原來部長這麼信任自己。尚洙不可能不明白，部長這樣也是為了讓他以後更賣力地工作取得部長的信任。不過，部長的提議也是有條件的，十一個房間裡，尚洙夫婦只能用一樓的兩間而已，剩下的用來存放房主的家具，並且上了鎖。也就是說，尚洙夫婦只是在主人不在的這段時間裡，負責看管房子和房子裡的家具。就算這樣，傳貰三百萬能夠租到市值數億元的房子住，這樣的好事也不是誰都能遇到的。於是第二個週日他們就搬家了，這可是十分激動人心的入城，即便他們只雇了一輛載重一噸半的泰坦卡車拉著寒酸的行李，爬行在洗劍亭高級住宅區，與那些好像剛從外國掛曆上跑出來似的豪宅格格不入。

「老公，我好害怕，這以後怎麼住啊……」
第二天，尚洙比往常早一點回到了家，妻子突然對他說。
「怎麼了？怎麼又這樣，那傢伙又打來電話了？」
「我們家上面隔著一戶的那家，聽說主人是法官還是律師來著，今天他家遭賊了。女主人正睡午覺呢，突然被人蒙在麻袋裡一頓毒打，等她醒過來，家裡的現金、首飾，甚至相機、錄影機都被一掃而光了。光天化日的，還是法官的家，哎，你說怎麼還會有這樣的賊！」
妻子說話時的語氣好像那賊就在門外偷聽一樣，非常小聲，身體也在瑟瑟發抖。妻子只要稍微一激動就會全身發抖，這是由來已久的毛病。結婚前，妻子的這個小習慣總能激起尚洙的保護欲，有種說不出的魅力，可是現在卻有些煩人了。這個習慣加上她懷孕八個月因營養不良而略顯蒼白的臉，使她的話更顯冷酷和陰森恐怖。
「昨天那個奇怪的電話應該也是這賊打的，一定是為了確認主人在不在家，是不是只有女人在。怎麼辦？我實在太害怕了……」
「害怕什麼啊，咱家有什麼可偷的。來偷那個吱吱亂響的黑白電視，還是那個破電鍋啊？」
「小偷哪管這些，住這麼大的豪宅，肯定以為我們是億萬富翁啊。現在院子裡有一點動靜，都能把我頭髮嚇得豎起來。」

妻子因為過於激動，身子一直在顫抖。雖然皺紋已經爬到了她的臉上，但她的表情還像個孩子一樣。尚洙心情黯然地望著她。也許是因為她那孩子氣的臉上，位於眼睛下面的一塊黑斑格外顯眼，他感覺有一片與黑斑顏色相同的陰影，忽然間在他的胸口蔓延開來。

「老公，我們搬到別處去吧，好嗎？」

妻子小聲哀求。尚洙極力壓抑內心的煩躁。

「放著這樣的家不住說什麼搬家啊！用不著擔心，咱家什麼樣賊比我們都清楚，去也是去法官、檢察官他們的家，我們這種窮人家，賊才不稀罕來呢。」

「雖然沒什麼可擔心的，但還是害怕，怎麼辦啊？」

「哎喲真是的，別總擔心些沒用的，住著傳貰三百萬的房子，你還說怕遭賊，像話嗎！」

「那就等著瞧吧，肯定有什麼大事要發生……」

尚洙一下子洩了氣。想發火也錯過了時間。而且妻子曾流產過兩次，現在已經懷胎八個月，這次不能再不長記性了。

那天晚上，一直疑神疑鬼的妻子反倒很快睡著了，尚洙很久也沒能入睡。他起身再次來到庭院和玄關附近走了走，回來還是睡不著。好像有人蜷縮在他的床頭一直瞪著他一樣，很難踏實入睡。昨天晚上聽妻子說完之後，他的腦海裡一直浮現出一張伺機而動、鬼鬼祟祟的臉，一張他曾經極力想抹掉的臉。

「等著瞧吧，金兄，我是不會善罷甘休的，你記著，總有一天我們還會再見，到時候讓你真正見識一下我朴龍八到底是個什麼人！」

在被工廠趕出去那天，那傢伙曾說過這句話。不過當時，朴龍八在尚洙的辦公室裡雖然一副痞相，一條腿傲慢地搭在桌子上，卻沒有像其他被解雇的工人一樣謾罵撒潑，反倒像國產電影裡的男主角一樣，表現得瀟灑又從容，對尚洙也還是叫著金兄，仍然裝出一副嬉皮笑臉的模樣，這讓尚洙略感奇怪，而且有種隱隱的不安。

「我再囉嗦一遍，金兄，請記住這隻手，因為我們一定還會再見的。」

他晃著那只纏著綳帶的手說。在那層層包裹的綳帶下，可能只是幾個受傷的手指頭，但對尚洙來說，那雪白的綳帶比任何兇器都能給人一種可怕的印象。

尚洙正吃力地推著那扇沉重且生鏽的睡夢大門踏進去，突然被推了出來。是嘈雜的電話鈴聲。尚洙還在夢和現實之間頭昏煩悶的邊界恍恍惚惚地徘徊。他伸手在床頭摸到電話，用嘶啞的聲音問道：「喂？」

電話那頭傳來像是串線般的雜音。那些雜音聚集到耳朵，逐漸形成一個清晰的聲音。尚洙的睏意一下子消失了，刹那間大腦一片空白。因為那分明是有人呼哧呼哧大口喘氣的聲音。

從去年春天開始，工廠的工人們之間出現了一些反常的小變化，一開始還沒引起注意，後來越來越明顯。先是他們對尚洙的態度發生變化，以前見到尚洙時，他們總是微笑著打招呼，不知從什麼時候開始變得十分冷淡。尚洙不在的時候總是聚在一起嘀咕什麼，尚洙一出現就裝模作樣咳嗽幾聲，挺直了脖子望著他四下散開，繼續做自己的工作。

此後又出現了很多他們從未說過的生硬詞語，如工作條件、工作時間、加班費、安全設施……一開始他們使用這些詞語時還有些害羞，後來似乎驚異於這些詞語的威力，就開始把它們當作武器。因為工作原因，必須衝在最前面對抗這些武器的人永遠是尚洙。工廠的機器不知從何時起時常停工，對完成生產計畫不可避免地造成影響。

「在這些工人中，平日裡不安靜，愛鼓動別人鬧事的人大概有幾個？」有一天，部長向尚洙了解情況。

「怎麼說呢，差不多有二十個吧。」

「你把這二十個人列個名單給我，不能再讓他們在公司逍遙法外，胡作非為了！」

「您打算怎麼處理？」尚洙小心翼翼地問道。

「還能怎麼處理，來個大掃除吧。」部長做了個清掃的手勢。

「嗯……這件事您還是再慎重考慮一下比較好，部長，隨意解雇他們太危險了，很可能引起更大的騷亂。」

但是部長好像鐵了心，斷然說道：「你什麼也不用管，我自有辦法。」

「初次見面，我叫朴龍八。」

那傢伙就是這時候來到廠裡的。那是為了完成新入員工的身分資料，需要單獨會面的時候。隨著從容不迫的問好聲，面前擺著一隻碩大的手，尚洙好一會兒才反應過來這是要握手的意思。其他人來的時候，總是先恭恭敬敬地鞠躬，不給坐就一直站著，給坐也只是惶恐不安地坐在沙發邊緣。尚洙慌忙間握住了他的手。

「您辛苦了，以後還請您多多關照。」

這傢伙像在集市上跟熟人寒暄一般，使勁握住尚洙的手搖晃。尚洙差點叫出聲來，因為他的手掌太有力，幾乎要把尚洙的手捏骨折了，好在尚洙叫出來之前那傢伙鬆開了手。後來很長一段時間，尚洙每每看到這個傢伙總能想起初次見面時握手的場景，想起那雙強有力的大手和自己的無力感。

第二天，尚洙叫來一個修鎖師傅，不管怎麼說家裡的玄關門和窗戶合頁確實需要修整一下了，這也是妻子的請求。

「啊，您是說這個社區啊，今天上午也幫一戶人家修了鎖，最近因為老是遭賊，家家戶戶都戰戰兢兢的。」

修鎖師傅走在上坡路上，一邊左右打量兩邊的高級住宅，發出不知道是感嘆還是嘆息的聲音。到家之後，先是檢查了一遍玄關，又開始了不知是感嘆還是嘆息。這時，師傅從腰間的包裡掏出一個小鐵片，插到玄關的門把手裡，玄關門無聲無息地打開了。妻子的臉變得煞白。看到那扇厚重的高級實木門就這樣輕易打開了，尚洙也覺得難以置信。不僅如此，尚洙夫婦住的那兩間房，也被這個神奇的鐵片令人難以置信地打開了。

「我的天哪，我們每天就靠這麼沒用的東西安心睡大覺嗎？」

「這哪是鎖啊，簡直就是裝飾品！怎麼樣？您要不要考慮換一下特製鎖？美國產、日本產……什麼樣的都有。」

「小偷打不開這種特製鎖嗎？」

「不好說，要看什麼樣的小偷了，我可不敢保證誰都打不開。」

「那您的意思是有的小偷能打開？」

「人造的東西，人還會打不開？」

「你看到剛剛那人的眼神了嗎？」修鎖師傅剛走，妻子就嘀咕道，「沒那個人打不開的鎖吧？老公，我們要不報警吧，那個電話……」

「你就別管了，因為這點惡作劇報警，只會讓別人笑話。警察到現在還沒抓住那個小偷，哪有心思理我們。」

「那不是惡作劇，是小偷的電話！不然還會是誰啊！」

尚洙在公司裡也陷入了莫名其妙的煩躁不安。就連辦公室的電話鈴聲都會嚇得他一驚一乍。無論在公車上還是辦公室裡，他經常呆呆地看著從工廠飄來的塵埃，浮游在透過窗子斜射進來的下午陽光裡。每當他想整理思緒的時候，腦子裡霎時一片空白，所有東西都忘得一乾二淨。

他的身體也似乎虛弱了很多，眼前一切都是那麼讓人煩躁無力。當他換乘地鐵時偶然看到施工現場的大洞，看到廠裡銲接時發出的藍色火焰，一股莫名的暈眩感總會向他襲來。

第二天，妻子的恐懼更加嚴重了。

「剛剛好像聯防隊的人來過，我沒開門。來了兩個人，說是這一片最近有點異常，所以來檢查一下，他們說昨晚巷尾那戶人家又遭賊了，叮囑我不管是推銷員還是什麼查表員都不要開門。但是他們說自己真是聯防隊員，讓我開門，我到底也沒給開。後來他們朝著對講機說了幾句就走了。」

晚上從超市回來，妻子又激動地說起來。

「今天在咱家圍牆外，有個男人一直盯著我看，然後一下子躲起來了。穿著皮夾克，看眼神不像一般人……他會是誰呢？」

那天晚上，尚洙把家裡的每一個角落都檢查了一遍。他把客廳、玄關、庭院的燈都打開了。通往二層的樓梯一直埋在黑暗裡，就好像是猛獸張開著的血盆大口。庭院裡雖然有兩盞燈，但是相比之下院子實在是太大了。四處散放的石燈彷彿威脅一般蜷縮著。這樣的庭院，就算有幾個小偷蹲在裡面，從表面上也看不出什麼來。

尚洙檢查了一遍他們夫婦住的兩間和剩下的九間房的房鎖，最後又去查看地下室。他在地下室找到一根粗鐵管，便拎著戰利品回到房間。

「你拿這個做什麼！？」

尚洙回到房間開始清理鐵棍上的鏽，妻子像看到小偷伸過來的兇器一般，臉一下子變得煞白。

「你是打算拿這個和小偷鬥嗎？深更半夜鑽到別人家裡來偷東西的賊會怕這麼個東西？還沒出事之前趕緊放回去吧，啊！」

「怎麼能乖乖地束手就擒呢，手裡有能保護自己的東西才踏實啊。」

「老公啊，你不知道小偷能變強盜，強盜會變殺人犯的啊！」

但是那天晚上他們還是把這根鐵棍放在了床頭。和以前一樣，尚洙還是很難入睡。寂靜的夜裡總是有聲音不住地鑽進來。黑暗中小心翼翼的走路聲，像是有人在假裝咳嗽，晃動幾下窗子又立刻逃走的風聲，還有各種奇怪的聲音像幻聽和耳鳴一樣折磨著他。寬敞的院子看上去那麼幽暗深邃，二樓緊鎖的房間也成了他時刻注意的地方。

他從來沒進入過那些房間，房門一直牢牢鎖著，而看好這些房間是尚洙的責任。黑暗中所有聲音都不斷地鑽進他的耳朵。可能只是敲打窗門的風聲，老鼠啃咬家具的聲音，也可能只是幻聽。尚洙陷入了一種錯覺，那些房間在黑暗中好像活了過來，門來回開合，家具也四處亂走，發出日常生活的各種嘈雜……

雖然剛進公司不久，但龍八意外地和其他同事都很合得來。午飯時在小院子裡圍一圈人打排球，吵吵鬧鬧的人群裡嗓門最高的就是龍八，這樣的場景尚洙碰見過好幾回。有時看到尚洙從他們身邊經過，那傢伙表現得好像只有自己認識尚洙一樣，用他特有的裝腔作勢的語調搭話：「怎麼樣？金兄，金兄也來玩玩啊。」他穿了一件無袖純色背心，每次看到衣服上印出的肌肉輪廓，尚洙總是感到有點害怕。他有個外號叫正義的男子漢，喜歡替別人出頭。有一次，一個年輕的工友因為過度疲勞暈倒，他主動站出來替他跑前跑後籌集了一點錢，把那名工友送進醫院，另外從公司這兒也多多少少要到了一點錢。而且不知道他到底什麼來頭，好像常借錢給別的工人用。尚洙還看到朴龍八經常在下班後叫上幾個工友一起去工廠附近的一家小酒鋪喝酒。他好像正悄悄地努力在工友之間樹立自己的威望。

有一天，朴龍八自稱在工作時傷了小拇指，要求廠裡賠償。他說是在做車工時不小心被切削機弄傷的，另外他還上交了痊癒需要四周的診斷書，卻被部長在電話裡一口否決了。

「什麼？因個人失誤導致的工作傷害是不給補償的啊，這你不是知道嗎？而且這件事也可以說是當事人自己的問題，這次如果開了先例，以後就不好辦了。」

尚洙轉達了部長的話後，那傢伙說：「那如果不是自己過失導致的呢？」

「你能證明不是你自己導致的嗎？」

「當然，我一開始沒提，其實是我在工作時，旁邊堆著的軸承突然倒了，下意識地想要躲開來著，卻不小心碰到了切削機……」他把纏著繃帶的手伸到尚洙面前。

「所以就成了這個德行。這事廠裡是有責任的，首先，作業車間太窄，工作時需要的材料本應存放在倉庫，需要多少拿多少，但為了保證工作效率，不得不堆在車間裡，這就留下了安全隱患，像這回我就因此受了傷。如果您不相信的話，可以問問當時在場的工友們。」

龍八這傢伙好像提前排演過一樣，拉攏了一群支持者。這種工作傷害賠償事關每一位工人，因此工人們對這件事都很在意。他上交了一份目擊者的簽字證明，有差不多二十名工人在上面簽了名，還按了手印。他們是那些原材料倒塌時的目擊證人，也是平時掌控工人們動向的幾個頭頭。尚洙看著證明上的紅色手印，它們如同血書上做掉的血跡一樣陰森恐怖。

但是兩天後有人悄悄告訴尚洙，朴龍八的手不是工作中受的傷，其實是和工人們一起喝酒時，想愛現跆拳道空手碎酒瓶，結果傷了手。

「朴龍八，跆拳道幾段？」接到舉報後，尚洙把那傢伙叫來直接問道。一瞬間那傢伙的臉上閃過一絲慌亂。

「為什麼突然問跆拳道？金兄也練跆拳道嗎？」

「聽說你想空手碎酒瓶來著？」

尚洙伸出手做了個劈刀的手勢，那傢伙的表情僵硬起來。

「您是不是聽到了什麼閒話？」

「你想說不是？」

那傢伙眼珠子不住地滴溜溜亂轉，突然壓低聲音說：「金兄和我不都是混口飯吃的人嗎？我又不是和你要錢，何必這麼斤斤計較？」

「不是我的錢，那也不是誰想拿就拿的錢。不管怎樣，我有自己的原則，那些給我薪水讓我有飯吃的人，就是讓我來管理這些事的，不是嗎？」

那傢伙咬著牙惡狠狠地瞪著尚洙，尚洙也以目光相對，努力壓制這視線。

「媽的，你到底想做什麼？只要你不說出去，這事就成了，對半分行不行？」

那傢伙的臉上突然堆出謙卑的笑容，好像天生長了一張適合任何表情的臉。尚洙感到一陣噁心。

「不行，我會向上面報告的。」

「媽的！」他臉上的表情唰的一下變了。

「那筆錢，即便我真的是在廠裡受的傷也不會給我的那筆錢，本就應該屬於我的那筆錢，我一定要拿到！是不是在廠裡受的傷並不重要，你聽不懂我的話嗎？」

「最好別耍賴。那筆錢是留著給真正需要的工人的，不是誰都能用小伎倆騙走的！」

「好！咱們走著瞧！」

讓人不解的是，那傢伙離開的時候很詭異地笑了。尚洙一直也沒弄明白他的這一笑到底意味著什麼。

尚洙半夜又醒了。醒來之前全身已經繃得緊緊的。他仔細聽著周圍的一切。妻子的鼾聲，庭院裡傳來的風搖曳樹木的動靜……除此之外，他還聽到很多聲音，有的聲音能聽出是什麼，有的怎麼聽也聽不出。他努力去分辨每一個聲音都是從哪裡傳來的。他的確聽到二樓有什麼動靜。尚洙摸了摸放在床頭的鐵棍，又把它抓在手裡，小心翼翼地打開房門走出來。客廳很黑，通往二樓的台階更黑。他朝著二樓叫了一聲：

「誰啊？」

他能聽到自己的聲音打破死一般的寂靜，接著撞在牆上徒然折返回來。這時他身後傳來妻子怯生生的聲音：「老公，你怎麼了……」

第二天，尚洙被部長叫到了公司總部。尚洙和部長面對面坐在辦公室裡。

「這段時間生產受影響了吧？都是因為有些人老是嘰嘰喳喳的。」

部長挺直腰板，像喃喃自語般地說。尚洙為了不漏聽部長的話，只好向前彎下身子。

「就趁這個機會好好清理清理吧，把那些品質不好的傢伙都清出去。」

「這恐怕不太好……部長，無緣無故裁員太危險了。」

「誰說無緣無故？這事不正好？」

部長指著上次尚洙交上去的朴龍八事件報告書說。朴龍八偽造工傷事件的目擊證人簽名也在裡面。

「他們這樣可是犯法的，他們可是作偽證、欺詐的共犯啊，沒給他們戴上手銬就不錯了！這些傢伙再怎麼猖狂也逃不出如來佛的手掌心！這種事就得按規定來。先依規定處理，你明天把他們叫來，和他們說明一下，把公司的決定轉達給他們，你告訴他們，退職金全額支付，這個月的獎金也會給他們加上。當然，前提是服從公司的決定。這段時間你也辛苦了，公司裡這幾個臭蟲終於能收拾乾淨了，仔細想想還真是託了朴龍八那小子的福啊。」

部長像開了個多麼了不起的玩笑一樣大聲笑著，整齊的牙齒中間露出一顆金牙。尚洙還是第一次看到一向面無表情的部長這樣大笑，不知怎的，那排牙齒和金牙讓尚洙覺得十分厭惡。笑了一陣之後，部長突然收起笑容說：

「就這樣吧。對了，新家住得怎麼樣？」

從部長的辦公室出來一直到乘電梯下樓，尚洙仍然沒能理解部長為什麼大笑。他似乎在嘲笑尚洙的愚鈍——明明被騙了卻仍然不明就裡。在回工廠的公車上，他還是想不出一個究竟，這讓他很不安。好像全世界都在瞞著自己密謀著什麼，好像馬上要發生什麼可怕的事一樣，這種感覺在胸膛裡越來越膨脹，他卻無法抑制。

回到工廠裡，他收拾了一下辦公桌之後就急急忙忙下班了。就連看到工友們的臉都讓他覺得有壓力。下班前他打了電話回家，妻子沒有接。之前沒發生過這種事，妻子從沒有不在家過。他拿起電話，提示音響了十下之後他才放下聽筒。第二次打電話時，他數到十五下，還是沒人接聽。他察覺到了隨著瘋狂迴蕩在那所空房子裡的電話鈴聲，有某種巨大不幸的聲響一直在鞭笞他的胸口。走出辦公室，他用路邊的公用電話給家裡又打了一次，還是沒人接聽。公車離洗劍亭越來越近了，尚洙的心也慢慢揪了起來，一陣陣不祥的預感在他體內蔓延。就像某個人的手從胯間摸索著爬向胸脯一樣的奇妙感覺。怎麼說呢，也可以說是內心的一陣激動。既是一種不祥的預感，又像是對不幸結局的一種茫然的期待。

從公車站走回家的過程中，他努力拖延著時間。他有意放慢腳步走在混凝土鋪的坡路上，腦海裡不斷浮現各種驚悚恐怖的場面。

終於還是到家了。按了門鈴，然後呆呆地盯著門口柱子上的對講機。這一刻，他也不知道自己到底期待聽到什麼樣的答覆，是妻子的聲音還是什麼也沒有……

「誰啊？」

電話那端傳來妻子熟悉的聲音。他這才意識到自己剛剛多麼渴望聽到這個聲音。這份幡然醒悟來得太過猛烈，他一進門，怒火便控制不住了。

「為什麼一整天都不接電話！」

「啊？那電話是你打的啊。上午也是嗎？我太害怕了所以沒接。早上洗碗的時候也來了兩次電話，再這麼下去都快神經衰弱了。」

尚洙的氣焰一下子滅了。一直都是這樣，在自己發火之前，妻子總是有讓他洩氣的奇妙手段。

吃過晚飯，尚洙拿起鐵棍巡視著家裡的每個角落。二樓的房間鎖得緊緊的，剎那間，他閃過一個荒唐的想法——也許有人藏在那些房間裡。有人藏在那些從未打開過的房間裡偷偷生活，到了夜裡悄悄出來四處遊蕩。他只能有這種想像，可是這種想像也能讓他害怕起來，這令他憤怒得咬牙切齒。

就在這時，電話鈴聲和妻子受驚的聲音一起傳來。她一直跑到樓梯上，雙手在胸前不安地握著，「又來了，又來了……」妻子不停地發抖，死死地盯著尚洙的臉。

「你接吧，我真的太害怕了……」

尚洙用力握了握鐵棍，拿起了電話。為了讓自己的聲音平靜下來，他吸了一大口氣。

「喂？」

「金兄嗎？是我啊，我。」

打電話的人是朴龍八。知道電話不是奇怪的電話之後，尚洙突然安心了，再加上朴龍八那沙啞的聲音實在有些意外，尚洙竟一時想不起該說什麼。

「你忘了我嗎？我是龍八啊，朴龍八。」沒等尚洙回答，龍八接著說，「我剛和部長分開，我們一起吃了晚飯還喝了酒，部長心情很好，還提到你了。」

尚洙頓時感到腦子一片空白。這傢伙說什麼？部長心情很好？一起吃了晚飯還喝了酒？……

「不管怎麼說，這次的事金兄真的辛苦了，雖然我也多多少少出了點力，但這件事沒金兄還真不行。我不是說過嗎，我們還會再見的，哈哈，什麼時候有時間我們見一面吧，我請你喝酒。你放心，我可不會再空手碎酒瓶了，哈哈……」

放下電話，尚洙一時沒回過神來，呆呆地站在原地。過了一會，他才感到一陣強烈的恐懼籠罩而來，就像心裡的某個部分忽然間被割去了一般疼痛。他拿起鐵棍走到院子裡，像武俠電影裡的主角一樣用力揮舞，直到汗流浹背才作罷。圍牆外面可以遠眺首爾的夜景。這地方視野依舊很好，首爾風景的一角此時不美嗎？他伸了個懶腰。眼前的家家戶戶都亮著燈，沉浸在傍晚的安詳中，不知從哪裡傳來一段悠揚的鋼琴聲，透過庭院綠樹間的縫隙，他看到對門那戶人家客廳裡漂亮的吊燈。尚洙突然覺得自己剛剛揮舞生鏽的鐵棍顯得很可笑，如同以首爾夜景和高級住宅為背景的巨大舞台上，一個窮酸的龍套演員站在角落裡一樣。

「金兄，你住在洗劍亭一座像宮殿一樣的豪宅裡？」

那傢伙曾這麼問起過。應該是在處理賠償金問題的時候，兩人剛好在洗手間並肩辦小事。

「喃，金兄別用這種眼神盯著我，我可沒跟蹤你，你這事不用打聽也會知道。不過話說回來，金兄你怎麼看咱們公司這個廁所啊？」

那傢伙把他身上剛完成任務的東西用力抖了抖，然後提上褲子說。

「聽說這個廁所是從美國留學回來的生產部長設計的，我雖然也過了十年舒服日子，但這樣豪華的廁所還是第一次見，可能也有很多工友這輩子第一次坐這樣的洋馬桶。但是你不覺得奇怪嗎？工廠的工作環境那麼髒，廁所倒像賓館似的，依我看啊，一個人在馬桶上拉屎的時候，最適合思考自己的處境。不管平時怎麼讓你像個奴隸一樣拚命工作，只要拉屎的時候像對皇帝一樣對待你，你就真以為自己是個皇帝了。雖然我也不清楚，但這麼一來工作效率可能提高了一些吧。」

「修廁所提高生產效率，雖然有點無厘頭，但不管怎麼說也沒什麼壞處，不是嗎？」

「當然沒有壞處了，不管是金兄租到高級住宅，還是我們在這樣高貴的廁所裡拉屎都沒什麼壞處。您別介意啊，我就是隨口一說，哈哈哈。」

尚洙一下子豎起耳朵，大門外好像有什麼聲音，非常輕捷的腳步聲。因為聽上去十分小心翼翼，尚洙一下子警覺起來。那個聲音沿著圍牆走到大門前停下了。

尚洙拿起鐵棍慢慢走向大門，外面的腳步聲逐漸遠了。他迅速打開大門，路的盡頭那盞路燈用力驅散周圍的黑暗，燈下閃過一個黑影，迅速消失在拐角。尚洙追了過去，緊握著鐵棍的手和腿不住地顫抖。他在屁股上擦了擦手心裡的汗，握緊鐵棍走進拐角的黑暗裡。突然，有人一腳狠狠踢在他的小腿上，尚洙一下子撲倒在地。緊接著，一股強大的力量將他壓在地上動彈不得。突然有人大喊道：

「可算抓到你了，你這王八蛋！別動！再動你就死定了！」

尚洙這才知道警察已經在他家附近潛伏幾天了，也知道他們一家被當成了重點監視對象。按警察的說法，近日頻發的盜竊事件很有可能是社區內的住戶做的，他們透過調查，鎖定了尚洙家為重點嫌疑對象。換句話說，在這片高級住宅區，尚洙家是最不像住得起這種房子的人。

尚洙害怕妻子在家擔心，向警察請求能不能給家裡人打個電話，卻被他們果斷拒絕了。他們好像無論如何要把尚洙當作犯人儘早結案。

直到凌晨四點，尚洙才被證明清白送回家。

「真的抱歉，希望您忘記今天發生的一切，就當是倒了一次霉運。還好沒釀成大禍。」

負責把他送回家的聯防隊員對他說。尚洙已經從刑警和派出所所長那裡聽過這些話了，從聯防隊員嘴裡第三次聽到。但是尚洙覺得自己不該忘記這件事。

到了家門前，尚洙看了看那個聯防隊員的臉，意外地發現那是一張十分稚嫩的臉，就像工廠裡的小工人一樣，看上去十分樸實單純。尚洙突然覺得一切都像一場荒唐的鬧劇。如今這場鬧劇也到了落幕時分。

尚洙按了家裡的門鈴。

但是沒有任何應答。他這才想起大門沒關。尚洙一邊推開門走進去，一邊呼喚妻子，卻沒有聽到妻子的回答。在這座大房子裡哪兒也找不到妻子，二樓和地下室，還有黑漆漆的院子裡，任憑尚洙怎麼叫，也沒有聽到妻子的聲音，房間裡也沒有留下任何能解釋妻子不在的痕跡。妻子去哪兒了呢？尚洙一下子癱倒在沙發上，努力拼湊那些分崩離析的想法，試圖找到線索。可能妻子為了尋找突然消失的丈夫出去了，現在正在哪個巷子裡害怕得發抖，也可能突然臨盆去醫院了，說不定一會兒就能接到醫院的電話了。他又想起妻子至今已經流產過兩次，現在已經懷孕八個月了……他不敢再繼續想下去。他茫然若失地坐在空蕩蕩的房子裡，除了呆望著黑暗和寂靜，不知道自己該做什麼。

電話鈴響了，電話那頭傳來低沉沙啞的笑聲：

「誰啊，尚洙嗎？你說要回來，今天也給你備好了飯。什麼時候回來？明天來嗎？」

尚洙一句話也說不出來。他感覺到了從未體驗過的恐懼。

（原載《文學思想》，1983年）

為了超級明星

chapter nine

老金見到那個孩子是在一個夏夜。

自從來到首爾，老金很少能睡一個安穩覺。要麼是被兒子打來的國際長途電話驚醒，要麼就是像個溺水的人一樣好不容易從鬼壓床中掙脫，有時還會平白無故地從夢中醒來，而且只要睜開眼，便再也無法入睡。

「爸，是我，在美國呢。」

這天深夜，老金被兒子的電話吵醒。兒子總是半夜裡來電話，到美國快一個月了，可電話的開頭仍然是「我在美國呢」。

「什麼事啊？大半夜的。」

「爸你也真是的，我得跟您說幾次啊，我這裡不是半夜，是大白天。我在地球的另一邊，韓國日出的話，這裡就是日落。」

自兒子去了美國，老金總覺得電話裡他的聲音充斥著某種興奮。或許是還沒有習慣接電話，老金時不時會陷入一種不安感，因為他懷疑這漂洋過海打來的嗡嗡的金屬聲根本不是自己兒子的。會不會是有人冒充自己的兒子在講話呢？因為這種不著邊際的想像，老金有時說話都不敢太隨便。

「沒事的話就別打電話了，電話費挺貴的吧？」

「不用擔心，這裡的電話費比韓國水費都便宜多了。首爾天氣怎麼樣？這裡遇上了四十年還是五十年難遇的炎熱天氣，可把這些大鼻子們嚇壞了。還有人打賭，敲碎雞蛋攤在柏油馬路上幾分鐘內能不能變成煎蛋。對了，那傢伙怎麼樣了？」

「那個傢伙？你說誰？」

「還能說誰啊，我們家的超級明星啊，您偶爾也帶它出去透透氣，運動運動。」

「像頭野豬一樣的傢伙，我哪有力氣帶它出去！我只要一靠近，它就像要咬我似的亂蹦亂跳。」

「哈哈，爸，還沒有和咱們的超級明星搞好關係啊？您可一定要照顧好它啊，它可是我的幸運符啊，我能來美國也多虧它了。知道了吧，爸？千萬記住我的話啊。」

不知什麼時候兒子已經掛斷了電話。他習慣了把自己想說的亂說一通後突然掛掉電話。老金其實也沒有什麼要說的，但一掛斷電話又覺得自己漏了什麼重要的事情，心裡空落落的。和往常一樣，這晚他又失眠了。

聽見聲音的時候，老金正緊閉雙眼，費力地想要睡著。起初聲音模模糊糊，他覺得是自己的幻聽。後來那聲音越來越大，擾亂了黑夜的寧靜。是孩子的哭聲。應該是哪家的小孩子迷了路，哭聲尖銳且不知停歇。

老金努力想把聲音擠出耳朵，卻無濟於事。此時哭聲變得更加刺耳，一下子跳上了老金的枕邊，徹底纏上了他。老金最終只好起身去看了看窗外。夜幕下的公寓映入眼簾。到了這個時間，公寓裡絲毫感受不到人的痕跡，顯得空蕩蕩的。正伸長脖子看樓下遠處路面的老金，腳下像是踩空了似的，眼前一陣眩暈。他閉上雙眼，兩手儘管已死死地抓住窗框，身體卻似乎在無止境地下沉。跟著兒子來到這個社區的第一天開始，老金就時常感到頭暈目眩。「那兒頂樓就是我的房子，爸，那兒的一坪可相當於村子裡的十畝地，寸土寸金啊。」兒子剛下計程車，就一直得意地介紹。老金順著兒子手指的方向看去，剛抬起頭，一陣暈眩便猛地席捲而來。就在仰頭的瞬間，那足有十五層的高樓彷彿崩塌一般，直朝著他的頭頂砸來。

就是從那時開始，那種暈眩感便一直潛藏在老金大腦裡的某個角落，不時地撲出來。尤其是夏天，老金一直被悶在公寓最頂層的房間裡，更加飽受暈眩之苦。起初他只是偶爾覺得暈，後來越來越頻繁，最後甚至到了時時刻刻都頭暈目眩的地步。症狀就是大腦突然一片空白，整個身體像要融化到地裡一樣。透過十五層樓的窗戶，瞥見樓下公寓樓之間水泥路上刺眼的陽光的時候，或是半夜裡盯著窗外的黑暗，強迫自己睡覺的時候，那種暈眩感便會倏地吞噬了他。

孩子哭得愈發撕心裂肺。刺耳的哭聲像是催促著老金，他只好摸著黑披上了衣服。

老金來到路邊，孩子的哭聲聽起來更加響亮了，但老金暫時還無法分辨出孩子的哭鬧聲來自何處。整齊排列的私家車裡空空如也，街道上也是空無一人。孩子的哭聲沒引得公寓居民開窗觀望。世界陷入了一片沉默，老金甚至開始懷疑，這駭人的哭聲是只有自己能聽見的幻聽。

老金轉過幾個拐角，終於發現了那個孩子。遠處一個商鋪的門前，那孩子不知被什麼人緊緊拉著，孩子大哭大鬧，拚命想要掙脫。老金慢慢走近，發現那個拉住孩子的人，是位身穿制服的巡警。孩子哭哭啼啼地哀求道：

「叔叔，求求你放了我吧，我要回家了，我媽媽現在肯定眼巴巴地等我回去呢，求你了，叔叔。」

「你小子，想回家是吧？想你媽了是吧？你這個小騙子！」

兩人的影子把街邊的燈光切割得斑駁陸離。孩子大約十歲，身體瘦削，臉龐曬得黝黑，臉上流淌的不知是汗水還是淚水。蓬頭垢面的孩子推拉掙扎，扯著嗓子哭鬧。巡警也毫不留情，對著他的腦袋就是幾拳。孩子也來了勁頭，拚死哭喊掙扎。

「爺爺，救救我，趕走巡警叔叔！」

孩子忽然瞥見站在一旁的老金，立馬發瘋一樣向老金聲嘶力竭地求救。

「求你了，爺爺，救救我！」

孩子直接賴在地上。巡警毫不理睬，緊緊拉住他的手臂。兩人激烈地拉扯著，但孩子的眼睛始終緊緊盯著老金。奇怪的是，老金似乎也無法從他的眼神中擺脫。孩子大哭著奮力掙扎，盯著老金的眼神卻很意外地炯炯有神。就在此時，老金猛然發現那孩子的眼神竟然很熟悉。

幾天前一個烈日當空的下午，老金坐在社區商業街中的一家餐廳裡，面前放著一盤乾紫菜包飯，老金無聊地看著外面酷熱的陽光。這時一個怯生生的孩子站在餐廳門口。孩子掃了一眼餐廳，拖著腿一瘸一拐地走進來。這情景和餐廳格格不入。

「爺爺好！」一隻小手小心翼翼地伸到了老金眼前。

「一個沒人照顧的可憐的小生命。爸爸開計程車闖禍進了監獄，媽媽生病臥床休息。請給這個可憐的小羊施捨一點善心吧。」

老金一時沒聽懂孩子在說什麼。因為那孩子的聲音聽起來像在唱歌，有一種奇怪的音調在飛速跳動。片刻後，老金才開始仔細打量這個臉色黝黑、淚眼汪汪的孩子。

「幫我一分錢吧，爺爺，給我一分錢也行。」

跟孩子那讓人心碎的乞求聲和表情不同，就像伸到老金眼前強要的黝黑髮亮的手掌一樣，孩子魯莽的眼神直勾勾地盯著老金。老金摸了摸口袋，掏出一枚硬幣。

「你幾歲了啊？吃飯了嗎？家在哪兒啊？」

孩子緊閉著嘴唇，眼睛轉而緊盯住老金捏著錢的那隻手。看樣子老金不給錢，他是不會回答了。老金剛要把錢放到孩子手上，沒想到孩子直接生搶，一下抓住硬幣，立刻藏進了衣服裡。

「大人問你話，要回答才行啊。」

孩子依舊沉默。老金發現孩子的眼睛又盯上了桌上的紫菜包飯。

「想吃這個嗎？」

孩子的臉上露出一絲令人難以置信的狡黠的笑容，「可以吃嗎？」

老金剛一點頭，孩子就開始狼吞虎嚥地吃起紫菜包飯。眨眼工夫，一大盤飯就被吃得乾乾淨淨。

孩子的嘴脹得鼓鼓囔囔，一邊咀嚼，一邊還動不動瞄一眼老金，好像在揣測什麼。孩子慌慌張張地嚥下最後一口飯，喝完桌上放著的茶水，彷彿是早就準備好了，有板有眼地開始說起來。

「傳說很久很久之前，食人族老公和食人族老婆背著小孩去郊遊，半路孩子在背上尿褲子了，你猜食人族老婆對食人族老公說什麼了？」

孩子抬頭看了看老金，問道。

「老公，我們午餐的湯灑了！」話剛說完，小孩子便轉身離去。老金稀里糊塗的還沒弄清究竟是什麼意思，孩子已經一瘸一拐地走向旁邊的餐桌。唱歌一樣的哀求聲又開始了。

「您好！被扔在路邊沒人要的可憐的小生命。請幫助一點錢吧。躺在病床上的母親……」

對面坐著的社區物業職員，敞著藍色制服的前襟，過了午飯時間才來吃飯。他們像看笑話一樣樂呵呵地瞧著孩子。這次沒等孩子說完，一個年輕人便猛地厲聲訓斥：

「喂！你這該死的小兔崽子！上次說你沒爸沒媽，天生孤兒無親無故，怎麼今天你媽又躺床上了？誰會信你他媽的鬼話？」

孩子頓時慌了神，不知所措地看著這幾個人。老金看到那孩子的臉漲得通紅，眼淚直打轉。桌上其他人也開始取笑他：「小兔崽子，你有手有腿的還裝瘸子，等著別人可憐你，多給你一分錢。你個滿身牛屎的小騙子。」

「媽的！」

小孩子忍不住罵了一句，旋即箭也似的溜到門口，嗖地轉過身，繼續叫罵：「操你媽的！」孩子伸出拳頭做了侮辱性的手勢。然而觀望的這群年輕人毫不生氣，一個個笑翻了天。孩子更生氣了，一邊連續朝前杵著拳頭叫罵：

「操你媽的！操你媽的！操得你撐爆肚子！」

孩子揮著拳頭快步朝後退走，然後轉身逃進了街上炎熱的陽光中。老金看著外面的馬路，夏日午後的陽光依然灼人地耀眼，老金甚至有點擔心那孩子不久便會蒸發掉。下一秒，一陣劇烈的暈眩襲來。

「不好意思啊……」

老金對巡警說。巡警不耐煩地抬頭看了看老金，用力牢牢地扣住孩子的手臂，看上去也費了不小的力氣。

「我這老年人是不該管，但這孩子看著太可憐了。」

巡警臉上掠過一絲不快，疑惑地掃了一眼老金。

「老人家，你是誰啊？」

「我就住在這兒，這孩子犯了什麼罪啊？」、「沒有，我沒有，我沒犯罪！」孩子見到老金，立即挺直了腰桿，扯著嗓子辯解。

「閉嘴，你這小兔崽子！」巡警對著孩子的頭連續擊打。

「離家出走的傢伙。這些小孩真煩死我們了。經常睡在社區的樓頂或者街上的地下通道裡。要是閒得沒事，或者肚皮餓了，他們什麼事都能做出來，嚇人呢。」

「才不是呢，你誣陷好人。我要回家，我媽在等我回家呢。」

巡警粗暴地拉扯孩子的手往前走。孩子一邊掙扎逃脫一邊發出陣陣尖叫。雙方的拉扯之間，孩子的眼睛始終緊緊盯著老金。奇怪的是，老金的視線也無法擺脫孩子的目光。

「等一下，巡警先生。」老金叫住巡警。

「這孩子帶走後會怎麼辦啊？」

「先帶到派出所，然後移交給兒童收容所一類的地方。其實送到那兒也沒什麼用。反正這些小東西不喜歡在家裡吃媽媽做的飯，更喜歡在街上偷人家錢混飽肚子。」

「所以才說啊……雖然不清楚這麼說合不合適……」

老金結結巴巴地囁嚅了一句。他彷彿剛明白自己想做什麼，心臟陡然緊張得怦怦直跳。孩子依舊死死盯著老金，老金被這眼神壓得透不過氣。

「孩子交給我吧。」

「您說什麼，老人家？」

「我帶這孩子走，你交給我吧。反正要送到收容所還是派出所的。不如今晚我領他去睡一覺。

明天一早，也可以帶他去找父母。」

巡警一副驚訝的表情。「老人家您住哪兒啊？」

「我就住這個公寓，住在……28 棟 1203 號，就在那兒。」

巡警沒有順著老金手指的方向看，彷彿突然間失憶了似的呆住了。過了好一會兒才開口道：

「老人家，有您這樣的人照顧，肯定比送收容所好啊，反正這小子到了那兒也得溜走，只不過……」巡警發現孩子的手不知什麼時候已經抓住了老金的手臂，「您得注意點，這小子手腳不乾淨，撒起謊來眼睛都不眨一下。」

巡警俯身捏了捏孩子的臉。

「你小子，今晚走運了，遇上了好心的老人家。聽到了？」

「嘁，政府米真難吃。」

巡警離開後，孩子罵道。等巡警的身影在黑暗中消失，孩子像是沒哭過一樣，若無其事地啐了口唾沫。

「政府米？什麼意思啊？」

「都說公務員是政府儲備米，老百姓是一般米，食人族啊。」孩子瞟了一眼老金，「沒聽過食人族嗎？就是一個靠吃人肉活著的種族。不過，你真要帶我回去嗎？」

「我看起來像是那種會說謊的老爺爺嗎？」

孩子似乎不為所動，隨口問道：「爺爺你家還有誰啊？」

「沒別人了，只有我自己。」

孩子一臉驚愕地抬頭看著老金。老金握住孩子乾瘦的手腕。「你幾歲了啊？家住哪兒啊？」

孩子閉嘴不語，像在揣測什麼，上下打量了老金一通。

「大人問話，你得回答才行啊。」

老金提高音量追問。只聽孩子像唱歌一樣，大聲說道：

「很久很久以前，食人族老公和食人族老婆生活在一起，有一天，食人族老婆生了一個寶寶。食人族老公說『老婆你辛苦了』，你猜食人族老婆怎麼回答的？」

孩子暫時把話打住，等老金的回答。沒過多久，孩子調皮地擠著鼻音說道：「老公，趁熱趕緊吃吧。」孩子自己哈哈大笑起來，轉眼間又換了一副表情問道：「真的沒人嗎，就爺爺自己一個人住嗎？」

夜色之中，孩子的眼睛如貓眼一般滴溜溜直轉。老金忽然感到一種無名的恐懼。也許是因為巡警那句要小心這小子的話吧。這種恐懼感從老金半夜醒來聽見孩子哭聲的時候，就纏上了他。不對，也許很早之前就已經鑽進他的心裡了。

「沒騙你，我自己一個人住。啊，對了，還養了條狗。」

孩子停下腳步，頭一回露出饒有興趣的表情：「狗嗎？」

老金第一次和兒子來這個公寓是一個月之前，那幾天正是剛入夏的時候。老金踏進門時，著實嚇得驚呼了一聲。

「那……那是什麼東西？」

「哎呀爸，你也真是的，是狗啊，頭一回看見狗嗎？」

跟兒子若無其事的回答一樣，那確實是一條狗。雖說是狗，但是體型實在太大了。老金頭一次見到這麼大的狗。不過老金害怕的不是它滿臉橫肉的樣子，而是那畜生叫喚的聲音。

那狗一見老金，就亂蹦亂跳，瘋了似的朝老金狂吠。不過奇怪的是只發出了一陣類似漏氣的聲音。那聲音任誰也不會相信是一條狗發出來的，更像一個老糊塗了的、快要嚥氣的老人從嗓子裡嗚咽出的咳嗽，或者擠出來的笑聲。

「這狗怎麼這副模樣？」

「可能是看見生人了吧，沒事，爸，慢慢就有感情了。」

兒子摟住狗的脖子，像自己的孩子一樣，不停地拍著它。狗不依不饒，仍舊躥騰著衝老金叫。奇怪的是，狗一直發不出像樣的狗叫。這不免讓人詫異得無法相信。

「這傢伙叫聲怎麼這麼怪呢，叫不出聲嗎？」

「不會再叫出聲啦，喉嚨那兒做了手術，把聲帶割了。」

「聲帶割了？割狗的聲帶做什麼用？」

「在這種公寓裡養狗，就得把狗聲帶割了。這樣狗叫的話也不會有聲音。像美國這樣的發達國家都是這樣的。你別看它這個樣子，那也不一般，這狗可比四五個普通人還要值錢啊。人家可是貴族血統。」

兒子又驕傲地誇他的狗只能聽懂英語。因為生長在美國人堆裡，所以聽不懂韓語，但是只要說英語這狗就能聽懂。看來現在兒子摟著狗，嘰裡呱啦說著的就是英語了。兒子把臉埋在烏黑髮亮的狗毛中，肉麻地直誇它可愛死了。可是在老金眼裡，兒子的樣子跟那隻醜陋的畜生一樣，陌生而慘不忍睹。

老金想不透兒子為什麼如此寵愛這隻畜生。而且它早就不單單是條狗，簡直就是活祖宗。人都不能想吃就吃的牛肉、豬肉，對它來說已是家常便飯。兒子一有空就坐下來又是撫摸，又是給它修腳趾，甚至像對自己老婆一樣，抱起來就親。

老金卻和這條狗水火不容。從第一天開始，這狗就像對待吃了它孩子的仇人一樣，成天提防著老金，過了好些天也不見有好轉。兒子不聲不響地飛到美國後，夏季的公寓房間裡經常是人和狗面面相覷，而這隻狗只要跟老金一對上眼神，就嗷嗷地低吼。

老金用一條粗皮繩把狗拴在客廳的角落，每天餵牠三次，也只有在這期間才接近它。狗趴在角落的陰影下，監視一般注視著老金的一舉一動，冷不丁還齜出一排尖牙。不僅如此，它甚至連老金的腳步聲都容不下。半夜老金剛開門出來，那狗彷彿已在黑暗中潛伏了許久，嗷嗷地就要撲上來，吼個不停，拴著的皮繩似乎下一秒就會崩裂。老金見狀，後脊樑猶如被潑了冷水，雞皮疙瘩會「噌」地冒出來。皮繩子有一天突然扯斷的想像總是揮之不去。

老金簡直不敢相信自己的眼睛。孩子一點也不怕這條狗，甚至還覺得這狗怪異的叫聲挺有趣。更令老金吃驚的是，這麼一條烈犬在孩子面前，竟然夾著尾巴蔫兒了一樣。孩子若無其事地走過去，饒有經驗地來回撫摸著狗寬碩的後背問：

「它叫什麼啊？」

「嗯，叫什麼，super…superstar 什麼的。」

「哇，好酷啊，superstar。」

孩子剛碰了一下，狗就把前爪伏在地上，尾巴更是搖個不停。這情形讓老金不得不驚嘆。

「這狗聽不懂韓語，簡單的英語倒是能聽懂。」

老金鬱悶地解釋道，他見孩子這麼輕易就把狗給馴服了，心中多少有些羨慕。孩子難以置信地轉頭問：「它只聽得懂英語？真的嗎？」

孩子抱住狗的脖子，邊晃邊嚷嚷：

「嗨，修坡斯塔，阿伊樂無悠，阿伊樂無悠。OK？三克油，三克油。」

孩子磕磕絆絆地喊了幾句，然後得意地轉過頭看他。也不知道那狗聽沒聽懂，居然前爪伏地朝孩子吭哧吭哧地撒嬌。

「看來你還會英語啊，爺爺我是不會了。」

「其他的英語不會也行，會我這句就行了，跟我學一句試試吧，阿伊樂無悠。」

「算了吧，爺爺我哪能學得來英語啊。」

「很簡單的，嗨，修坡斯塔，阿伊樂無悠。」

「算了，算了。」

老金想想都覺得渾身彆扭，這像什麼話。大半夜的也不知從哪蹦出這麼個奇怪的孩子，還跟他一起搞什麼荒唐事。老金瞧著那狗圓溜溜的眼珠子，莫名想起了之前兒子來的電話。

「爸，你也學一點英語吧。」

「什麼？讓我學什麼？」

「我說你學點英語。就因為爸你不會英語，盡說一些它聽不懂的話，它才對你不好啊，所以學點英語怎麼樣？而且現在不管男女老少，都流行學英語。不是和你開玩笑啊，爸。你自己一個人在公寓裡也無聊，學好英語有個說話的伴，不也挺好的嗎？」

如果不是開玩笑，那這小子就是吃了幾口美國飯把魂兒丟了。居然勸他這個種了一輩子地的老爸爸學英語，而且居然是為了能跟一條狗搭上話。老金一時無言以對，乾笑了幾聲搪塞過去了。

「好了，爺爺年紀大了，學不來英語了，你先去洗個澡吧。」

「不！我不洗澡。我最討厭的事情就是洗澡。」

老金抓住孩子的手。孩子也不甘示弱，一下甩開了，眼睛一骨碌瞄了下老金，無緣無故地哈哈笑了，然後說：

「食人族去澡堂洗澡，他看見澡堂裡的人只把腦袋露在水面上，你猜他說什麼了？」

孩子捧著肚子快要笑暈了：「誰在我的食物裡添水了？」孩子簡直笑翻了，喘口氣又說：「你猜澡堂老闆怎麼回答？他說，果汁要喝，腦仁要嚼著吃。」

也不知道從哪聽來的笑話，孩子抱著狗直打滾。原本一臉凶相的狗，像早就認識這個孩子似的，撒了歡地跟孩子一起打滾。站在一旁的老金深感不可思議。還沒等回過神，老金一激靈跳了起來。狗的繩子解開了。沒錯，孩子解開了狗的繩子。

「你做什麼呢，把那狗崽子扣上！」

「沒事的，我們可是superstar啊，不會咬人的。」

才說完，這狗豎起毛，露出尖牙，嗷嗷地就要撲向老金。老金連連後退，貼著牆喊道：

「你做什麼，快把狗拴起來！」

孩子見狀似乎覺得饒有趣味，又哈哈笑了起來。那狗也跟著不停地吼著怪異的叫聲。老金嚇破了膽，彷彿隨時都會暈倒。

「叫你快點把狗拴起來，你這小孩子，我叫巡警來把你關進派出所！」

孩子的笑容消失了，摸了摸狗。那條狗隨之溫順了許多，但仍舊瞪著老金齜牙咧嘴。孩子把狗拴了起來，老金確認狗已經拴住了，也難以冷靜下來。

孩子默默地看著靠在牆上滿臉冷汗的老金。兩人的目光無意間接觸時，老金不由得打了個寒顫。他深感有什麼陰森恐怖的事即將發生，這個念頭從他半夜帶這個奇怪的孩子回家時，就開始在他的心裡植根發芽。不對，或許更早之前，這種不祥的預感就已經籠罩了老金。

在外多年的兒子忽然回到家鄉，對老父親說，今後我來照顧你吧。老金不僅高興不起來，心裡還堵得慌。雖然是老金唯一的兒子，不知怎麼總覺得很生分、很陌生。

二十歲參軍之前，他和別人家的孩子沒什麼兩樣。自從兒子隨部隊去了越南，回來之後性情大變，成了連手指頭都懶得動的懶貨，張口閉口大談越南如何如何。不過他聊的不是戰場上流血犧牲的英雄事蹟，而是越南妞如何如何，美國洋鬼子如何如何，再就是如何順手牽羊挪用美國貨等等。看來他在越南戰場根本就沒扛過槍，光在美軍的補給倉庫裡混日子了。村裡人半真半假地說，去趟越南出息了啊。兒子一聽這話，便一臉正色道，如果不參軍，像我這種鄉巴佬哪來的狗屎運，能漂洋過海到外國去，能和美國人一起工作啊。

反正兒子自從退伍回來，對農活更是瞧不上眼。每天在村子裡拉上幾個年紀相仿的年輕人，高談闊論自己在越南的事。時間長了，故事講得快要見底了，聽的人也越來越提不起興趣，後來兒子便窩在家裡，像睜著眼睛睡覺做夢的人一樣度日。有一天，兒子不聲不響地離開了家鄉。

兒子離家後的幾年音訊全無。後來村裡有人說在議政府一帶見過兒子。說他在美國大兵那裡謀了職位，但是問他近來過得如何時，他又滿臉陰沉，一聲不吭。那個村裡人說，看起來感覺他吃了不少苦。

離鄉幾年後，他媽去世時才第一次回了家。他一滴眼淚也沒流，好像去世的人是一個惡毒的繼母。兒子在葬禮上板著臉一言不發，葬禮結束後當天便乘著夜班車離開了。

可是兒子第二次回家時，卻是另一番景象，毫不掩飾一副得意揚揚的神氣。剛回家便大擺酒席款待村民，不少人都對兒子豎起了大拇指。村裡頓時傳開，都說老金的兒子這次真的出息了。有的人傳，現在兒子是一位美國大官身旁的紅人。因為他救了美國官員唯一的孩子，否則那孩子就死了。另一個更令人難以置信的說法是，差點死的不是美國官員的孩子，而是他的一條狗，因為美國人把狗當成親兒子一樣，兒子把那條幾乎快死的狗救活了，然後得到美國官員的賞識。不管傳聞如何，兒子的境況肯定是變好了。

兒子打算把老金接到首爾。按說老金應該樂得合不攏嘴，村裡人也都羨慕老金能享兒孫福，頤養天年了。可是老金心裡卻不是滋味。不是因為老金捨不得這片養育他七十多年的鄉土，而是他莫名地害怕跟著兒子離開。因為兒子變得如此陌生，如此難以捉摸。

去首爾的路上，老金幾次想打聽兒子的婚姻問題。眼看就四十歲了，可兒子對自己的終身大事卻閉口不談。老金最後也沒問出口，做父親的人，問自己兒子「你結婚了嗎？過得怎麼樣？」這種問題，讓老金心裡多少有些羞愧。村裡有關兒子婚事的流言蜚語傳得滿天飛。有的人說兒子都離了兩回婚啦。還有人更不著邊，說自己親耳聽別人說，兒子跟一個美國女人過日子呢。因此一路上，老金動不動就會臆想，打開兒子公寓的門，一個金髮碧眼的美國女人出來迎接他。不過老金隨兒子走進房門後，等待他的不是金髮美國女人，而是一條狗。

「你怎麼不弄死牠呢？」

「你說什麼？」

「把狗弄死不就行了嘛。」孩子像是怕狗偷聽了去，壓低嗓音悄悄說，「爺爺你不是害怕狗嘛，肯定也沒辦法繼續養下去。每天還要餵牠吃飯，伺候它。可這狗一點不識好歹，對你吼個不停，逮著機會還想咬你。」

孩子忽閃著眼睛望著老金，表情就像在說，「難道我說得不對嗎？」

「把狗弄死吧，在它飯裡摻點老鼠藥就行了。可能這狗也蠻聰明，不知道會不會聞出味道來。開始可以弄眼屎那麼丁點兒，就像老鼠眼屎那麼丁點兒的，後面再慢慢加量……」孩子彎下身子，竊竊私語般地說，「最後肯定就死了嘛，以後就說是得病死了，這樣誰都不會知道。」

孩子自以為想出了一個頂聰明的點子，得意揚揚兩眼發光地看老金。此刻老金覺得應該把孩子趕出去了。他想立即把孩子推出家門趕走。雖然他年事已高，對付這個瘦巴巴的孩子還綽綽有餘。鎖上房門後，一切就會跟從未發生過一樣了。可是老金卻感覺渾身無力。他發現已經錯過了時機，如同在那小子面前的狗動彈不得，在這個小不點面前的他也陷入一種深深的虛脫感。

此時孩子開始這屋那屋亂竄，像在自己家一樣毫不避諱，什麼東西都要碰一下，腳底抹油似的四處溜躂探索，活脫脫一隻小野貓。一會兒打開冰箱門，抓點東西吃，一會兒又開了留聲機，傳出一陣嘈雜的音樂聲。老金呵斥他把留聲機關了，可他乾脆像沒聽見一樣，隨著留聲機的音樂節奏，用一種怪異的動作和舞步走來走去。

「你開電視也沒用，早就沒有節目了。」

孩子又研究起了電視機。老金厲聲訓了他一句，可他嗤之以鼻道：

「你肯定不知道這是什麼，這電視機想看就能看，叫錄影機，錄影機。」

孩子像行家似的熟練操作一番，電視機便有了畫面和聲音。起初老金沒看清電視播放的畫面，後來視線逐漸清晰，發現裡面的人都光著身子，還傳來火熱黏濕的令人窒息的喘息聲。孩子發出一陣壞笑，扭頭瞟了眼老金，老金起了一身雞皮疙瘩。他看見孩子的眼神也和那條狗一樣，射出了怪異的光芒。

老金跑過去想要關掉電視，孩子卻一臉泰然地阻止道：

「你不是也挺喜歡嗎？裝什麼呀？」

「你說什麼？」

有個非常、非常好吃的東西孩子忽然扯開嗓門興奮地唱起來。

是啊，是啊，雞雞棒
很想咬一口的小東西
是啊，是啊，雞雞棒

「不許唱了！」

老金喊道。電視畫面愈發不堪入目，稀奇古怪的呻吟聲熱辣辣地充斥了整個房間。老金的胃裡開始翻江倒海。

有個非常、非常、非常好吃的東西
是啊是啊，對啊對啊，雞雞棒

「你再不聽話，我就把你趕出去！」

老金大步過去，一把抓住孩子的手臂。孩子冷笑一聲，瞪著老金說：「這又不是你的家。」

「你說什麼？」

「你騙不了我，你根本不是這家的主人。這房裡的所有東西都是美國貨，狗也只聽得懂英語。爺爺你就是剛來的鄉下老頭，我一看就知道，爺爺你這是在給別人看房子呢，這房子的主人不是你。怎麼樣，我說得沒錯吧？」

老金驚得毛骨悚然。這個淩晨兩點突然間冒出來的孩子，彷彿是這座大都市地底下無盡的黑暗孕育出來的。片刻前還瘦骨嶙峋、不惹人注意的孩子，此時卻讓老金覺得格外恐懼。

「就六個月，爸，六個月咬咬牙就過去了。」

老金住到首爾沒幾天，兒子說要去美國。那天兒子喝得昏天黑地，回家後就開始喋喋不休。

「爸，這段時間你就湊合過吧。錯過這次機會，我以後就完了。我現在連個老婆都沒娶上，眼看都快四十了。都是因為沒錢啊。其實這房子也不是我的，這兒沒有一樣東西是屬於我的，全都是那個外國佬的。我現在窮得就剩兩個蛋了，再這樣下去我這後半輩子就只能伺候這些洋鬼子了。」

兒子告訴老金，這棟公寓，這裡的家具，這裡的一切，全都是那個美國官員的。自己不過就是在那人回美國的這段時間裡，伺候伺候這條狗而已。因為那美國人把這狗當親兒子一樣疼，兒子能入了他的眼也全是託了狗的福。兒子說，這次去美國的機會就是那個美國大人給他的。還再三強調，這可是個千載難逢的好機會。老金被兒子的一番話弄得雲裡霧裡，卻聽懂了一件事。兒子帶自己來首爾，可不是為了服侍年老的父親，而是讓他來看房子，並且好好服侍外國佬的一條蠢狗罷了。

「求你了，爸，就幫我這一回吧。也沒有什麼難事。就是在我去美國的這段日子，把房子看好了，尤其是別虧待了這條狗。這條狗叫 superstar，就是我的飯碗啊。這就說來話長了，我說了你也不懂。反正這狗關係到我的命運，我以後能有口飯吃，還能活下去，就全指望它啦。」

兒子邊說邊摟著狗的脖子，把臉埋進去來回蹭。然而兒子卑微至此，那狗仍昂著頭紋絲不動，一副睥睨萬物的樣子。恍惚間，老金彷彿看見這條狗變成了這家的主人，看見兒子鞍前馬後拚命巴結它的奴才相。

「出去！小崽子！早該送你到派出所了，這個小兔崽子！」

老金一把抓住孩子的手臂。孩子鼓起勁，順勢甩開，直勾勾地瞪著老金說：

「你動我一下試試，我不會放過你的，糟老頭子。」

「該死的小破孩兒！」

老金抬手抽了孩子一巴掌。孩子捂著臉，滿目猙獰地大罵：

「媽的！死老頭！」

孩子轉身跑向客廳一角的狗，還沒等老金喊出來，幾下便解開了皮繩。那狗迫不及待嗷地一下撲了過來。老金嚇得趕忙退到客廳一角。

「你做什麼？把狗拴起來，快點！」

孩子像在玩有趣的惡作劇一樣大笑起來。那隻狗兇狠地發出怪異嘶啞的低吼，彷彿一口就能咬斷老金的脖子。

「喂，別這樣了，那狗會咬死我的。」

老金無力反抗，害怕得直哆嗦。老金被狗追得四處躲閃，終於無路可退。

「糟老頭子，你倒是說話呀！」

此時孩子興奮得滿臉通紅，不停地哈哈大笑，又上氣不接下氣地叫道：

「現在說，我讓你做什麼你就乖乖地做什麼，說！」

「好，好，我聽你的，那就……」

「那就跟我學一遍。嗨，修坡斯塔，阿伊樂無悠。」

「別捉弄爺爺了，嗯？求你了，快把那個瘋狗拴起來。」

「快跟我學一遍！嗨，修坡斯塔，阿伊樂無悠。」

此時的孩子完全變了一個人，就連嗓音都如成年人一般深沉。

他用略帶沙啞的嗓音說：「阿伊樂無悠。」

「阿伊樂無悠。」

「OK。嗨，修坡斯塔，阿伊樂無悠。」

「嗨，修坡斯塔，阿伊……」

老金不敢相信眼前發生的一切。他覺得自己正做著一場可怕的噩夢。面目猙獰的孩子，叫聲怪異、兇狠的狗，甚至這間陌生的屋子，都只是一場噩夢裡的場景。

老金驀然發現眼前站著的早已不是孩子，而是自己的兒子。緊接著，那張臉又消融變化，化作另一張從未見過的生面孔。如果這世界上真的存在食人族的話，那一定是眼前的這副場景。老金看見那條狗深不見底的血盆大口已經到了眼前。

天剛亮，在28棟警衛室值班的朴先生就接到社區物業辦公室的緊急電話，派他去察看一下在1203室獨居的老人是不是出事了。看樣子是老人在美國的兒子聯絡了物業管理辦公室。他兒子打了一整晚的電話，就是沒人接。一個月前朴先生就注意到了這位老人，他衣著邋里邋遢，渾身透出鄉下人的土氣，與高檔社區格格不入。有時候他路過警衛室，經常躑躅一會，似乎想傾訴什麼，最後也沒能說出半句話。1203室門鎖緊閉，朴先生按了幾次門鈴也無人回應，心裡竟然產生了這家人要準備後事的不祥預感。朴先生用備用鑰匙打開門，眼前的情景讓他吃了一驚。屋裡亂七八糟，好像昨晚發生過一場打鬥。客廳一片狼藉，一個老人呆呆地坐在中央。老人彷彿丟了魂，雙目無神地嘀咕著什麼，隱隱約約聽著像英語，不過完全聽不懂他在說什麼胡話。老人身邊坐著一條體型龐大的狗，好像聽懂了老人的喃喃囈語，出神地注視著他，目光居然流露出一絲憐憫。

（原載《學園》，1985年）

chapter ten

一頭有心事的騾子

一頭有心事的騾子

現在沒有騾子了。

大杞這輩子再也見不著那騾子了。這個想法使他雙手顫巍巍地開始解褲扣，還沒等完全解開，幾滴尿水就已經開始淅淅瀝瀝了。河對岸是一排工廠，大杞衝著工廠裡矗立的煙囪尿了好一陣，身子哆嗦個不停。

成排的工廠上方伸展著一片頎長的晚霞，給廠房悄無聲息地披上了一身硃紅色，似乎眨眼之間就會消逝。這晚霞，很像用刷子梳理鬃毛時騾子那順滑的脊背上，泛出的紅光。

此刻，晚霞由硃紅色逐漸化為紫色，將要變成死去騾子體內黏稠的血液乾涸後的顏色，深不可測的城市黑暗將再次吞噬一切。工廠煙囪噴出的黑煙如墨水一般蔓延，正在使晚霞變得斑斑駁駁。

大杞怔怔地望著直插雲霄的煙囪，甚至忘了扣上褲扣。那煙囪無論什麼時候都這麼挺直身板威風凜凜地矗立著。大杞望了一陣煙囪，低頭瞥了眼自己的命根子，對比了一番。然而自己那玩意兒幾乎看不著，被粗短的陰毛蓋得密實，再怎麼仔細瞧也瞧不見，十足的寒酸相，活脫脫一個拔了根的辣椒樹上的剩椒，從頭蔫兒到尾。

工廠裡的煙囪卻始終堅挺地矗立著。假使下面沒有成排的廠房，它看起來不像是煙囪，而更像是一座巨塔，或是紀念碑，托起了這片天空。

大杞啐了口唾沫，捏住蔫兒了的命根子甩了幾下，放進了褲襠，手抓著包回頭看了看剛經過的一段堤壩。工廠裡機器的轟鳴聲不絕於耳，一抹殘霞掛在天上，拆遷安置房低矮地伏在河溝周圍，籠罩在陰鬱的寂靜中。工廠的廢水源源不斷地流進河溝裡，河溝上游還有一家染色廠，兩者的廢水交融匯合，有時呈金黃色，有時又如少女來月事一般紅豔豔的，此時卻流著一股烏黑的淤泥。去年夏天，一個六歲的孩子在河溝裡喪了命，周圍的居民找了一整夜，然而孩子終究沒有再浮上來。

這片拆遷安置房就是沿河而建的一排排平房而已。城裡的一塊地上建了個大規模的工業基地，相關部門便把當地的居民安置到了這裡，用水泥建了平房供他們居住。房屋井然有序地依河岸而起，各式各樣的人都被趕到了這裡，每日從屋裡進進出出的場景恍如蟻群在啃咬一隻死蟲子的軀殼。市政府衛生辦的臨時工大杞亦是其中一員。

河溝對面是修建中的大型工業園。垃圾車每日都要沿著河溝的堤壩來往幾次，把垃圾倒在還未建成工廠的空地上。轉眼間這些垃圾鋪滿田地，堆了一大片，讓人不免懷疑這座城市或許是一頭巨獸，每日都得換一次毛，又或是一位腸胃不好的老人，把吃進去的東西全給吐了出來。奴隸屬於市政府清掃科的清潔工大杞，他的工作就是一天兩次趕著騾子奔波在城裡的各個角落，蒐集清理這些垃圾。

大杞在這裡——這片垃圾場或是其中的拆遷安置房裡——透過遠處灰濛濛的煤煙，看到過清晨時分高樓閃耀著陽光的稜角，看到過晌午時漫天的灰塵。夜晚，也曾聽過工廠裡機器轟鳴不斷的噪音。

然而此刻，大杞打算和所有的一切告別了。他沿著堤壩慢慢挪動腳步，前面的路愈來愈黑。

迎面有個喝醉酒的人踉踉蹌蹌地晃了過來。那人嘴裡哼哼唧唧，不知嘟囔什麼。大杞走近了才聽清楚他是在唱一種小調。

「昨天一見鍾情，今生永不分離。哎呦，這是誰啊？」

醉漢停下腳步。大杞湊近打量了一下，一陣酒氣撲鼻而來。

「這不是金哥嗎？這是去哪兒啊？」

大杞第一眼看到了這傢伙的笑容，感覺很熟悉，然而遺憾的是，他到底沒能一眼認出這人是誰。

「哥你也真是，是我啊，我！還沒認出來？」

醉漢敞著衣衫，露出的半個胸脯被酒精燒得一片通紅，剃了一個衛兵似的平頭。恐怕也正是因為這一腦袋刺撓的短髮，大杞才沒認出來。醉漢甩了下脖子，順勢抹了抹頭髮，熟練得像一個留長髮的人在整理劉海。大杞這時才仔細端詳了他的臉。

「是啟東啊。」

「哎喲媽的，眼睛還挺賊啊。哥，你看我喝酒了。」

據大杞所知，啟東這傢伙絕對不喝酒。在拆遷房一帶，沒人不知道啟東是個鐵公雞一般勤儉的傢伙。他上身常穿一件五彩斑斕的襯衫，褲子也必定是垂在屁股上。他在甜甜棒工廠裡上班，只要一張嘴，全是廠裡女工的事。身旁但凡有年紀相仿的女孩子經過，非得含著手指吹聲口哨，否則渾身不自在。夜晚的堤壩上，大杞也經常聽見他唱的流行歌曲。

而且這小子還留著一頭長髮，他最神氣的時候，便是要酷地把這烏黑油亮的長髮順上一圈。一得空，還要掏出小鏡子，好好端詳幾番自己的髮型。

「不過哥啊，這太陽都落了，你這是幹嘛去啊？」

啟東生怕別人不知道自己喝醉了似的，身子晃個不停，嬉皮笑臉地說道。而且他這笑法也頗有門道，嘴角稍稍一提，半露出牙齒，相應的眼睛順勢這麼一擠。這種笑法可是為了工廠裡的女工們特意琢磨出來的，平時為了多多練習，啟東逮著人就這麼笑幾下。

「你這是趁夜捲鋪蓋走人？」

啟東瞧見大杞提著的包，便問道。除了笑容，啟東的臉看上去如此陌生。如果把之前熟悉的長髮重新蓋到這傢伙的頭上，臉看起來仍然親切，可是去掉長髮的話，立即變成了陌生人。

「一點不像你。」

「啊，你說我這頭髮啊？」

啟東聽後像洩了氣的皮球似的，悶悶不樂地搪塞道。

「就成這樣了。」

說是這麼說，啟東仍然像長髮還在頭上一樣，朝後甩了下腦袋，再用手劃拉頭髮。

「哥，我請你喝一杯吧。」啟東一把拉住大杞的手臂。

「就當紀念今天我剪了短髮，我請客。」

大杞也並不推辭，任由啟東拉著走了。本來大杞打算不聲不響地離開這片安置房，但是反正碰見了啟東，沒理由非得拒絕他。

兩人一路來到了橋頭，前面的路一下變得燈火通明。託工業區的福，這裡不知何時也成了熱鬧的商業街。劇場、洋服店、女裝店、肉舖、沙龍、茶館、房產仲介、職業介紹所等等應有盡有。稍不留神身旁還擦過幾輛汽車，車的前大燈和路邊商店的燈光在半空中交相輝映，酒吧的霓虹燈光閃爍不止，其中幾縧光芒映入二人眼中後，便不停地轉圈吸引著他們。此時的街道開始瀰漫著酒意，在酒後的微醺中情緒正在高漲。

「玩到天亮再坐頭班車走吧。」啟東仍然拉著大杞的手臂踉踉蹌蹌走在街上。

「不過你到底要去哪啊？」

大杞看著啟東滿臉的興奮，可能是想到自己要離開這裡了，感覺胸膛一下子空曠了，就像在看一個無情女人的妖嬈浪蕩。即使沒有大杞，酒吧的霓虹燈也會旋轉，商店的櫥窗也會閃爍，街道也會喧鬧歡騰。

「我坐晚班車走。」

「到底是去哪兒啊，回老家？來信說老人家身體不好了？」

「我不是回老家，就是永遠地離開這裡了。」

啟東突然停下了腳步，吹起口哨來。原來是路對面走過一群下班的姑娘。

「那傢伙怎麼辦？」此時的啟東像酒醒了一樣，兩手插進褲口袋，擺出很酷的造型。

「就是四條腿走路的朋友。」

「它死了。」

啟東停下了腳步。

「你說真的？」

騾子一下栽倒在地後，心中彷彿在渴求著什麼，直勾勾地瞪著一對深不見底的眼珠子。鼻孔中呼出的氣息尚且溫熱，摔破的腦殼流出一股鮮血，染紅了這片柏油路。這就是騾子在這世上最後一刻的光景。附近派出所的巡警們趕來詢問大杞的姓名和住址，了解一遍事情原委，簡單記錄幾筆後便離開了。

「絕對不是我的錯啊，是他的馬突然發瘋跑到車前頭，我可一點都沒有招惹牠啊。」貨車司機急得直冒汗，脖子青筋暴漲著極力辯解。大杞怔怔地看著騾子的眼珠，看著染濕地面的鮮血逐漸凝結成黑色，像在聚精會神地思考著什麼。巡警轉頭問道：「我說，你的馬怎麼突然跑到車前面啊？司機說得對嗎？」大杞沉默不語。司機卻來了勁頭，氣勢洶洶地嚷道：「您看看，就是他的馬突然發瘋了。」巡警又去詢問了幾個目擊者，便開始寫事故報告了，當巡警填到被害人一欄時，大杞才開了口：「它不是馬。」「你說什麼？」巡警抬起頭，皺著眉問道：「你說它不是馬是什麼意思？」「它是騾子，不是馬，也不是驢。雖然死的是頭畜生，可名字還是得寫對呀，就寫騾子吧。」

「真可憐啊，那騾子可以說是我們社區住戶的一分子啊。」啟東一副難以置信的表情。「騾子怎麼突然跑到貨車前頭了啊，難不成真是發瘋了？」

「行啦，別再說這個了。」

「這麼說哥你是丟飯碗了？確實得離開這兒了啊。來，就為了這事……」啟東把大杞拉到路邊的大排檔說，「哪能不喝點酒，就這麼乾巴巴地為哥哥你送行啊？今天要是不喝，那什麼時候才喝？趕車是吧？不用擔心。天剛亮就有車，不用害怕趕不上車。甭擔心了！」說罷，啟東帶頭掀開門簾走進去。

「歡迎光臨。」

「來幾串關東煮，再來兩杯燒酒。」

兩人一屁股坐在木椅上。

「不過我可聽人說了，」啟東喝了一口湯，轉頭看向大杞，還把小拇指伸進嘴裡，「噗」地嘬了一下，然後伸到大杞眼前連連彎曲，「聽說騾子都是太監，真的嗎？」

大杞一把抓住啟東顫動不止的手指頭。

「不是太監，就是不能下崽子。」

「那不還是一樣嘛，我之前在村裡見過割豬卵的，噫，那場面真叫一個慘，我都看不下去。不過把豬卵割了，豬就能長得更肥，咱們吃起來也好吃。反正我是搞不清是個什麼道理。」

電石燈的火光在風中搖曳著，啟東出神地盯著面前放著的酒杯，開口說：「其實細細一琢磨，我們的命和這騾子沒什麼不一樣啊。」

騾子那玩意兒大得出奇，與其說是生殖器，不如說是某種特製的傢伙。有時會不經意間就伸展到不可思議的地步，大杞很了解長到快拖在地上的傢伙，跟他在電影裡才能看到的武士長刀一樣伸長的東西，也知道每當這時它的眼珠就像燃燒的橡樹一般閃閃發光。經常在無法預料的時候，騾子那玩意兒就噌噌地伸長了。

大杞怎麼也搞不明白這騾子為何走到路中央突然發情了。在周圍樓房的陰影之中，車輛絡繹不絕，一頭騾子毫無徵兆地腳上釘釘一般佇立在路中央。大杞無可奈何，只得等著騾子伸長的玩意兒慢慢恢復常態。騾子站在原地，似乎在渴望什麼，兩眼炯炯有神，肌肉緊繃到要抽筋的地步。過了一會兒，騾子的命根子漸漸縮了回去，渾身顫動了一陣後，又繼續上路了。

「金哥，我想跟你聊件事，聽不聽？」

啟東已經兩杯酒下肚。清涼的酒水滑過喉嚨，流入肚中後卻溫熱起來。啟東「咣」的一聲把酒杯敲在桌上，打開了話匣。

「我們廠裡有過這麼一檔子事。大家都知道，我們廠冬天做熱乎乎的豆包，夏天做甜甜棒冰棒……去年夏天，廠裡傳出了一件怪事，鬧得沸沸揚揚。去年夏天哪是一般的熱呀！能把一個好端端的人熱死。」

天氣太熱，人們都買甜甜棒冰棒吃。不管是街頭，還是家裡，甚至在公車車廂裡，都有人在舔冰棒。女人們尤其鍾愛甜甜棒冰棒。個子有馬一般高的姑娘們，把甜甜棒塞進嘴裡，不知害羞地吮吸。每次見到這種場面，啟東就會感覺自己渾身被剝了個精光。雖然這種冰棒清甜爽口，不過啟東清楚，它是用一種人工香精和清水調和後，再灌進塑膠袋冷凍而成的劣質產品。說起來也確實不可思議，生產出再多的冰棒，都能被人們的嘴融化。其實仔細一想，城裡的人拚命打拚，不就是為了這口甜味，還有嘴裡那片刻的涼爽嘛。

總之一到夏天，人們就買冰棒吃，公司的生意自然也好了。那時候作業是兩班倒，一班工作十二小時。可是即便二十四小時運轉，甜甜棒冰棒還是供不應求。不久工廠裡開始流行奇怪的傳聞。據說廠裡每天都有少量的冰棒不見了，而女員工的廁所裡卻堆滿了冰棒的包裝袋。這消息馬上像插了翅膀一樣，傳得全廠男員工沒有不知道的。

「就是瞎傳吧。不過，為什麼呢？」啟東打住話，夾起燒酒杯一飲而盡，「肯定是甜甜棒長得像那什麼啊，金哥。你不覺得甜甜棒長得像姑娘們喜歡的那玩意兒嗎？大小和模樣都差不多。」

燒酒滑過嗓子，啟東哆嗦著身子望著大杞的臉說。透過熊熊燃燒的煤火，他看見老闆仰著頭嗤嗤笑了。

「我看冰棒就是照著真傢伙做的，恐怕就是商業伎倆，故意做成那樣的。」

「說的就是啊。所以那些女工們一得空就把冰棒藏進裙子裡直奔廁所。那麼熱的天氣……連胸口都能涼透吧。」

「這好像就是瞎胡說嘛。」大杞一邊說，一邊望著煤火上的烤魚，充滿腥味的煙氣散發出來，好像帳篷褪色成了白色的煙幕。

「也是啊。傳聞可能就是假的。」

啟東點了點頭。他的身子已經熱了起來，臉也被燒得通紅。

「我也不相信這事。說不定是廠裡人因為整夜工作，想解解乏，故意編出了這麼一檔子事來。大家是身體也吃不消，精神也疲累，眼睛疼得像進沙子一樣……不過啊，後來又傳出另一件事。聽說一些小女生偷偷做那事不久，就害病啦，得了不孕症，不孕症知道吧？就是生不了小孩啦。估計是因為冰棒太涼了，對女人也不好。這消息一傳十，十傳百。他媽的，不管怎麼樣，是真是假都不知道怎麼回事啊。」

啟東看著忽明忽暗的電石燈裡搖曳不止的火苗沉默不語。倒是老闆接了話：「說不定後來的事，是廠裡主管們為了防止產品再被偷，故意編出來的。」

「不管怎樣，女員工得了不孕症的消息鬧得人心惶惶。哎，再來杯酒，不，乾脆來一瓶吧。」

「喝太多了啊。剛才你不是在別的地方喝過了嗎？」

「你怎麼這樣啊，哥？今天這樣的日子不喝酒，什麼時候才喝呀？」

啟東迫不及待地抓過老闆面前的酒瓶往杯裡倒，搖搖晃晃的影子映在帳篷上。

「你琢磨琢磨，我們廠裡的女員工那叫一個多，長得漂亮的也多得是，我看上的女人也有那麼四五個了。早上上班的時候，太陽光正好灑在那些小妞臉上，泛著的光都是粉嫩粉嫩的，看得我心裡直癢癢。女員工的車間和我們是分開的，不過到了午飯時候，她們就穿著一身藍制服出來坐在草地上玩，那時候我只要一看見她們啊，不吹幾聲口哨能憋死我。不過要是這些小妞生不了小孩，放在金哥你身上，你能心情好嗎？」

這事確實給人心裡添煩悶。不知從什麼時候開始，大杞的傢伙一點都硬不起來了。對面不分晝夜開工的冰棒廠二十四小時兩班倒，凌晨六點打響換班鈴，而這個點也是把大杞趕出夢鄉的時間。大杞醒來後，最先做的事情是把手放進褲腰裡，從手指碰到小腹上粗糙的陰毛開始，慢慢往裡探。他十分希望自己的命根子能硬邦邦地挺在那兒，然而每次的想法都化為泡影。每到此刻，握在他手裡的那玩意兒都像斷了氣似的縮成一團，恍如癱在湯水裡的魚粉餅一樣，軟塌塌的。

自從大杞離開家鄉來到這座城市後，好像命根子就沒再硬過了。過去在老家，每天清晨自己的命根子都精神抖擻，活像根荊條似的直挺挺地硬在那兒，褲子前面還被撐出一個小帳篷。來到這裡後，大杞每天趕著騾子往返於城市的犄角旮旯處，鼻尖上都蒙了一層灰。不知不覺間，自己那玩意兒便無精打采地蔫兒了下去。大杞覺得自己跟廢物沒什麼區別。硬不起來的傢伙就是沒有一點用處的傢伙，自己的傢伙一點用沒有，那就是廢物當中最丟人的廢物。

「既然話都敞開說了，我再添一句行嗎？」啟東的臉愈漸發紅，說出來的話也更加不著邊。「我還是從廠裡聽來的，是關於我們那廠長老頭子的一些話。這老頭有錢，廠子經營得也不錯，自己幾個孩子都送到美國念過書，回來後都坐上了專務、常務的位子。你說他還能有什麼不滿足的呢？但是人的慾望到底是個無底洞啊，聽說他最近為了什麼補充精力，每天都跟又年輕又新鮮的小女生一起生活，還必須是貨真價實的處女才行。」

「和小女生們鬼混精力還能好？肯定是一天不如一天啊。」老闆給二人添了兩串魚丸，順帶插了一句。

「這你就不明白了，和那些青春活力的小女生們待在一起，只要不做那事，她們的精力就能全被老頭子吸走啦。在補充老頭的陽氣方面，沒有比這更牛的補藥了。」

「真是，這花花世界啊，我們想破腦袋也想不出來啊。」

「反正得先有錢了才能試試。哎，哥，你怎麼站起來了？」

「差不多得走了啊。」

大杞站起來後，才發現自己不經意間也喝醉了。「我來付錢，你站著別動……怎麼回事啊。」

雖然啟東堅持再三，還是大杞結了帳。他胳肢窩裡夾著包，踉蹌著掀開門簾走出來。

「真準備今天就走啊？」

啟東跟在他旁邊走了出來。二人此時都有些站不穩了。

「我送你到車站吧，哪能就這麼分別啊？」

二人晃悠著「之」字形步伐往前走去，穿過了紅綠燈處的斑馬線，經過了大門緊閉的銀行，來到一處黑燈瞎火的建築工地時，二人不約而同地停下腳步，並排對著一堵牆撒起尿來。大杞那股尿可以說是有氣無力，喝完酒後，他那玩意兒像是根劣質的橡膠水槍，冒出來的尿全灑在腳上了。

這時啟東突然猛一彎腰，直接癱坐在了地上，接著便嘔吐個不停，腳邊全是穢物。大杞見狀連連拍打他的後背，啟東把手指塞進喉嚨裡，逼自己又吐了一陣。

「你看看這個。」

啟東吐得淚眼汪汪，他挺直身板，從後口袋裡掏出一個小本兒，抽出了一片紙遞給大杞。那是一張名片大小的人像照。

「你瞧瞧這是誰。」

劇場的節目宣傳板上常貼有歌手或是演員的照片，而這張照片拍得也頗有其風貌。照片中，啟東梳著流行的長髮，嘴角微微上揚，露出一絲迷人的微笑。

「別瞧現在這樣，我原來的髮型應該是我們廠裡最有型的吧。這是我倆的祕密啊，金哥。你知道是誰為我設計的髮型嗎？這可是市裡頂呱呱的頭等理髮師給我做的，而且還不收我錢。」

黑暗之下，仍可以看見啟東有些蒼白的臉龐。這小子還有習慣動作，說著向後一甩頭，用手煞有介事地梳了一遍頭髮。不過他現在的短髮任是十級大風也吹不倒，所以大杞每次見他的一套習慣動作，後背上總有某處摸不著的部位癢得難受。

「我這頭髮一星期修理一回，我可是模特兒啊，知道什麼是模特兒吧？有個『第一美容美髮學校』，我一星期去一回，坐在一群學生前面，然後老師來替我理髮，剪的都是現在最流行的髮型。」啟東努力直起身，腦袋貌似有些暈，左右晃了幾下。「今天我也去理髮了，星期一是我休息的日子嘛。我理完髮回來的路上，在派出所前面給巡警叫住了。哎呀，你知道他們說我這個剛理完髮的人什麼？媽的！說我頭髮留長了，然後就即席審判定罪啦，那罪名可了不得啊。」啟東咯咯地笑出聲來，揮動著手臂嚷道，「說我引起他人的反感，而且犯罪的可能性十分充分。」

大杞打量著眼前的世界。街道上的燈光依舊閃爍不停，喧鬧的都市沉浸在一片享樂之中，無休無止。仔細想來，他似乎從未融入這座城市，他只是市衛生辦下屬的一個臨時工而已。他不過是牽著一頭騾子，日復一日清掃城市的每處角落而已。說到底，他唯一能做的事情就是，等這座與自己毫不相關的城市恣意歡樂產生出遍地垃圾之後，給它收拾乾淨。

「回想起來，說不定我當初把騾子牽到這裡就是個錯誤。」

「這是什麼意思？」

「城裡就不是騾子待的地方。」

常有人圍在騾子旁邊笑著看熱鬧。騾子這種動物一發情，四條蹄子就如嵌進地下一般，再也不走了，而它那脹得碩大的生殖器便成了人們的笑柄。騾子身下炮筒似的玩意兒，以摧枯拉朽之勢，直頂向地面。人們見狀，又驚又嘆，緊接著便露出下流的笑容，對著騾子指指點點。村裡的小孩還會朝騾子扔石子，以此取樂。然而騾子卻視若無睹，每到此時，它便怒視遠方，似是要刺穿那一片天幕，心裡好像也在盤算著什麼，眼神中射出一道駭人的光芒。騾子究竟為何會在市中心肆無忌憚地發情，它的眼神裡究竟在渴望什麼，心裡又在想什麼，大杞毫無頭緒。

「回老家以後準備做什麼呢？」啟東以一種低沉憂悒的口吻問道。

大杞看了好一會兒繁華的城市，以及夜空下閃爍的燈光：「是啊，從沒想過。是老家嘛，就是想回去。」

然而他們到達車站後，大杞才發現候車室裡人山人海，裡面的路堵了個水洩不通。二人在人縫裡又擠又鑽。一群大學生模樣的登山客擠滿了候車室，已無立足之地。大杞記起來今天是週日，估計他們是去附近的風景名勝野營了，現在正準備回去。那群人盤坐在地上等候著發車點，身上還夾雜著山裡面新鮮的活力，正在彈著吉他，打著節拍，盡情地唱著歌。

玻璃上划出來的半月形的小窗口關得密實，上方掛了一張晃眼的大白紙，寫道：今日車票售完。

「真他媽的，真是出門就碰上趕集，巧了。」

啟東瞥著那幾個開心地拍著手的小女生嘟囔道。

「這哪是趕集，這是節日酒宴啊。」

「這要是酒宴的話，我們倆算是不請自來啊。」

二人相視大笑起來。不知為何，大杞竟有一種這售票口就該這麼關著的感覺。沒辦法，看來只能坐明早的車回去了。

「哥，現在我們去哪兒？」啟東問道。

二人穿過站前廣場，身後的喇叭在播報發車時間點。

身前是一處紅綠燈，由紅變綠後，人們紛紛穿過馬路，只剩他們站在原地。

商店的捲簾門關了下來，燈光霎時間也暗了許多，人們急匆匆地奔走著。

「這下慘了。你還要再回去嗎？」

「隨便找個地方湊合一晚，明早搭頭班車走。」

人們湧到大巴士泊位上尋找自己要坐的車。

「哥，在這兒等我一會兒。」

啟東忽然跑進站前廣場一處黑暗的角落。狗改不了吃屎啊，大杞追著啟東的背影，嘖了嘖嘴。

他看見黑暗之中站著兩三個年紀相仿的小女生，啟東過去嘰裡咕嚕地說了些什麼，一個姑娘似乎很吃這一套，馬上便跟過來了。啟東領著姑娘朝這兒走了過來。奇怪的是姑娘緊貼在啟東身旁，在胸前叉著雙臂，而啟東的腳步倒顯得有點勉為其難。

「就是這位大叔？」

女子走近後，大杞看見她臉上抹得一塌糊塗。

「走吧，讓你當一回皇帝。」女子挽住大杞的手臂。

「怎麼回事呢？」

「就是啊。我以為她們就是幾個來登山的姑娘，錯過了長途車呢。」

女子噗哧笑了。身旁急於趕路的行人不時回頭瞄一眼這三個人。啟東一時不知所措，女子卻像螞蟥一樣，緊緊吸在大杞身上。

「給你便宜一點，這也是緣分啊。」

大杞一把甩開了女子的手。女子也不甘示弱，抓住大杞的褲腰帶，要讓所有人都聽見一樣，聲嘶力竭喊道：「要我看啊，這大叔就是個太監啊。」

大杞嚇得連忙背過身去。女子則笑個不停，樂得臉幾乎埋進大杞的肩膀，千嬌百媚，嗲聲嗲氣。

「呵呵呵……早跟我來就好了嘛。」

女子走在啟東和大杞中間，一邊勾一個人。三個人拐進一條小巷，幾間髒亂的房屋並排擠在一堆，掛滿了「旅館」和「寄宿」的壓克力廣告牌。女子在其中一家門前停下了腳步。

三人走進去後，一個一頭篷發滿身贅肉的中年婦女打開水紋玻璃窗探出頭：「幾位啊？」

「兩個人。」

中年婦女上下打量他們一番，一股難聞的氣息撲面而來。大杞避開中年女子的眼神，啟東則彎下腰乾咳了幾聲。

「你得先付錢。」

「知道啦。」

中年婦女的視線再次上下打量一番後，吱呀一聲合上了窗戶。

「脫了鞋再進來吧。」

與昏暗小巷裡不同，走廊和天花板的電燈白花花地照出女子臉上厚厚的妝，一種能讓男人激動的色調。二人突然間氣餒了，順從地提著皮鞋踏上地板。上樓梯的時候，每踩一腳都伴隨著嘎吱一聲，女子的臀部也隨著節奏左扭右晃。啟東突然抓住了大杞的手臂。

「我說啊，金哥，我心裡沒底怎麼辦啊？」

「你這什麼意思？」

啟東一手提著一隻皮鞋，看著大杞艱難地擠出一絲笑容：「說實話啊，我也是頭一回做這事兒，不知怎麼搞的有點害怕，現在就開始抖了……」

「做什麼呢，還不快點上來。」女子在上面喊。二人面面相覷了片刻。

「他媽的……」啟東先邁開步子繼續上樓。腦袋剛冒出二樓地板，首先映入眼簾的是女子的一雙大腿，接著看見了女子身後那條只容得下一人經過的小走廊，天花板上掛著小燈泡。共有三間房，女子打開了走廊盡頭的一間。

屋裡的牆壁上貼著花紋相同的壁紙，因為用久了，顏色變得斑斑駁駁。天花板和走廊用的是一樣的夾板材質，到處都是漏雨的斑痕。牆壁上只有一幅掛曆，一位熟悉的女演員在對他們笑。她穿著一身勉強遮住隱私部位的泳裝，簡直就是為了讓人掃一眼後一定要仔細打量一番而設計的。二人不約而同地仰起臉呆看這幅掛曆，畢竟屋子裡只有這件東西還算眼熟。他們太熟悉那女演員的臉了，以至於覺得她就是這間房的主人。女演員赤裸的笑容似乎在表達某種善意——我會滿足您所有的要求，二人的心一瞬間踏實了，甚至滋生出奇妙的幻想。

「哈哈……在做愛的屋子裡，非得擺出一副家裡死人的表情嗎？」女子說。自從進入房間後，她莫名地溫柔起來。

「明明是兩個人，怎麼就小姐你一個人啊？」

「擔哪門子心啊。進了洞房，不得打扮打扮啊？」

女子解開了紮成兩股的頭髮。又進來一位捲髮女子，像故意展示一樣把裙襬捲到膝蓋以上。她一屁股坐下，遞過來一張住宿帳單。

付完帳，捲髮女子問道：「好了，我們分成兩對，想和我睡覺的人請去那間房呦。」

捲髮女子輪番看著兩人。

「誰想去呢？」

捲髮女子的手在啟東膝蓋上來回撫摸，猛然用力抓住了什麼。啟東的臉頓時燒得通紅，在外力的拉扯下遲疑著站起來，捲髮女子嘻嘻笑著用手臂摟住他的腰離開了。

關門之時，啟東躊躇不前，回頭看向大杞似乎想說什麼，不過終究被捲髮女子推走了，須臾之間他總算是提起嘴角，露出了標誌性的笑容。夾板製成的房門「砰」的一聲合上了，而他的笑容彷彿還留有殘影。

大杞貼著牆坐著，感覺到一種不知身在何處的迷惘。有時在狹窄的房間裡幾乎喘不上氣，有時又彷彿被丟在無際的荒野裡。

女子默默起身，鋪開了房間一角疊好的被子，站在大杞面前，用一種頗為溫柔的嗓音說：「給您問安了。」

女子舉頭平視，緩緩坐到地板上，低頭行禮。說起來這也是舊時禮節的一種。大杞手足無措地看著女子。女子坐著說：「請多關照，我是美子呦。」

女子看著大杞無所適從的樣子，忽然又仰頭笑了起來。

「哈哈哈……看你這樣子，簡直就是新郎官啊。」

女子用膝蓋爬去按下牆上的開關，房間裡頓時一片昏暗。大杞很清楚現在自己該做什麼，可身體就是不聽使喚。幾個房間是由薄板隔開的，此時不知從何處傳來持久的窸窸窣窣聲，充斥了整個房間。過了許久，那聲音陡然停下，屋裡也陷入了一片寂靜。

「我跟大叔說一個我做的夢吧。」女子躺在鋪子上說。

「昨晚我做了一個夢。在夢裡我穿著一身漂亮衣服，化著美美的妝，一直在等著什麼人。大家全都在為我梳頭啊，補妝啊，熙熙攘攘的。看這架勢，估計來找我的肯定是位又帥又有身分的人吧？不過其實我並不知道誰要來，就是心裡激動。我呀，不停地照鏡子看自己這張美美的小臉蛋，一心一意地等著那個人出現。可惜後來就醒了，真是個奇怪的夢，對吧？」

大杞感覺女子的聲音是從虛無縹緲的遠方傳來的。無論他怎麼努力支撐自己的身體，都只能沉降到雙手無法觸及的地下。他已經渾身麻痺僵硬，連手指頭也動不了。

被貨車撞倒在地死去的騾子，再次浮現在大杞眼前。騾子死後，眼珠裡似乎還在想些什麼，仍然瞪著遠處。這傢伙到底在想些什麼啊？吃完午飯動身時，大杞發現騾子又發情了。附近的小孩子們圍在騾子周圍嘻嘻哈哈地打鬧。騾子粗大的生殖器不斷伸長，一直垂到地上。大杞發現小孩把一根長棍似的東西伸了過去，當他知道那是被火燙過的鐵棍後為時已晚。騾子猛然揚起腦袋，發出陣陣駭人的嘶叫聲，然後開始奔跑。小孩子們嚇得魂飛魄散地跑掉了。騾子瘋狂地衝進洪水般的車流中央。最後倒在地上，腦袋貼著柏油路面，它的眼珠似乎還有一息生命，凝視著遠處的虛空。那雙眼眸似乎還在仔細思索，如同還在夢中。

「請你吃甜甜棒吧。」

黑暗中女子很隱祕地貼近大杞耳旁，吹入纏綿悱惻的聲音。大杞沒來得及反應，一團柔軟溫熱的東西便塞進他的嘴裡。

「這可是免費的，貨真價實的甜甜棒呦，給您的特殊服務。」

那是一隻已經鬆軟下垂的乳房，讓人難以相信這是年輕女人的。大杞小心翼翼地摟住了女子，就像對待一件飽受摧殘的老物件似的，生怕稍一用力就碰碎了她。一陣難以名狀的悲哀如潮水般經過，隨後滾燙的血液充滿了身體。大杞口渴難忍，用沙啞的嗓音對女子說：

「哎。」

「哎，別這麼叫我。叫我名字，都說了我叫美子嘛。」

女子妖嬈地晃動身體，幾根頭髮恰好溜進了大杞嘴裡，一股令人作嘔的頭髮的腥味充滿了口腔。

「美子。」

「嗯嗯。」

女子身體緊貼著大杞，在他耳邊呢喃細語。大杞嘸了口熱熱的唾沫。

「你能生孩子嗎？」

房間裡安靜許久，直到女子噗哧一聲笑起來。大杞看著這小房間裡滿滿的昏暗，固執地等待著女子的回答。過了一會兒，女子忍住笑聲，說：

「剛才跟客人您說了我的夢吧，那不是真的，都是我編出來的。每次接待客人的時候，我都會說這個夢。跟他們說，昨晚夢到這些了，請為我解夢呀。每位客人的說法都不一樣，每次我都期待它能像解夢一樣變成現實。這可了不得呀。小心煤氣啊。買彩票的話肯定中大獎啊。你知道還有個人跟我說什麼嗎？他說自己真是算命先生，說這夢是要生小孩啦……」

女子的手摸索著大杞的身體，在黑暗中仔細愛撫每一寸肌膚。大杞感覺口乾舌燥，身體的某個角落裡有什麼東西緩慢蠕動著爬起來。大杞知道那是什麼，那是原本疲軟無力的生殖器。簡直不敢相信，那東西如雨後濕漉漉的大地上新鮮的竹筍破土而出一般堅挺。那東西越長大，大杞越能感覺到一股心情澎湃的喜悅充滿了全身。那東西傲慢而威風凜凜地站立起來，如同每日清晨矗立於河對岸的煙囪，直指天空。

大杞在黑暗中摸索到了刀鞘，把他那堅硬的長刀用力插了進去。

大杞從沉睡中忽然醒來。清晨的陽光把狹小的房間照得白濛濛一片。幾處烏黑的霉斑進入眼簾。女子還在熟睡。大杞豎起耳朵聆聽。

街上傳來陣陣嘈雜的噪音。還有汽車的轟鳴聲，人群的聒雜訊，以及各種無法分辨的聲音。

清晨的陽光穿過女子蓬亂如麻的頭髮，投在她乾瘦的嘴唇上。女子嘴唇微張，帶著一點朦朧的笑容。大杞不忍把她從夢中驚醒，輕手輕腳地披上了衣服。

大杞走下木製樓梯來到街上時，路上的車輛來來往往川流不息。清晨的陽光投在光滑的車體上，如銀色的箭矢一般轉瞬即逝。萬物都散發著早晨清新的氣息。有人拍了一下大杞的肩膀。是啟東。

「我以為哥你一個人先走了呢。」

大杞握住他的手。二人像初次相見的人一樣相視而立。大杞看到啟東的頭髮似乎變長了，可愛如騾子的鬃發，在清晨的陽光下熠熠閃耀。

啟東開口問道：

「哥，真的要走嗎？」

（原載《小說文學》，1983年）

chapter eleven

戰利品

戰利品

1

我拿起聽筒，投入一枚硬幣，慢悠悠地撥動號碼盤。電話中傳來一陣細長的提示音，數秒後硬幣「咕咚」掉了進去。緊接著，如唱歌般清澈的女聲緩緩流淌出來。

「Hello！」

這一瞬間，我卻像聽到了嚇人的髒話，或是無意間推開女廁所的門，看見了不該看見的場景。我慌忙掛斷了電話。

這是八月一個炎熱的下午。整個城市像座火爐，在我看來，馬場洞長途汽車站停車場前的公共電話亭，才是最熱的地點。我此刻就站在這個電話亭裡，熱切期望浸透汗水的內褲別再夾進屁股縫。掛斷電話後，我把夾在屁股縫裡的內褲扯出來，然後悵然若失地站在原地。眼前的狀況出乎我的預料。我把那是美國人聚居區的事忘在腦後了，接通電話後才想起來，那是漢南洞一帶的外國人社區，而我正要給一個住在那裡的女人打電話。

我低頭看了看手中被汗水浸濕的名片，默默地回顧了一遍知道的幾個英語單詞，拼成一個簡單的句子，還磕磕巴巴地演練了一遍發音。

Hello, please put me number... 等等，please 不對吧，應該用 would you 開頭的吧？

上中學的時候，有位來自和平志願團體的美國女人曾經教我們英語會話。我在她面前總是不由自主地畏畏縮縮。直到現在，我也搞不明白為什麼她的個子高得像學校後山的赤松，為什麼在她如大海般湛藍的眸子和像橡膠一樣拉長的濕潤的微笑面前，我會手足無措。甚至連「what's your name」這種簡單的問題我也沒答上來。我只能垂下通紅的腦袋，勉強偷瞟一眼她那只長著黃毛的又白又長的手臂。她面帶笑容，耐心等我回答。直到她輕輕搖頭走開，我絞盡腦汁能想出來的，只有塗鴉在學校廁所陰濕牆壁上的美國女人各式各樣的私密部位。

得趕快打電話了。時間拖得越久，電話亭裡就越發悶熱，何況我的混蛋內褲又開始往屁股縫裡鑽了。

我想了一個相對完整的句子，在嘴裡確認了幾遍後，再次投進硬幣，撥動了號碼盤。悠長的提示音響起，電話應聲吞下硬幣。話筒中傳來一個單純明朗的女性嗓音。

「Hello!」

一瞬間腦子裡一片空白，費了九牛二虎之力拼出的英語句子煙消雲散了。回過神來的時候，已經在慌慌張張地大喊。

「能接 42 號嗎？接 42 號，42 號，能聽懂嗎？」

媽的，渾身的力氣好像都被抽走了。我破罐子破摔，只等電話那頭的女人如何回答。不曾想，女人竟然用更加明朗、跳躍的聲音說：「好的，請稍等。」

這時我才意識到接線員其實是韓國人，長舒了一口氣。不管怎麼說，我也十分感激，幸好這塊地方是朝鮮半島及其附屬島嶼的一部分。提示音消失後，流出了另一個女人油膩的嗓音。

「Hello！」

坦率說，每次聽到這句話都會嚇一跳，瞬間我真想直接扔掉話筒。不過我還是硬著頭皮說：

「吳美子在嗎？」

我暗暗希望，雖然沒在她名字前加 Mrs，也不要被看作無禮。

「哪位？我就是吳美子。」女人提高嗓門說。

我又長舒了一口氣，這才一句一句說出了可愛的母語。

「啊，你好。我是具本守啊。」

「哎喲——，你好啊，具本守君，難得你能想起來給我打電話呀。」

聽到我的名字她竟這樣高興，很讓我意外。

「真的很高興啊，好久沒人打電話問『吳美子在不在』了啊。你這是在哪兒呢？」

「我在馬場洞長途汽車停車場呢。」

「哎喲，你是要去旅遊嗎？還是已經回來啦？和誰一起去的啊？朋友還是對象啊？玩得開心嗎？」

我為了給她打一通電話，從拿起聽筒那一刻開始，就碰上了各種意料之外的麻煩。不過現在看來，應該就剩最後一個關鍵時刻了。

我一時欲言又止。

「呃——，其實我打電話是想告訴你一件事，金長壽死了。」

話筒忽然沉寂了。我擔心她沒聽清楚，便貼近細孔密布的話筒，把不幸的消息灌了進去。

「你在聽嗎？金長壽死了。」

她仍舊不吭聲。我耐心地等著她鎮靜下來，或許我也有意想了解她受到的衝擊有多大。一陣沉默後，我聽到了偶爾能從外國電影中聽到的一句話。一個女人低聲發出的痛苦呻吟。

「Oh God！」她略帶沙啞的聲音確實戲劇性地表達出一種絕望的情感波動。接著，她結結巴巴地說：「對不起，本守君，能過一會兒再打來嗎？現在我有點懵。」

「好吧，先掛了，等會兒再打給你。」

我放下聽筒，手心已被汗水浸濕。我把手伸進口袋，想要拉出夾在屁股溝裡的內褲。指尖剛好碰到什麼東西。

說來好笑，我都忘了口袋裡有這東西。從長途汽車站走到公共電話亭，每邁一步，這東西一直隔著薄薄的褲袋磨得我流滿汗水的大腿根火辣辣的，我卻絲毫沒有意識到。這東西堅硬而輕巧，像燃燒過的固體燃料一般殘留著溫度。

我用指尖摩挲這東西堅硬的表面，這才意識到它竟然成了意外的麻煩。這東西原本不是能放在口袋裡用手指隨意摩挲的物件。不僅如此，平時放在褲袋裡也顯得太過堅硬，更不是能握在手裡的東西。

我倏地感覺到體內有某種慾望蠢蠢欲動，在身體的最深處悄無聲息地抬起頭漸漸壯大。我意識到那是性慾，此刻它貿然占據了我的身體。或許是這東西壓迫著我的胯下，同時散發出人哈氣般的溫熱。

我眯著眼睛望著八月酷熱蒸騰的街道。像是窮光蛋手裡突然手握巨款而尷尬一樣，我因為頂著褲子勃起的慾望而不知所措。

如同理所當然的性慾對像一般，我想到了吳美子。我下決心一定要與她見面。我打電話可不是單單要告訴她金長壽的死訊。

金長壽死了，但我至今感覺並不真實。知道他死後，我的第一反應不是傷心，也不是痛苦，而是對吳美子不知緣由的性慾。我皺起眉頭。皺著皺著，我想起金長壽第一次發作的那個晚上。

那日凌晨兩點，值班護士獨自坐在護士站裡看書。她摘下眼鏡放在書上，滿臉疲憊地費力眨巴眼睛，示意我說明來意。

「病人發病了。」

護士抬頭目不轉睛地盯著我，就好像我是大半夜的跑來嚇她，她卻巋然不動。

「幾號房？」

「319號。」

護士不慌不忙地用手指慢吞吞翻著病床卡冊。這反倒讓我有些尷尬，因為我急匆匆地沿著病房外昏暗的走廊一路氣喘吁吁地跑來，緊張得脖子上已經青筋暴起了。

「對。」

「319號……金長壽，肝硬化，二十九歲……對吧？」

「病人怎麼了？」

「又發病了，跟瘋了一樣，一邊胡說八道一邊笑。」

我想在面無表情的護士面前學一遍他從舌根上發出的咯咯笑聲，但還是忍住了這種衝動。突如其來的大笑明顯是發病的徵兆，然而我卻一時找不到合適的話語，能跟凌晨兩點值班的疲倦的護士說清楚。

「稍等一會兒，值班醫生馬上就過去。」

「請稍等，即將為您接通。」

接線小姐的聲音一如既往的親切，我嘴裡險些就要蹦出「Thank you」。熟悉的提示音再次響起，傳來了熟悉的嗓音。

「Hello！」

「是我，美子。」

「哎喲，我在等你電話呢。」短短幾分鐘的時間，美子的聲音竟然恢復了之前的活力。

「真不敢相信他已經死了，這是什麼時候的事啊？」

「前天下午一點半去世的，我辦完葬禮剛回來。」

我頓了片刻，同時縮緊屁股，扯了扯內褲。

「長壽哥那邊也沒什麼像樣的親戚，所以也不算什麼葬禮，就是幾個朋友簡單操辦一下後事。說實話，最應該到場的人其實是你啊。」

我一時憋住話頭，希望她能說點什麼，然而她一直不置一語。

「把他火化了。我們嫌首爾附近的河太髒，所以就去了遠一點的漢灘江。我們親手把骨灰撒進漢灘江清澈的水波裡……」

話筒裡的聲音越說越新潮了，還沒等我說完，突然一陣笑聲傳了過來，其中還混雜著不知何意的英語，嘰裡呱啦了好一會兒。

「喂，喂？」

「我聽著呢，本守君。」

「你剛才說什麼？」

「沒事，應該是電話搭錯線了。」吳美子沉默時，那個單調的外國聲音一直喋喋不休。

吳美子再次開口問道：「他走得還算平靜嗎？」

吳美子的聲音從容冷靜。似乎掛斷電話的時候，她想起了很像話劇台詞的對白。我感受著握住聽筒的手上滿滿的汗水，還有電話亭裡炙熱的八月盛夏空氣，以及無法大罵一通直接掛掉電話的我的那份敵意，沒好氣地回答：「他二十九歲就死了，怎麼才算死得平靜啊？」

「你說什麼？」吳美子在一片嘈雜聲裡提高了嗓門，「喂！聽不清你說什麼。」

為了讓她聽清楚，我像朗讀課文似的一字一頓：

「他走得很平靜，一點也不痛苦，睡夢裡走的。」

破舊醫院的三層走廊裡瀰漫的幽暗，肯定經受過無法復原的深重內傷。就像手術後病人的呼吸裡充滿乙醚的味道一樣，走廊裡充斥著晚夏的悶熱和甲酚的味道，還有各種惡臭。走廊上一盞盞模糊的燈光將渾濁的黑暗侵蝕得更加憂鬱。一隻接觸不良的燈泡不停地閃爍，彷彿下一秒就能亮起來似的用力掙扎。在黑暗的盡頭，金長壽躺在319號病房的舊鐵床上。

我和值班醫生走進去時，病房已經變得出奇的安靜。有一隻飛蟲困囿於病房紗窗裡，嗡嗡地掙扎不休，更凸顯屋內駭人的寂靜。

「怎麼這麼安靜啊，明明剛才還發作……」

「讓我看看。」

醫生熟練地解開壽衣似的病服，把聽診器貼在胸口。金長壽卻始終目光呆滯，沒有絲毫反應。在我看來他的瞳孔已經渙散了，乾枯的皮膚像鱗片一樣暗淡而光滑。如果不是肚子還在有規律地起伏，我會以為他死了。他的肚子宛如臨產婦一般高聳，上面蓋著白色的床單，看起來儼然一個墳包，很難讓人聯想到他還活著。

他削短的平頭十分引人注目。短髮散發著刀刃般的幽藍光澤，那是一種與病房裡的所有東西都格格不入且令人傷感的純淨光澤。

年輕的實習醫生聽診許久，始終是一副嚴肅的神情，腦海中似乎在飛速翻閱著一本厚重的醫學書，努力對照眼前複雜的症狀。忽然間，醫生像是拿定了主意，斬釘截鐵地問了一句話，讓我大跌眼鏡。

「這是幾？」

醫生像哄小孩似的伸出兩根手指，在病人眼前晃了幾下。病人當然毫無反應。他繼續用真摯的表情耐心地提出幼稚的問題：「這是幾？這是幾？」

醫生令人心酸的努力卻被病人奇妙的笑聲粉碎了。那是一種微弱到若隱若現的笑聲。可能笑聲令醫生也覺得意外，或者他認為這笑聲是病人在嘲笑自己，便用一副遭人背叛的神情死盯住病人。

「他頭髮怎麼這麼短？」醫生問道。

「您別擔心，他不是逃犯。」

「什麼？」

「他就是不久前蹲過牢，」我止住話頭，想看看年輕醫生的反應，「一個月前提前釋放了。」

醫生的臉原本拉得很長，受了驚嚇之後變得更長了。

「是嗎？我感覺……」我察覺到醫生的臉色明顯失望了，「看起來蠻老實的，犯了什麼罪……」

這時病人徐徐抬起手臂，在半空中招了招手。我猜他在示意我靠近點。他的嘴唇顫動不停，似乎想要說點什麼。我抓住他的手，貼近他的臉，聽見他微弱卻清晰地說：「去找吳美子。」

「他說什麼？」醫生急切地問道。

我抓著病人的手，衝醫生難堪地笑了一下。病人的手指關節僵硬冰涼得令人害怕。

「別找吳美子了。」我對病人說道。

「找她沒用的，她已經死了。」

我們心自問，自己並非有意這麼說的。只是單純地認為在這緊要關頭他的要求很不合時宜，尤其在凌晨兩點的病房裡。為了讓他徹底死心，我繼續說：「聽見了嗎？那女人已經死了。」

後來，病人的表現已不需要年輕醫生再有任何懷疑。我的話才說完，病人突然像聽到一個瘋狂的笑話一般放聲大笑。他無疑又發作了，舌根如波浪般顫動，笑聲滔滔不絕。他在鐵床上瘋狂打滾，床單纏了一身。後來他瞪大雙眼口吐白沫，眼中黑色的光芒漸漸消失了。

我無從了解他究竟是因為我的話而受了刺激，還是由於身體痛苦難忍才會產生那種症狀。無論如何，我不知道怎麼使他鎮定下來。我回頭看了看醫生，他的想法應該一樣，輕輕搖了搖頭。

「真的謝謝你，本守君，特別打電話給我。」

「等一下，美子。」

我聽她的語氣象是下一秒就會掛斷電話，匆忙叫出了聲。盲目勃起且一直糾纏不休的莫名性慾，褲袋中餘熱尚存的物體，鑠石流金的電話亭……這些都成了藉口，不經意間把我卑屈的聲音悄悄塞進話筒。

「我一定要見你一面，美子。還有一些長壽哥的事情……還有就是……」

電話那頭默不作聲。

「不行嗎？」

她沒有回答，卻傳來一陣笑聲。電話串線插進來美國女人嘈雜的笑聲，她滔滔不絕的外語裡，我唯一聽懂的只有「darling,darling」。美國女人還帶著鼻音，耳語般地重複了幾次。我則接在她的話後，不斷回應「媽的，媽的」。

「好吧。什麼時候見？」

「現在見一面吧。」

吳美子有些猶豫，那美國女人柔軟甜蜜的「darling」聲不絕於耳。

「一定要見我嗎？」許久後，她開口問道。

「嗯——就是……長壽哥……剛才說過……」

我本想衝著話筒歇斯底里地吼叫一陣子，但還是勉強克制住了。我把一隻手伸進口袋，一把抓住胯間那個緊繃充血的地方。

「總之我現在就想見你。」

「好吧，在哪兒見呢？」

真他媽的，我擦著大汗淋漓的臉，一時竟想不出合適的地方，火急火燎地在腦海裡搜索。

「這樣吧，本守君。我們在學校大門前見面吧，我也想再去那裡看看，正門前的象牙塔還在吧？」

「那我在象牙塔茶館等你，美子。」

「OK。」

2

「哎呀，你做什麼？」

護士驚叫一聲，隨即避開身子。原來是病人伸手拉了一下護士的裙子，護士正在他的手臂上纏血壓計，旋即微妙地回頭看了看醫生。那副表情無疑在說：「這人瘋了吧？」醫生微微點頭。病人又嘻嘻笑起來。

「請按住他。」護士對我說道。於是我便抓緊了金長壽的肩膀。護士往血壓計裡擠壓空氣，同時緊鎖眉頭盯著病人的臉，彷彿一位巫師在審視潛入病人體內的惡靈。金長壽不停地掙扎，不停地嬉笑，笑聲裡不時夾雜著幾句叫嚷。我卻完全聽不懂他在喊什麼。

護士則一直在熟練地嚼口香糖，似乎完全看不上病人的瘋癲行徑。

「體溫怎麼辦？」

「讓他含住體溫計。」

凌晨兩點的病房還不算熱，不過年輕醫生已是汗流滿面，卻一直是一臉真摯。想必他十分熱愛這個職業。為了防止病人吐出體溫計，我不得不用雙臂鎖住他的脖子。

「體溫正常。」護士略顯失望地說。

醫生彎著腰，苦思許久，忽然像是有了答案，直直地凝視我。

「現在怎麼樣了？」我儘量用恭敬的聲音問道。

他吞吞吐吐地回答：「這個嘛……在這裡有點……」

看來在病人旁邊不方便透露病情。

「怎麼樣了？依我看我們說什麼他都聽不懂了。」

「不管怎麼說，在病人旁邊說這些多少有點過意不去。」

最終醫生似乎決定要把殘酷的宣判公之於眾了。他沉默不語，摘下眼鏡，擦拭了一下眼圈周圍掛著的汗珠，重新戴正眼鏡。我雖是心急如焚，但只能耐心地恭候。醫生終於開口了：「這是晚期的症狀，（他用下巴指了指病人）肝硬化的最終症狀，叫肝昏迷。有兩種表現，第一種是突然發瘋一樣，第二種是睡得死沉死沉。這兩種情況也有可能一起出現。不過呢，不管是哪一種，病人都再也清醒不過來了。」

醫生彷彿早已提前背好，親切地羅列出專業知識，讓人渾然不覺這是對病人作出的死刑宣判。

「一點希望都沒有嗎？」

「就不應該拖到現在啊，已經過了治療時期。你是病人的家屬嗎？」醫生忽然用一種責難的眼光注視我。

「不是，我是他的大學同門學弟。」

「那趕快聯絡家屬吧。」

「他還能活多久啊？」

「嗯……這個……這可不好說。他現在的狀態應該還能撐一段時間。雖然喪失意識，但畢竟是年輕人，心臟和肺都很健康。快的話幾個小時，慢的話可能一天多。」

「就是說醫院現在對病人已經徹底沒辦法了嗎？比如稍微讓他多活一會兒呢……」

「這個嘛……我個人的意見是，以這種狀態維持生命也沒有什麼意義吧？對他來說也是好事。」話才說完，病人像是為醫生的話喝采似的，忽然張口狂笑。護士嚇得後退了一步。這是肝昏迷的第一種狀態，也就是歇斯底里的狀態。症狀時時刻刻都在加重。

「最好趕快聯絡病人家屬辦退院手續，家裡畢竟要比醫院溫暖吧？」

「……其實，病人沒有能聯絡上的家屬。他媽的！」

其實最後一個詞我並沒有說出口，只是在心裡咒罵。隨即，聯絡不上他的家人，只剩我一個人為他操辦後事的可怕場景浮現在腦海裡。

「他的父母全過世了，雖然老家好像還有幾個親戚，不過都躲得遠遠的。再說病人還蹲過牢……」

「剛才有件事就一直想問你，」醫生忽然壓低嗓音問我，「吳美子是誰啊？」

「什麼？」

「不是叫吳美子嗎？剛才病人要找的人。」

「是病人的女朋友。」

「漂亮嗎？」

我直勾勾地瞪著醫生的臉。之前我就覺得他的長臉笑起來肯定像一匹馬在齜牙，現在正好笑了。這副表情恰似在說：「我是開玩笑的。」

「是啊，非常漂亮。」我板著臉回答道，示意我此刻沒有心情打趣。

醫生倒也立即抹平笑臉，鄭重地點點頭。

「真是可憐啊，年紀輕輕就要離開人世了，還留下個漂亮的女朋友……」

醫生忽然被嚇得趕緊閉上嘴巴。因為一陣困獸的咆哮吞噬了醫生的聲音。金長壽瘋狂地手舞足蹈，鐵床被晃得吱嘎作響，破舊的彈簧也跟著跳動起來。

那只困在紗窗中的飛蟲之前還算安靜，此時像是等待已久一樣，又發出了煩人的嗡嗡聲。

其實我從未覺得吳美子長得漂亮。怎麼說呢，她在我心中更像一個男人。不對，說她像男人多少有些誇張，準確地說，她是一個被剔除了性感基因的女人。

隨意剪出的髮型，卷著半袖的鬆垮襯衫，褪了色的牛仔褲，胸前常抱有四五本書，如此種種，便是我記憶中對吳美子印象的速寫。總之，她就像新聞報導裡時不時出現在南美洲的女游擊戰士，所以在學校裡當然被當作不可救藥的女生。說到吳美子，就不能不提她的母親。因為道路擴張工程，如今學校前面已被拆除殆盡，然而當年這裡是一片密密麻麻的棚戶區。其中有一家沒有營業證的小吃店，叫作「媽媽小吃店」，我們那時中午經常擠在裡面，喝得昏天黑地。而那家的老闆娘總是腰纏油跡斑斑的錢包，說著一口平安道方言，滿口污言穢語。老闆娘長得肥大健碩，嗓門也粗聲粗氣，活像個男人。我們對她做綠豆餅的手藝心服口服，同時也迫於她平安道的氣勢，以及無法招架的粗言穢語，管她叫「老娘同志」。叫「同志」也並非因為我們有什麼奇怪的想法，只是模仿「反共」電視劇而已。不過一想到老闆娘還有一個寶貝女兒，有時也尊稱她為「丈母娘」。她的女兒，便是吳美子。

偶爾忙碌的時候，吳美子便會出來幫忙端一些綠豆煎餅和酒水，擠在我們中間，米酒是一碗接一碗地喝，十分爽快。那時候主導酒桌上氣氛的人就是金長壽，他調酒手法了得，常高談闊論一些民族、民眾、分裂現狀等問題，我們在他面前不得不甘拜下風。金長壽常穿白色橡膠鞋外出，學校裡無處不在的又白又亮的橡膠鞋漸漸成了他的標誌。他的身邊總有吳美子的身影。我在「媽媽小吃店」的酒桌上，時常看見吳美子和金長壽他們混成一片，搜颳著舊社會的單詞展開熱烈的爭論，有時則跟在金長壽的後頭「哥、大哥」地叫。每當這時，我甚至懷疑她在長大過程中是不是被刪去了第二性徵。

「狗崽子！」

這是記憶中吳美子的最後一句話。那是我們目睹著金長壽被抓走的地方——學校裡的環島。吳美子並非刻意指我，她罵的是在現場的所有人，因為我也站在其中，所以在她眼裡我也是一個狗崽子。

不久我就去服兵役了，再沒有見到吳美子的機會。在部隊時，我經常會想起她，她說的最後一句話更是言猶在耳。我一個人站哨的時候，或是到了就寢時間，躺在床上蓋著毛毯，把手伸進內褲裡的時候，腦海中便依次浮現出我認識的每個女孩，吳美子常常排在最後。

「狗崽子！」

粗硬的軍用毛毯之下，一具具交錯纏繞、氣喘吁吁的紅色肉體從我腦海中閃過，而最後我的耳邊總會清晰地傳來吳美子響亮的罵聲。每到這時，如同尖刀般尖銳的快感就會將我吞噬。

退伍回來後，我才知道學校門前那家小吃店已經拆除了，也沒人知道吳美子的消息。後來我復了學，一直在正門前新開的生啤酒店喝酒。而我再次見到吳美子，則是畢業後一個非常偶然的機會。

「具本守。」

一輛巧克力色高級轎車停在我身旁，車裡傳來女人的聲音。我剛剛下班，正走向公車站牌。透過半掩的車窗，我看見裡面坐著一個濃妝豔抹的女人。不對，最先看到的應該是一副遮住半張臉的大蛤蟆鏡。

「是我啊，我，不認識我了嗎？」

「你是？」

「好無情啊，居然認不出我了。」

女人摘下蛤蟆鏡，露出一張熟悉的面孔，我簡直不敢相信，更無法接受她就是吳美子。更何況她接下來又說：「打個招呼吧，My heart。」

她指了指身邊駕駛座上的人，然後一隻海蟹般毛茸茸的大手伸到了我的面前，不過時至此刻，我仍舊絲毫搞不清眼前的狀況。我握住他的手，彎腰探頭看了一眼車裡，才發現這手的主人，有著我在外國電影裡似曾見過的臉，如同熟透了的葡萄酒一般泛紅。美國人有力地握住我的手，嘴裡盡說著我聽不懂的外語。吳美子咯咯笑著解說：

「他的意思是見到你很高興。你倒是說話啊，不是會說幾句嘛？」

很遺憾我一句話也沒回答上。恰好發現後座位上還坐著一位年老的韓國婦女，我勉強開口問候：「哎喲，您好啊？」我險些脫口而出「老娘同志」。

「你還認識我嗎？」、「老娘同志」依舊威風堂堂，「好久不見了，本守。」

「就是啊，畢業之後頭回見。」

「是啊，兩年半？還是三年半？這段時間做什麼去了？」

「服兵役回來了，然後……」

「呵呵……那我就明白了。參了軍，退了伍，然後上班，結婚。喲，還沒結婚嗎？」

「還沒結呢。」

「上來吧，本守君。不是去市區嗎？送你一程。」

我和她母親一同坐在後排。汽車開始起步，吳美子的母親開口問道：「看樣子在附近上班啊，在哪裡？」

我大概指了指窗外後方的一處。身後陡坡上搖搖欲墜般破舊的建築漸行漸遠，慢慢連成了一條直線。

「在那個樓？是學校嗎？」

吳美子回過頭問我。我模稜兩可地點點頭。

「是學校老師嗎？平常很累吧。」

然後吳美子好像對她的丈夫描述了一下我的狀況，中年美國人則笑著應了一聲。他笑起來的時候，臉上瞬間布滿一道道細長的皺紋，簡直是畫出了一幅雜亂的圖畫。我怔怔地望著他。

「拿多少啊？」老太太問我。我一時沒聽明白，她便舉起粗大的手掌不經意地拍了一下我的肩膀，「哎呀，就是薪水。」

「啊，三十萬左右……」勉強算三十萬吧，我暗暗窘迫地嘀咕。

「夠辛苦的，這錢夠過日子嗎？」

「做老師哪裡只看錢啊。」說完我自己都不相信。

「對呀，有意義啊。以前你對錢就有點遲鈍，經常不按時還酒錢，拖上幾個月，不是嗎？」

老太太豪放地哈哈大笑，我則小聲附和著。前排的男人和女人同樣是哈哈大笑剛落，哄堂大笑又起。美國人把手臂搭在吳美子肩上，露出一臂金黃髮亮的汗毛。他揚起粗厚的手掌，掠過她的耳廓，滑下脖子，輕輕撫摸她的肩膀。而我則以一種欽佩的目光，看著這個素不相識的外國人，愛撫一位我熟識的韓國女人。無論美國人說什麼，她都回應「yes, darling, yes, darling」。她雖是英文科班出身，但我頭一回知道她的英語說得這麼好，而且也頭一回感受到短短一句「darling」竟會如此甜蜜。

「我聽說金長壽在找你呢。他在牢裡。」

躊躇許久，我終於說出口了。

3

「你的樣子變了不少啊。」吳美子坐在位子上說道。

我點點頭：「是啊，美子同樣變了許多啊。」

「就說嘛。」她笑了笑。

「這茶館也變了啊，以前的象牙塔可沒這麼吵鬧。」

然而也有沒變的東西。她笑起來時，眼圈和鼻梁間的細紋依然如初。我看了一眼之後，忽然感覺渾身乏力，一陣輕微的暈眩倏地席捲全身。我感到某個要害部位被別人溫柔的指尖輕輕撫摸般的搔癢，和某種深藏於體內的慢性疾病莫名復發般的疼痛。

「變漂亮了啊，都認不出來了。」

「哎喲，謝謝了。」

這是事實。她已經變成一個成熟的女人，讓我懷疑我的眼睛。

怎麼形容她的外貌呢，美豔得像熟透了的水果，稍一觸碰就會腐爛衰敗，而且還氤氳著迷人的香味。讓人難以相信以前她曾是學校裡的搗蛋鬼。

「看來你也變了啊，都知道討女人歡心了。怎麼樣，感覺有意義嗎？」

「什麼意義？」

「當老師的意義嘛。」

說到意義，我掏出香菸叼在嘴裡思考起來。放在襯衫口袋裡的火柴受了潮，怎麼也劃不著。

「是啊。這不就是靠意義活著的職業嘛！」

之所以這麼說，是因為我如果回答沒意義的話，這個話題就會沒完沒了。我突然感到一股怒火慢慢升起。腦海中浮現起第二第四季度年級學雜費收繳業績表、加強自主學習的文件、離家出走學生名單一類的材料。過去六個月裡，這些東西弄得我團團轉，當我用手指一截一截夾碎粉筆的時候，用出勤表抽學生們腦袋的時候，甚至產生了要求他們趕快離家出走的衝動。

一時間兩人都沒了話。她穿著一身喪服式的黑衣，不過領口處開得很深，讓我奇妙地同時聯想到肉慾和禁慾。我偷瞄著她露在外面的令人眼花繚亂的肌膚，開始感覺到從心底裡升起一股焦躁。

我深知接下來要說什麼，而吳美子也同樣知道。沉默半晌後，我最終開口了：

「長壽哥他……」

「長壽他……」

我們不約而同地沉默了。

沉默再次延續，然而這沉默卻意味深長。音樂像是為這沉默做註解一般，發出一陣尖銳、狂躁的呻吟聲。

「具老師你的電話。」坐在前排教生物的尹老師小聲對我說。我皺著眉頭，用嘴型示意：誰的電話，讓他過會兒再打吧。此時正在召開員工會議，而且恰好校長在演講。校長特別喜歡演講，跟所有喜歡演講的人一樣，最討厭有人打斷他。尹老師把話筒遞給我：「接吧，聽口氣挺著急的。」

我接過話筒貼在嘴邊，輕聲說：「喂。」

「是我啊，你哥啊。」

「喂，請問是誰？」

「我啊，臭小子。這麼快把我聲音都忘了？」

瞬間一股寒戰流過全身。怎麼可能忘記呢！這個聲音我怎麼能忘記！

「是誰啊，是……？」不過，我仍壓低嗓音問道。因為我不想確認那是金長壽的聲音。不，我無法相信那是金長壽的聲音。

那聲音像是從地底的某個黑暗陰冷的亡靈嘴中傳來的。

「臭小子，我是金長壽啊。」他嚷得震耳欲聾。

「幹嘛嚇成這樣？你看見鬼了？臭小子，我沒越獄，放心吧。出來快一週了。你問在哪兒？就在你門口。對啊，臭小子。我大駕光臨來見你了。最近二級教師的月薪怎麼樣？請2509號犯人喝點酒吧。你在做什麼呢？哦，開會？知道了，我等你。都等你三年了，還等不了兩小時嘛。」

「金長壽是個有野心的人。」吳美子打開了話匣。

「我要咖啡，你呢？」

「我也是。」

「據我所知，」女服務生記下點單離開後，我補充道，「你也是個很有野心的女人啊。」

「是啊，我喜歡金長壽也是因為這點。在這點上，我和他是相通的。其他人都覺得他的野心是魯莽的，甚至是幼稚和危險的。不過啊，我相信他的野心，也夢想著他所夢想的東西。」

一綹髮絲滑到前額，她伸手拂了一下。透過深開的連衣裙，我稍稍瞥見她豐滿的胸部上圍。這時我彷彿看見一隻熟透誘人的水果，霎時竟然萌發了伸手摸一摸的衝動。不過一想到那是我絕對無法觸碰的水果，心臟一角像被扎了一樣疼痛。

「我畢業之後在一家美國公司的韓國分公司裡工作。」

她攪拌著咖啡，慢悠悠地講起自己的故事。

「你知道我讀的英語系吧？我為公司的美國負責人當祕書。那個人離過一次婚，單身漢帶著兩個孩子。有一天他請我們一家人去吃晚飯，說是一家人，其實也只有我和媽媽。然後我們就在一家酒店的西餐廳見面了，我媽這輩子頭一回去那種地方，也是頭一回跟美國人吃飯。當時有個男服務生點餐，我媽哪能認識菜單上那些名稱古怪的菜啊？結果她說她想要一份炸醬麵。我呢，想跟人家開個玩笑，就跟美國人翻譯說我媽想吃一碗炸醬麵。那個美國人就跟服務生說，點一份炸醬麵。服務生回答說沒有炸醬麵，想吃的話需要去中國餐館。我就把他的話翻譯給美國人聽，沒想到美國人直接把西餐廳的經理叫來，讓他從中國餐館點一份炸醬麵送過來。你想像一下那個場景，一個中國餐館的外賣小弟，在一家高級西餐廳顧客的注視下，把一碗炸醬麵放在我們的餐桌上。」

她暫時停了一會兒，似乎想給我想像那番場景的機會。

「這就是你和那個人結婚的理由嗎？」

「我當時恍然大悟。我對金長壽的野心如此著迷，其實和酒店西餐廳裡這碗炸醬麵的性質相同。」

「所以就拋棄金長壽，選擇了炸醬麵？」

「算不上拋棄吧，我只是看清了我的野心。金長壽只有野心卻沒有能力，那個美國人有能力卻沒有野心。這就足夠了，因為野心，我這裡有。」

我把手伸進口袋，那東西依然待在那裡。指尖傳來的溫度就像來自一個生者，在我的手裡，它滾燙得像這夏日的傍晚。忽然間，我感覺到一股尿意勢不可當地襲來。

「別納悶了，我會慢慢都告訴你的。」

我和金長壽在酒館裡相對而坐的時候，他把腰帶解下來給我看，還指了指腰帶的尾部。我看見原本穿好的洞旁邊，又新穿了好幾個洞。那些洞眼的位置離腰帶尾部一個比一個近，最後一個洞眼岌岌可危地掛在尾端。

「我的病就是肚子飽了腰帶不夠長。裡面全是糞水。」

他像那些臨產孕婦一樣，來回輕輕撫摸圓滾滾的肚子。

「他們也沒辦法啦，就把我放了。就是說啊，對我的審判從人類手裡，轉到老天爺手裡啦。」

他的厚臉皮一如既往。他抬頭看向半空，用手畫了個十字。我看著他把一杯啤酒填進了拋物線般凸起的大肚子裡。

「你知道喝酒不好吧？」

「喝酒利尿啊。得這個破病尿不出尿啊。有段時間還用橡皮管抽過呢。肝腫得太大，一滴尿也過濾不出來。這事兒奇怪吧，還沒疼的時候，我一直不知道這個叫肝的東西在我們身體裡有什麼用。肝疼的時候才知道肝的存在，就像闌尾疼的時候，才知道闌尾的存在。曰：存在即痛苦，痛苦即存在啊。有吳美子的消息嗎？」

我一時手足無措。因為他的提問太突然了，讓我無從掩飾我的窘迫。

「我去學校門口看過，媽媽小吃店都拆了，連塊磚都沒剩。一點她的消息都沒有，你這小子。」他直勾勾地緊盯著我，削短的平頭短髮散發出刀鋒般的幽藍光澤，似乎有一股經年累月的冷流順著牆壁滴到了我的脊樑骨上，瞬間刺得我顫慄不止。我轉過臉避開了他的視線。

「你有事瞞著我吧？」

「我下個月就要去美國了，丈夫的老家在田納西州一個叫孟菲斯的地方，他最驕傲的事情，就是貓王葬在那個地方。」

她稍稍笑了一下，嘴唇微啟，露出了結實潤澤的牙齦。空虛的慾望徒然掠過我的胸腔。我小聲喃喃自語：「狗崽子。」

「什麼？」

「還記得嗎？金長壽被抓走的那天，你罵我們的話，就在學校鐘樓下面。」

她的脖頸周圍已被汗水浸濕，愈發泛出閃亮的光澤。我幻想著自己用雙臂摟住她的脖子，用嘴唇親吻她那白皙光滑的肌膚。我的雙唇彷彿能感覺到她的汗水，我彷彿能看見我的唇印文身般地鐫刻在她的肌膚上。我忽然極度想聽一句「darling」的呼喚，從她的嘴裡。

她站起身說：「走吧，這裡太悶了。」

4

金長壽已病入膏肓。嘴裡鬼哭狼嚎，身子扭來扭去，片刻不得停歇。有時則像鬼上身的巫婆一樣，在床上蹦蹦跳跳。他的身體雖然不停地動，目光卻化作一枚釘子，牢牢釘在半空中的某處，似乎有一個我們看不見的人在狠狠地抽打他，他為了對抗那份難以忍受的痛苦而拚命掙扎。

我們茫然若失地看著他。所謂我們，就是一些過去在媽媽小吃店裡好酒貪杯，後來成了保險公司員工、研究生、雜誌社記者等等幾個還記得金長壽的人。我第一時間就趕緊把他們叫了過來。他們在電話裡雖然都用昨晚喝大了、睡眠不足等藉口推脫，一會兒之後一個個卻都紅腫著眼睛趕了過來。

「剛才就說過了，現在最好把他帶回家。醫院沒什麼能做的了，只剩辦後事了，但那也得在家裡辦啊。」

「沒有辦法讓他暫時安穩下來嗎？比如打一針麻醉劑……」

「嗯，這種情況下麻醉病人，阻止他發作，不是一件很殘忍的事嗎？」

「就算是殘忍，也比不上你們直接把病人趕出去啊。」

「反正病人不管是在醫院，還是在家裡，結局都一樣。醫院能做的已經都做了。現在還待在醫院裡沒有一點意義，和躺在大街上沒兩樣。」

「他這副樣子還要持續多久？在死之前一直這樣？」

「一般來說早就該停了，這個病人還算能挺的，但是走的時候要吃不少苦。現在停止發作的話，應該會陷入深度睡眠，最後不知不覺就睡過去了。現在這個狀態會持續很久。等著吧，會把人搞得筋疲力盡。」

「不管怎麼說，醫院應該對病人負責到底，而且我們也沒有能去的地方。」

「問題是他太吵了，會影響其他病人休息。隔壁房間的病人明天還要動手術，弄得病人整夜睡不著，人家肯定要發火。而且你們也知道，手術之前無論如何，心情穩定最重要……沒有能聯絡上的親屬嗎？」

「就算聯絡上了，現在也晚了。其實我們對病人的家庭情況也不是很了解。他家在全羅道的一個村子，唯一的老母親不久前也去世了……而且他早就跟老家的人斷絕來往了。」

「知道老家的人見到我會怎麼說嗎？」金長壽曾經對我傾訴，「說我被赤鬼附身啦。我是個遺腹子，我還在我媽肚裡的時候，我爸因為參加赤色運動被打死了。所以人家都說，有其父必有其子。」

窗外的天空逐漸浮起魚肚白。一排灰暗的住院大樓後面，這座城市的清晨正從昏睡中緩緩醒來。一抹朝霞掛在天邊，披著一身血紅色，憂鬱地預示今天又將是酷熱的一天。

「遇上麻煩事了啊，」保險公司員工嘖舌道，「我今天得動身去釜山。」

「這是什麼話？這不是麻煩，這是義氣啊。」研究生接話。

「我開始也是這麼想的。我們共同負擔治療費把金長壽送進醫院的時候，也想過要遇上麻煩了，不過想起過去的交情，還是可以負擔的。為了義氣，我也可以不去出差，就說自己生病了。而且出差嘛，我不去的話別人誰去都行。不過看現在這樣子，我們要對他的死負責啊。一開始我沒想過要對金長壽的死負責啊。」

他的話句句在理，我們無法辯駁。

這時，護士忽然尖叫一聲：「哎呀，這可怎麼辦，快過來看看。」

護士指了指纏在病人身上的白色床單，從中間開始已被黑黑地洇濕了一大片。病人忽然間安靜了下來。我們圍站病床兩旁，猶如圍觀什麼千古奇景一樣屏住呼吸，注視著這片慢慢擴大的洇濕的面積。護士嘆了口氣，小聲說：「小便了。」

「幹嘛驚慌的，頭一回看見病人尿床嗎？」

醫生溫和地批評護士。然而，他的視線一直沒有離開已經濕了一大片的床單。

「終於停止發作了。看吧，病人現在不是很安靜嗎？」他向我們說明。

「其實肝硬化這個病就是排尿不暢，所以病人才十分痛苦。但是現在尿都尿出來了吧？這就是最後的訊號。自主神經已經癱瘓了，所以無意識地排尿。很多人因為尿的問題哭得一塌糊塗，不過最後終於了結了心願，痛痛快快地尿了。走的時候能舒服點，但可憐的是他本人已經感覺不到了。」

不過在我們看來，面前這個病人好好享受了一番排泄的快感。此刻他陷入了不可思議的平和之中，嘴角掛著滿足的笑容，發出一陣輕微的呼嚕聲，似乎進入了幸福的夢鄉，一切都顯得如此安詳。醫生小聲說道：「從現在起，漫長的睡眠開始了。」

5

「你不問問長壽哥是怎麼死的啊？」

我拿起酒瓶，往酒杯裡倒滿酒。濃稠的酒水漫到杯口，泡沫溢出了杯外。

「不好奇嗎？是生病死的，還是交通事故死的，或者自殺……」

此時我們正坐在一座酒店頂層的夜總會裡喝酒。大廳內一直充斥著迪斯可音樂，紅藍交織的燈光像發狂似的交替閃爍，一群男男女女在燈光下摟肩挽腰，搖頭晃腦。

「這件事不重要。」

吳美子端起酒杯，在我的注視下一飲而盡，脖子彎出白淨優美的弧線。她放下酒杯說：「剛才你在電話裡說他死得很安詳吧？我才不信。他肯定死得很慘，那樣才叫金長壽啊。」

我們各自為對方倒滿酒杯，同時一飲而盡。一股輕微的寒意沿著脊梁襲上大腦之後，我意識到自己已經微醉了。吳美子眼睛眨也不眨地盯著我，伸出舌尖靈巧地舔掉嘴邊的啤酒沫。那一刻，我覺得渾身發癢，皮膚上的汗毛象被磁鐵吸引的鐵屑一般齊刷刷立起來。體內像有一個魚漂在晃動，某種東西蠢蠢欲動，連接在魚漂上的漁線開始繃緊。我清楚地知道，那是我稍有鬆懈就會像伏兵一樣突襲而來的性慾。

「我們一直都以為他健康得好像連感冒都不會有，誰能想到居然得了肝硬化。」

「那是什麼病？」

「一種肝變得像水泥一樣硬的病。聽醫生說，是因為小時候，也就是嬰幼兒時期營養失調造成的。」

吳美子盯著舞台裡正在跳舞的人，看了半晌。有個女人用狂野的動作跳著眼花繚亂的舞蹈，彷彿把身體拆了又重組一般。在充滿情慾的燈光下，她的表情看起來像在發出高潮時的呻吟。

「知道他為什麼叫金長壽嗎？」吳美子依舊望向別處說，「我知道一些他小時候的事。你知道他是五三年的吧？他爸爸就在停戰前不久去世了，說他為北邊的軍隊做徭役。他媽媽看見丈夫被運回來時血肉模糊的樣子，當場就暈過去流產了。這都是我從長壽那裡聽來的。當時人們打算把剛產下來的血糊糊的肉團扔了，抓著兩條腿拎起來的時候，肉團忽然動了幾下，然後就哭了。所以人們就給他取了這個名字，希望這個差點死掉的小生命能活長一點。長久的長，壽命的壽。」

我們又一起乾了一杯。一股更為強烈的寒氣迅速鑽入身體，湧進腦袋裡。

「剛才你說長壽的病是小時候營養失調造成的吧？這麼說的話，他的生死早就定好了，從出生的那一刻開始。」

吳美子下了結論。我的手伸進口袋裡握住了一樣東西，那是金長壽留給我們的禮物。葬禮結束回來的路上，我們每人都分了一份。我心裡考慮著如今到底要怎麼處理這東西。依我看來，起碼在這座城市裡絕無可能妥善處理。其他人又是如何處理的呢？我扭頭望著舞池裡那群忘我地狂舞的人，說不定那些人的口袋裡都藏著一件跟我的一樣的東西，只是沒有顯露出來而已。我感到胃裡一陣翻滾，嘔吐感漸漸湧了上來。

我看著吳美子，她現在也是一副醉醺醺的樣子。我忽然間忍無可忍，劈頭蓋臉地斥責道：「金長壽不是這麼簡簡單單死的，是因為他殺，是我們所有人一起殺了他。」

「那我們是共犯嗎？」

吳美子仰頭笑出了聲。然而眼角處卻有什麼在閃爍，那是一顆還沒有老鼠眼屎大的眼淚。

我感到身體裡的那條線繃得快要斷了，此刻的我已分不清那到底是慾望還是痛苦。稍一用力線就會拉緊，性慾和痛苦交替襲來。在難以忍受的痛苦中，我像經歷了一陣驚嚇，本能地握緊了口袋裡的東西。

轉盤道的鐘塔之下，徒然留著一雙從金長壽腳上脫落的橡膠鞋。我們一直不理解金長壽為什麼每天都穿一雙破舊的橡膠鞋上學。同樣也無法理解他怎麼會一個人做出這麼荒唐的事情。他被抓走之後，只留下一雙破舊的鞋子，那就像是一場慘絕人寰的交通事故現場的殘留物品。

「狗崽子們！」

吳美子衝著那些還未散去的學生們怒罵。她一隻手提著鞋子，另一隻手伸出食指直對著我們。她把槍口一一對準了我們每個人，划出了一條半圓的弧線。其實除了吳美子，沒人對金長壽製造的荒唐事件做出反應。只有吳美子一個人，即便被系裡的教授緊緊抓著，仍然跟著金長壽一起高唱愛國歌，似乎被金長壽的行為深深感動一般，跺著腳直喊：「哥——，大哥。」

吳美子的手指劃了整整一圈，而我們只有沉默。她開口罵道：「狗崽子們，你們都是共犯！」

「對啊，我們都是共犯。」

吳美子止住笑聲說道。數杯酒已然下肚，卻愈發覺得口渴。她仰起頭優雅地又喝下一杯，似乎是在展示自己修長白嫩的脖頸。我當然看得清清楚楚，而且本能地幻想著自己用手臂摟住她的脖頸，親吻她的臉頰，一下，兩下，三下，無數下。

病人的呼吸聲傳進我們的耳中。不過說是呼吸聲，卻又太過粗啞，準確來說，更像是一台老舊的壓縮機發出的聲音。那聲音大致分為兩個部分，吸氣時尖銳的金屬聲，和吐氣時的咳痰聲。

此時他的身體各部位只能在呼吸時派上用場，所以吸氣時從腳尖到頭頂都在用力。而我們最擔心的也正是這一過程。病人每吸一口氣之後，都會有短暫的靜默，我們害怕這種靜默會永遠延續下去，全都忐忑不安地盯著他的脖子，束手無策地等待著。然而像是在戲弄我們一樣，那呼氣時的咳痰聲馬上若無其事地傳了出來。雖說屢次被騙，但我們還是無法平靜。每當他吸入一口氣，又傳出咳痰聲的時候，失望與安心之情便在我們心中交織錯雜。

他那種咳痰聲不像是喉嚨發出的，而像是從更深的某處傳出來的。每當他吊起嗓子，發出一陣刺耳的金屬聲，焦黃的膿痰無形中好像一下子湧進我們的嘴裡一般，令人無法忍受。

我突然站起身走向窗口，眺望著醫院的後院，使出渾身力氣，把那口痰吐了出來。我看見那口痰划出一條長長的拋物線，最後落在地上。

接著，另一個人也跑來我身旁吐了口痰。還沒等他那口痰落地，空中便又射出去一團。最後我們都圍在窗口，擰著身子，啐了一次又一次。各自還鉚足了勁，都想把自己那口痰吐出更長的拋物線，吐到更遠的地方。

「多長時間了啊？」

「已經七點二十了。」

「到底是金長壽，真能撐啊。」

「他不是在騙我們吧？」

保險公司員工說道。他勉強吐出一口痰，眼角都擠出了淚。

「金長壽現在其實就在睡覺，睡得太死了而已。過會兒肯定會醒過來，跟我們說『哎呀，你們站在那兒做什麼呢？』看看，看他臉色一點事兒都沒有。」

他像發現了什麼了不得的事情，越說越來勁。

「說不定他現在根本沒睡覺，他就是在騙我們呐。假裝睡著，我們說的話他都能聽到。我說得對吧，長壽哥。」後來，他一屁股癱坐在椅子上，「唉，下點雨就好了。」

我望著吳美子。她端著半滿的酒杯，低垂著頭，急促地喘著粗氣，胸部也隨之上下晃動。而我也清晰地感覺到自己想做什麼。

我扶著她走向一個地方，那是一個四面封閉的房間。她已喝得爛醉如泥。我把她放在床上，褪去她的衣服。她的衣服如同洋蔥一般，一片一片地剝落。「darling，darling」，她一聲又一聲地呼喚著。我幻想著從指尖傳來她炙熱的體溫，還有緊繃的、像沾滿了花粉的皮膚。

「幾點了？」她看也沒看手腕上的手錶，逕直問我。

「剛過十一點。」

吳美子漫不經心地點點頭，似乎根本不在意已經十一點多了。我想叫服務生過來再點兩瓶啤酒。雖然她的酒量很好，不過今天她已經喝得太多，而且接近警戒線了。如果想讓她酩酊大醉，還需要往她的胃裡再提供一些酒精。雖然我很清楚現在的想法有多荒唐，卻放不下這個念頭。我只是擔心點啤酒的時候，她忽然反應過來該怎麼辦。

「金長壽沒死。」她低著頭說道。

我趁她不注意，舉起桌上的小燭燈晃了晃。

「他還活著呢，只有他還活著。再也不會犯罪，也不會缺考，他才是永生不滅。」

紅色的燈光照亮了她的整張臉，但她似乎還沒意識到。服務生朝這邊走了過來，我像表演啞劇一般，豎起兩根手指，為了準確表達出兩瓶啤酒的意思，我又指了指面前的空酒瓶。服務生點點頭轉身走了。

「他要是還活著，我們就是死人了。」

我優哉游哉地回了這麼一句，點了一支菸含在嘴裡。話音剛落，她伸出手放在我的手背上，我立刻感受到了她手心的溫熱。而這種濕熱的體溫，一瞬間讓我想起更燥熱更黏膩的肉慾。

「是啊，死的是我們啊。」她耳語般低聲說道。

此時服務生拿著啤酒走過來，正要「砰」的一聲打開瓶蓋，我連忙示意他停下來，接過酒瓶輕輕啟開。然而我剛倒進半杯，她竟然站起來，身子還有些搖搖晃晃。

「怎麼了？」

「現在得走了啊。」

「但是剛上了一瓶酒。」

「那我就先走了啊，剩下的酒，」她撇著嘴笑了，在我看來是一種嘲笑，「本守君你喝完再走吧。」

「哎，一起走吧。我得送送你啊。」

我隨即拎起她的手提包。在我看來她已經喝醉了，裸露在黑色連衣裙外面的脖頸便是最好的證明，紅色的小斑點在那層肌膚之下織成了一片華麗的花紋，我一時間看入了神。此刻我真想直接癱倒在地，摔個四腳朝天。因為現在看來，想要留住她，除了假裝癲癇發作，再無他法了。

「先生，」剛要出門，有人拍了下我的肩膀，服務生笑著對我說，「這是您的吧？落在椅子上了。」

他把那東西塞進我的手心，我立即塞進口袋裡。他剛要轉身，我叫住他：「知道這是什麼嗎？」

「這個嘛，雖然不是很清楚，但是看起來感覺很奇怪。」

服務生掛著一張曖昧不清的笑容。我看不透他心裡究竟在想些什麼。

「您請慢走。」他鄭重地鞠躬說道。我推開門走了出去。

「沒事吧？」

我對站在電梯前的吳美子大聲表示關切。她正在等電梯，漫不經心地瞥了我一眼，臉上的表情似乎在問，這人是誰呢？好不容易認出我後，她慢慢地點了點頭。我看了眼手錶。十一點三十分。要是有宵禁該多好啊，我心想。

「你臉色看起來還不太好啊。」

「你……」她仔細端詳著我，突然間打住話頭，「你的臉色可真好啊。」說完，她轉過頭又開始注視電梯的數位螢幕，不知為何表情顯得很僵硬。

電梯指示燈逐漸點亮。我不經意間從走廊的鏡子裡瞥見了自己的樣子。臉上通紅一片，而且不僅僅是臉，只要是露在衣服外的地方都泛紅。看過鏡子裡的我後正要回頭，卻被自己嚇了一跳。

褲子前面鼓起的一塊十分顯眼。任誰看了，不對，連我自己看了都會覺得下面搭起了小帳篷。其實都是因為剛才匆忙塞進口袋的那個東西。

電梯門開了，一個肥胖的中年女人和一個瘦骨嶙峋的青年男子一起醉醺醺地晃出來。電梯門關上，狹小的電梯間內只剩下了我們兩人，而吳美子一言不發。她背對著我，專注地盯著頭頂上方的數位螢幕。

我察覺到一抹笑容不經意間爬上了我的嘴角。她為什麼忽然間迴避我，為什麼一副難堪的神情，我頓時全部瞭然於心。我低頭看了看褲襠，那裡仍然頂出了一塊。我匆忙用手摀住嘴，堵住笑聲。然而這個場面實在滑稽，令人忍俊不禁。

「計程車。」

剛出酒店大門，我便大聲叫道。一輛計程車從馬路那頭飛馳而來，我跑到路中央，揮手喊道：「去漢南洞。」

計程車停下片刻後，又徑直駛離。

「看來不容易叫到車啊。」

我裝出一副格外焦急的表情對吳美子說。而她站在酒店門口，一動也不動，似乎在呆呆地想什麼。此時遠處又有一束燈光慢慢靠近，無疑又是一輛計程車，而且必定是想要拼客的。

我揚起手叫停了計程車，司機把頭探出窗外。

「去漢南洞。」

「漢南洞好啊，讓他上來。」一位昏睡中的中年男子正躺在後排座位上說著夢話。

「美子。」我打開車門朝她喊。她慢慢走過來，卻並未彎腰上車，而是對司機說：「您走吧。」

「什麼？」

「不坐啦，你走吧。」

「你倆發什麼酒瘋啊。」司機自認倒霉，猛踩一腳油門走了。

我糊里糊塗地看著吳美子。她對我說：「我今晚不回家了。」

「這話什麼意思？」

「女人都說不回家了，你還不知道什麼意思嗎？」

6

酒店服務生打開了牆上的開關。瞬間明亮的燈光晃得我睜不開眼，我勉強模模糊糊地環視了一圈屋內燈光映照下的風景。

「這間房環境安靜，視野開闊，首爾的夜景一覽無餘。」

「謝謝。」吳美子打開手提包，熟練地掏出一張紙幣放在服務生手裡。他隨之九十度鞠躬致意。

「十分感謝，那麼……」他看向我，擠了擠眼睛，「祝您有一個美好的夜晚。」

為表謝意，我也朝他擠了下眼睛。不過我的動作並不自然，只擠出了一副眼斜鼻歪的表情。而且自從進了賓館的房門，我便莫名其妙地落了下風，醉意開始控制我的身體。我擺出若無其事的樣子，開口問了一句，卻被自己的大嗓門嚇了一跳。

「有電視吧，電視？」

「當然了，肯定有啊。」服務生似乎早有預料，立馬回答。

「彩色的吧。」

「當然是彩色的。」

服務生走進房間按下了電視機的開關，一陣雷鳴般的掌聲傳來，接著是一首耳熟的歌曲。

吳美子說：「行了，你出去吧。」

服務生出門前又向我擠了次眼睛，而我並未回應。

「還站在那兒做什麼？」吳美子在房間裡說。

「啊，我進來了。」

當然要進去。然而不知為何，我卻邁不出一步。現在這個情景我已然幻想許久，如果要算出具體數字，恐怕至少有數千次了。但是真到了孤男寡女共處一室的時候，卻完全不知所措。究竟要擺出什麼樣的表情，要用什麼話開場，我一片茫然。

吳美子坐在床邊看著電視，似乎完全忘了剛才她要跟一個男人共住一間房的事情，以至於我甚至產生了開門悄悄溜走的想法。

我走到窗邊，眺望遠處。漢江沿岸的燈光簇擁著這黑暗，馬路上的車流愈發稀少，靜謐和黑暗漸漸覆蓋了大地。我低頭俯視樓下，十五層樓下面的大廳入口映入眼簾，道路上銀光閃耀，像鋪了條白毛巾。我恍惚間有一種想跳出窗外的衝動，我的身體肯定會在眨眼間墜地。無論十五層樓有多高，都只是一瞬間，甚至連尖叫一聲的機會都沒有，我的臉龐直接摔向地面，嘴巴觸地。這副景象栩栩如生地浮現在我的腦海裡，我甚至感受到身體摔在地面時的那種生硬和冰冷的感覺，同時還感受到了一種沉重的快感。

我想起了金長壽的最後一刻。他在發病二十八小時，昏睡二十四小時後去世了。在這二十四個小時裡，他一步一步走向死亡。這段時間他的呼吸愈發急促，身軀愈漸消瘦，就像走完了一生。到最後他的臉龐只剩下皮包骨，變成了一張滑稽的面具。第二天清晨，他停止了呼吸。我們幫他脫下病服，換上壽衣的情景忽然間清晰得歷歷在目。那時我們脫下他的內褲，暫且休息了一下。恰好清晨的第一束陽光透過窗戶，照射在他的生殖器上。讓我們十分意外的是，他那裡還裹著包皮。在這束陽光的照射之下，一個死人的生殖器簡直像新生兒的一樣潔淨閃亮，我們彷彿看到了一個震撼人心的物件，一動不動地注視了許久。

「你要站到什麼時候啊？」

吳美子坐在床上問道。這一刻，我想撲過去拉住她的頭髮，厲聲質問她到底想要我做什麼。然而我卻說出一句十分愚蠢的話：「現在做什麼啊？」

吳美子轉過身哈哈笑個不停。「哎喲呵，我說呀，本守君，」她直勾勾地盯著我，用那甜美的嗓音細聲細語道：「你知道我為什麼跟你進來？」

她擠了一下眼睛笑了。在這個房間裡我已經見過兩次這樣的笑容。不過她的笑容顯然要比服務生的更讓人舒服。她的上唇微微翹起，隱約露出潔白的牙齒。在房間內燈光的映照下，牙齒宛如一片片嶄新的瓷磚，折射出耀眼的閃光。我久久地看著，有些出神。她伸出一根手指，對準了我那撐起的褲襠。

「我剛才就看見了，早知道你想做什麼了。」

我低頭看了看自己的褲襠，那裡仍然凸起一塊。但是我可以對天發誓，這都是我口袋裡那個堅硬的物件惹的禍。我著實不知道，那物件怎麼就整晚都在我的褲袋裡撐出一塊讓人說不清的形狀。我想把它掏出來放到她眼前讓她好好看看，不過我抑制住這種衝動，問她：「這就是美國式的思考模式吧？」

「哪裡呀。正好相反，因為你是韓國人，而我還沒跟韓國男人睡過。」

她略微朝我邁出一步就停下來，眼睛眯成一條縫，舒展著雙臂小聲說：「來吧，慶祝我們的共犯。」

我慢慢走近她。

她的身體比我想像的更柔軟。我沒想到她會用肉體柔軟的彈性積極回應我。然而我只是把雙手貼在她的腰間，一動也不動。如果要立即實施我想做的事，這雙手完全知道如何在她身上肆意撫摸，遺憾的是現在有心無力，因為一種未知的恐懼壓得我透不過氣，同時感覺到我下決心要實施的事，太重大太可怕了。

「來吧，輪到你了。」

研究生推了推我的後背，我站起身看向前方。雜誌社記者做完正朝我走來，膝蓋以下全濕了。他像是剛做了什麼壞事一樣，臉色蒼白毫無血色，搖搖擺擺地撥開江流趟過來。

「我棄權。」我癱坐在位子上說道。

「怎麼了啊。」

「胃不舒服。我的手一次都沒摸過那個東西。」

「神經病，你以為有誰做過幾次這事兒？」他推了我一下。

我顫顫巍巍地趟著江水走過去。雜誌社記者經過我身旁時，像體育場上的運動員交接一樣，神情嚴肅地與我擊了一掌。腳下濕滑泥濘，水流湍急有力，每挪動一步都踉踉蹌蹌。我竭盡全力撐住身子，繼續向前走。這裡是漢灘江。與漢江相比，漢灘江更為清澈，水流也較為湍急。火葬結束之後，我們帶著金長壽的骨灰找到這裡。現在我們正輪流趟過江水，把他的骨灰撒入漢灘江。

我們二人嘴唇相接。她那海綿般柔軟的舌頭伸進我的嘴，黏稠的慾望化為唾液刺激著我嘴裡的每一根神經。我彷彿陷入一片漆黑的沼澤，越發稀薄的氧氣使我喘息不止。並且因為一直站著，我的身體也漸顯疲憊。此時不知是誰沒有忍住呻吟聲，我們的上身依舊纏綿在一起，下身慢慢後退向某處，終點就是那張鋪有粉色床單的大床。二人交織的身體重心不穩，一步三晃，這情景彷彿一場兩人三足的競走比賽。我們氣喘吁吁。她摸索到牆壁上的開關，關上了燈。我們隨即被黑暗的幕布裹挾其中，摔倒在黑暗裡。

江流纏住我的兩腿，沖得我滑了一跤。我重新直起身，幾次險些又要滑倒，但我繃緊身體依然向前走去。金長壽就在漢灘江的中央。不對，是他的骨灰正捧在保險公司外勤員的手上，等著我把它撒向江水。那小子在我前面搖了搖骨灰盒，喊道：「快過來，金長壽先生現在需要你的幫助。」

我卻一下子栽倒在水流裡。

不知從何處傳來一陣消防車的鳴笛聲。起初那聲音隱隱約約，後來愈發清晰，直撲進窗內。片刻之後，那駭人的聲音又消失在黑暗的某處。不祥的寂靜再次降臨。

嘴裡的唾液已經乾涸，吳美子嘴裡散發出的味道讓我有些暈眩。那是一種水果熟透之後發出的香氣，又像是世間萬物腐敗後散出的味道。我覺得某種龐然大物正緩緩倒在火焰裡，火花如夜空中的飛蟲一般四處飛濺。整個世界都在燃燒，稍一觸碰，就會噼哩啪啦地瓦解粉碎。她的嘴唇十分執著，我透不過氣了。

我艱難地站定身體。眼前忽然伸過來白紙包裹的骨灰。

「來吧，抓一把撒出去吧。」

無須多言，那便是人的骨灰。有些呈白色粉末狀，也有部分結成塊。一些像血點般的鐵鏽色的東西嵌在裡面。當骨灰遞到我眼前時，最先感覺到的是刺鼻的氣息，是活人暖烘烘的呼吸。那是金長壽的呼吸。

「你已經死了。」喘著粗氣，我用沙啞的聲音對吳美子說道。

「你知道金長壽臨死之前多想見到你嗎？他死的時候都在找你，所以我才這麼告訴他。」她淌滿汗水的臉緊貼著我，我感覺不是說給她聽的，只是我在自言自語。

「我說你已經死了。」

然而吳美子還活著。她帶著著滾燙的體溫，在這座城市隨處可見的賓館房間裡，將那碩大渾圓的乳房壓在我身上。

「是啊，我已經死了。」她的聲音出乎意料地冷靜。

「我們這一代所有的承諾都已經死去了。我只是很早發現了這一點而已。來，現在埋葬我們的屍體吧。」她的手撫摸著我的身體，以驚人的速度摸索下面，握住我的性器。

「立起墓碑吧。我的墓碑。快。」她的聲音像是來自漆黑深邃的地底，又像是從難以觸及的高處傳來，總之隱含著一種無法違抗的絕對力量。她的手豎起了一塊有力的墓碑。

「說點兒什麼吧，祈求冥福。」外勤員說道。然而我卻說不出一句話。一股股熱氣噴湧而出，一想到那是金長壽嘴裡的呼吸，我便反胃噁心。我失神地抓了一把骨灰拋向空中。但是他的哈氣味道並未消散，反而紛紛附著到了我的身上，不停地舔舐著我。正巧風向我吹來，麵粉一樣的白色骨灰蓋了我一身。我立刻撲進江水裡，嘔吐感從喉嚨深處傾瀉而出。我在水中手忙腳亂地撲騰不停，拚命擺脫金長壽那股呼吸的味道，忽然襲來的嘔吐更是無法停歇。

「這裡是韓國首爾 KBS 電視台，十分感謝大家的觀看……」電視裡的節目正好結束，嘹亮的國歌聲隨之響徹屋內。這歌聲無論何時聽起來都很莊重，又略帶感傷。曾經聽起來有些微弱和令人煩悶的國歌，此時卻恰合時宜地緩緩流出。國歌聲響起，升旗台上的旗幟也將應聲落下。吳美子的黑色外衣便是那面旗幟。它搖曳飄動，徐徐降落，展露出一片絢麗多姿的世界。

我的雙手緊張忙亂地上下摸索，卻未能如願以償。在想像中曾經做過很多次，然而現實中女人的衣服卻格外複雜，即使摸到了也不知何用的各種配件，如鈕扣、掛鉤一類的東西像伏兵一般，藏匿於衣服的各個角落。

「想看看金長壽現在變成什麼樣了嗎？」

事後回想起來，我也無法理解當時自己為什麼會說出這麼一句沒腦子的話。

「什麼意思？」

「金長壽現在和我們在一起呢，要看看嗎？」

吳美子還是不理解我到底在說什麼。

「摸摸看。」

黑暗之中，我握著她的手碰了碰那堅硬的東西。她也開始摩挲起來。

「這是什麼？」她帶著鼻音細聲問道。此時我才發現自己已然沒有回頭的餘地了，退一步便會栽進漆黑的虛空裡，墜入深不可測的深淵。即便如此，我還是難忍心中蠢蠢欲動的快感。我抬起手臂，打開了頭頂的燈。

「來，好好看看吧。」

有一段時間沒有發生任何事。下一秒，相繼傳來兩聲尖叫。一個是吳美子，一個是我。我這才明白頃刻間我被猛地推下床，下頜骨狠狠地撞到地板上，然後翻滾到了一邊。

「出去。」她在床上說道。

「出去，具本守。」

我的下頜骨被撞得生疼，一時無法回話，所以只能勉強「哎呀」地叫了一聲。直到她起身下床的時候，我才勉強說了一句完整的話：「哎呀，你幹什麼啊？」。

她果斷地說：「給我馬上從這裡滾出去！」緊接著，她重又修改了自己的話：「不對，我要走了。」

我用手扶著下巴，注視她快速穿好衣服。在明亮的燈光下，我發現她的衣服格外簡單，心中不禁大膽幻想，要是再給我一次機會，我肯定能輕輕鬆鬆就把她脫光。

在她離開之前我本來可以說些「對不起，美子」、「聽我解釋一下」或者「我走，請你一定留在這裡休息」一類的話。前提是我的下巴不那麼劇烈地疼痛。可是一直到她拎起手提包走出房間時，我們之間連一句咳嗽之類的聲音都沒有。房門在她的背後「砰」的一聲關上了。

我一動不動地坐在那裡，聽著她急促的腳步聲漸行漸遠。下巴的痛感忽然逆勢而上，占據了我的腦袋，頭痛欲裂。我慢慢站起身。那東西還在床上。跟這張鋪有粉色床單的雙人床格格不入，卻又像很久以來一直在這裡一樣靜靜地躺著。我伸手抓過那個東西。

「還沒結束呢，還有最後一項儀式。」保險公司的外勤員喊道。

坐在返程的長途大巴士裡，我們一行人的情緒莫名有些亢奮。我們的神色就像剛剛舉辦了一場驅邪避禍的巫俗活動，獲得了對生命的某種自信和勇氣一般。外勤員伸長脖子環視了一圈我們幾人，鄭重地說道：「嗯，那個……本人代表逝者十分感謝大家能夠頂著酷暑來參加葬禮。同時我也遵照逝者的遺願，送各位每人一件小禮物。看看，這是什麼？」

他忽然抬起那只握著禮物的手，伸到我們面前，晃了晃包在紙裡的東西。

「金長壽雖然隨著漢灘江的流水遠逝了，我們卻一直希望他能陪伴在我們身邊。他當然也理解我們的這份真摯的願望，所以給我們留下了禮物，我們應該接受他的心意，公平地分給每一個人。」

「哎呀，開場白太長啦。」研究生打斷了他的話。

外勤員因為車身晃動沒有站穩，暫時閉上了嘴。

「就像有一首詩裡說的。死者告發生者，生者為死者作證。生命的條件是孤獨……」

外勤員又停下來，不過這次是因為他打了嗝。他一步一晃地打著嗝走過來，像站在祭壇上的祭司一般，分給我們每人一個裹著白紙的東西。「請記住，我們帶著這個就是為了銘記他，為他作證。啊啊，故人，安詳地長眠吧，跟我們一起永生吧。」

「阿門。」研究生又插了一句嘴。

「非洲有個種族，」我旁邊的雜誌社記者說道，「之前我看過照片，非洲有一個種族平時脖子上會掛一種非常奇怪的飾品，都是些和其他種族打仗贏來的戰利品。其中最引以為豪的戰利品，就是被自己殺死的人的骨頭。」

我低下頭看了看手裡這份來自金長壽的禮物，沒有表情。質輕卻堅硬的物體。這是金長壽的骨頭。

一陣隱約的警笛聲從耳邊轉瞬掠過。頭疼得幾乎裂開。我直起身，搖搖晃晃地走向窗邊。

商業街籠罩在黑暗裡。我久久地俯視這死亡般的黑暗。如同有人正在某個地方死去，有東西散發著腐爛的味道，有只老鼠偷偷地啃噬腐朽的家具一樣，在灰燼中重生的火星將會逐漸變大，燒掉某些東西。

可是聽不到任何聲音。可怕的死寂。世上一切都陷入了無法醒來的沉睡。

忽然間我感覺羞愧難當，幾乎喘不過氣了。我垂下頭，額頭抵在冰涼的玻璃上。喉嚨深處有團滾燙的東西湧了上來。那感覺愈發強烈，無法抑制，終於從我口中迸發出來。那是我的號啕慟哭。

黑暗中，我像投擲手榴彈的士兵一樣伸長手臂，把金長壽那可怕的骨頭狠狠地扔了出去。

它像是一隻擺脫鳥籠的小鳥一樣飛到半空中，旋即消失了，墜入深不見底的寂靜。

可是在下一個瞬間，我清清楚楚地聽到了。

那是足以驚醒世間一切夢魘的巨大的爆炸聲。

（原載《新東亞》，1983年）

附錄

appendix

用成熟的認識擁抱傳統生活

秦炯俊

〈一頭有心事的騾子〉乍一看讓人聯想到黃晳暎的《去森浦的路》和《壯士之夢》。主角認為「自己從未融入其中」，雖然身處首爾這座大都會，實際上卻被徹底排斥在外——不是因為小說以這些人物為題材才得出上述結論（事實上這類題材並不是黃晳暎的專屬，而是二十世紀七十年代韓國小說的共同特徵）。李滄東的〈一頭有心事的騾子〉之所以讓人聯想起黃晳暎的《去森浦的路》或《壯士之夢》，是因為其人物設定相似，都具有一種所謂「闍割情結」的特徵。

〈一頭有心事的騾子〉裡的啟東與大杞，可分別與《去森浦的路》的英達與鄭氏進行對比；大杞因為沒買到回家的票而與其共度一夜的叫美子的妓女，也能跟《去森浦的路》中的妓女白花對應。另外，小說描寫了主角在首爾過著渾渾噩噩的生活而出現無法勃起的症狀，以及後來克服陽痿恢復真正生活的故事情節，也與《壯士之夢》的情節非常相似。但是，這種相似只是表面上的相似。我們不能只憑表面上的相似，就斷定李滄東的第一部小說抄襲黃皙暎。就算是抄襲，判斷抄襲是單純的抄襲還是創造性的抄襲尤為重要。而且我們都明白，當我們說「我的想法是……」時，句子中的「我的想法」其實就是在抄襲「他人的、我們的想法」的行為。對抄襲本身，我們總是用一種輕蔑的眼光去看待，所謂文化、文學、創造、慾望，總的來說，對這些乍一看只能讓人感覺茫然的東西，我們只是停留在其表面，沒有進行更加深入的思考。反省和思考這些現象時，我們要將「不可能存在我獨有的想法」這種消極的想法，轉變為「我的抄襲保障了我的獨創性」這種積極的認識。有點兒囉唆了。總之，李滄東的〈一頭有心事的騾子〉讓人聯想到黃皙暎的作品，既是事實，也意味著李滄東一開始就把如何擺脫黃皙暎小說的影響，當作小說創作的出發點並做出了努力。人物對象可能有些相似，但審視人物的目光卻是完全不同的。哪裡不同呢？……

一句話來講，黃皙暎的主角們有確定的歸宿，而李滄東的主角們則不然（當然，對於《去森浦的路》的鄭氏來說，故鄉雖然已經不復存在，但他畢竟還是一個走在返鄉路上的人）。《壯士之夢》裡的主角「我」，結束了骯髒的首爾生活（已經死亡的生活），在燃起了嚮往健康生活的鬥志後，這段時間「死去」了的生殖器也一同甦醒了，這時「我」徹底離開了城市。那時的首爾已經不適合人類居住，甚至成了沒有「人」居住的地方，即使有人住也只是聚集在那裡一起墮落，可以說它是使所有人墮落的地方，是要想恢復原有的生機就必須儘快逃離的地方。能夠產生這樣的想法，是因為還有可以逃避的家鄉。可是李滄東卻無家可歸。這不是更悲慘嗎？不是的。李滄東說，黃晳暎小說裡的那個故鄉不是實體，而是因為厭惡骯髒、墮落的生活而製造出來的幻象。這種幻象雖然是浪漫的，但並不是真實存在的，從這種意義上來講，在現實世界裡越不可能實現，越會襯托得更加悲劇。李滄東拋棄了這個夢想（作品則刻畫了騾子之死），同時也放棄了這個夢想可能帶來的悲劇。這既是一種誠實的態度，又體現了一種更加積極的倫理態度。這種態度並不是鼓動墮入骯髒塵世的人：「你現在的生活本來就不是你真正的生活，快點兒逃脫吧」（無法擺脫時的那種絕望感！），而是明知夢想是謊言，還在一邊談論夢想，一邊試圖擁抱在這裡喘息的芸芸眾生。這一態度卻也不是積極的態度——我們的人生不是骯髒的人生，應該肯定和認同我們的人生。這等於對否定性的事物近乎肯定的態度——假如允許有這種表達。〈一頭有心事的騾子〉中，大杞那件死而復生的武器，並不是被同床共眠的女人美子那個荒唐無稽的夢感動（也許李滄東認為這裡恰是黃晳暎止步的地方）。這是因為他把那個一邊坦白夢是假的一邊上下撫摸自己身體的美子擁入了懷裡。這一擁抱是站在同等立場上的擁抱，是真實具體的擁抱，而不是站在優越的立場上追求覺醒的行為，也不是基於有意識的努力而做出的袒護行為。這一差異顯得尤為重要。雖然可以從實證角度認為，二十世紀七八十年代韓國人的生活差異主要是由工業化進程的差異導致的（無論從現象還是從意識角度，都不能說這個地方還沒有沾染工業化的污垢，還保留著純樸的生活狀態，或者已經在某種程度上擺脫了工業化的影響。這就是二十世紀八十年代），但進一步觀察的話，就會發現這關乎韓國人生存狀態的城市化（相當於西化），以及尋找我們自己的應對方法的努力。（無論是李滄東、黃皙暎，還是其他小說家，幾乎無一例外地從負面角度描述了韓國的城市化、工業化，這一事實非常重要。西方經歷了工業化過程，但是我們很難從西方的經驗中發現對工業化本身表現出狂熱的例子。我們的工業化既不是自然發生的，也不是正常的，它是從西歐強制移植過來的，再加上與政治、經濟的失衡性結合，不可避免地因一些荒唐怪異之處而備受詬病。總之，正如黃皙暎的小說描述的，城市化、工業化在西方跟市民的生活提升欲求步調一致，而在韓國卻更傾向於扼殺這種慾望。與其說這是因為工業化這一經濟潮流本身，在韓國沒有經歷正常的、自發的產生和發展——不是說這一觀點是錯誤的，如果堅持這種觀點，就只能做出如下解釋：工業化，即西方化是必然要經歷的過程，只是必然要來的事物來晚了，或者來錯了，我們無法超越或克服西方化的生活和西方人所經歷的工業化，這種行為也不可避免地淪為一種模式——不如說是因為工業化或西方化，我們生存狀態的變化本身，衝擊了一直以來深深滲透在我們腦海裡的傳統生活，因此產生了一種天然的排斥感。在廣播裡經常聽到聽眾來信宣揚至今仍然毋庸置疑的美德，但是大部分人卻相信它們正在消失，即傳統價值觀，如孝道、禮讓、寬容、鄰里情一類，而不是正義、真實、正確等散發著理性光芒的價值觀。對我們來說，強調父母和子女之間是無條件的孝順和愛的關係，而不是能以佛洛伊德的方式進行客觀分析的對象。無論是誰，在提到父母和子女之間的關係也可以成為理性分析對象的瞬間，就會被指責為「天下大不孝」，而他本人也會認為這是理所當然的。我們就生活在這樣的世界裡。這不是對西方理性思維的盲目崇拜或拒絕，而是要與能否合理接受的問題聯結起來，需要相當複雜的討論，所以就此打住。但我認為這種對理性事物天生的排斥感，也可以拋開是非問題，被當作一種生活的樣式予以接受並找到自己的位置，這似乎才是與建立我們的自尊心息息相關的理性認知態度。我從李滄東的小說裡讀到了這些努力的痕跡。）

跟隨李滄東的視線以此類推，走在西化道路上的首爾的城市化過程，即是已經從某種程度上擺脫了否定、肯定面具的韓國城市化進程。這種城市化並沒有完全淹沒在西方思想裡，而是由各種價值觀混融而成。對於那些討厭融合之混亂氛圍的人來說，無法輕易定義、既非彼又非此的生存狀態成為他們厭惡的對象，但是對於那些能從一片混融中直視自己的人來說，這種狀態可以成為傾注細膩情感，或者進行冷靜審視的對象。它不是可以簡單拒絕的對象。這倒不是出於一種想要逃避卻不得的消極情緒，而是因為這種現象裡同時摻雜了我們對生活的認知樣態。如果不正視它，我們的生活就只能逐漸趨同。如果我們一直迴避它，我們就無法維繫最起碼的自尊心。我們應當如此理解李滄東小說中容易被忽略的因素，即如金允植指出的薩滿教一類的要素。這些要素沒有讓李滄東沉淪其中，而是被賦予正當地位，成為能夠寄託細膩情感並且平衡認知的對象。所以他的態度，與那些朝著在工業化進程中連根拔起的人生、因不能與時俱進而備受疏離的人生投去熾熱情感的態度相距甚遠。李滄東的小說告訴我們，盲目追隨工業化／西方化固然危險，但我們既然已經接受了工業化／西方化的生活，就要接受其成為生活的一部分，成為能夠實現我們慾望的一部分，要投以成熟的目光。不，也許不應過早就下斷言，坦率地說，「他的小說帶有成熟的目光」，這一說法包含了我想從他身上感受到這種目光的強烈慾望。或者可以這樣說，李滄東的小說表現出了想要確立這種成熟目光的努力，同時也是一種令人惋惜的努力。當然，這不是李滄東個人的努力，而是我們每一個人的。

在小說〈空房子〉和〈為了超級明星〉裡，可以讀出李滄東為了擺脫「被疏離的人＝善良的人」，換句話說，「無法適應工業化的人＝帶著傳統價值觀念生活的人」這一公式付出了多麼大的努力。雖然想要擺脫這一公式所做的努力會產生另一個二分法：不諳世事的純真者／利用世事的兇殘者，但是仔細觀察其二分法的兩端，就會發現劃分的依據並未建立在金錢的有無之上。即，徹底疏離於城市生活之外的人，有時也會強烈表現出支配城市生活的兇狠的一面。從這一點看，這種二分法不是不可動搖的，而是可以相互轉變的。由富愈富、貧愈貧的原理支配的資本主義社會裡，富人和窮人的位置顛倒或相互混淆的事很難發生（而且，即便其位置發生變化，富人＝惡者、窮人＝善者，這一二分法公式本身並沒有消失）。單純善良者變成兇殘者，或者兇殘者因為覺悟倫理而變得善良，均有可能。在〈空房子〉中，可以看到「雖然自己現在一無所知，好像全世界都在瞞著自己密謀著什麼，好像馬上要發生什麼可怕的事一樣，這種感覺在胸膛裡越來越膨脹，他卻無法抑制」的那個單純的尚洙／在謀劃陰謀的公司部長及龍八之間的對立。〈為了超級明星〉裡，可以讀到老金——兒子為了出人頭地遠走美國後，從鄉下進城看護兒子留下來的房子（其實那不是兒子的家，而是兒子成功的跳板——美國人交給兒子看管的房子。更準確地說，並不是看房子，而是看管美國主人寵愛的狗）／講食人族的故事、會說一點兒英語的到處流浪的壞孩子之間的對立。〈空房子〉裡的龍八是工人，〈為了超級明星〉裡的小孩子在乞討和偷盜。龍八是工人，比生產主任尚洙級別低，雖然在公司體制內龍八屬於更容易被剝削的階層，但是「不管平時怎麼讓你像奴隸一樣拚命工作，只要拉屎的時候像對皇帝一樣對待你，你就真以為自己是個皇帝了」，作為跟部長一樣精通工人管理方法的兇殘之人，龍八隻憑他的兇殘之心就可以參與部長的陰謀（尚洙只是一個玩具）。〈為了超級明星〉的小孩子，因為能嫻熟地調教惡狗，便威脅和嘲笑那位出於惻隱之心把他帶回家的老人，這孩子無疑是惡的。雖然我們經常強調工業化＝西方化這一等式，但是不管怎樣，在工業化過程中被疏離的人，有可能內心更願意追隨工業化的邏輯。這兩部小說可能在告訴我們，在排擠於工業化之外的生活中單純尋找我們的傳統認識，或者尋找積極認同之痕跡的努力，也許都是徒勞的。相互對立的價值觀對每個人都一樣，可以不分階層地混淆在一起。審視這種混淆的視線應當是均衡穩定的。

李滄東這種均衡穩定的視線，集中體現在他的近作〈大雪紛飛的日子〉中。崔上等兵入伍前在澡堂做過搓澡工，長相也很符合部隊的審美標準，換句話說，符合「泛指的軍人」身分。金一等兵則是入伍前參加過學生運動的新兵菜鳥。崔上等兵的兇殘和金一等兵的單純善良是對立的（透過這種對立，逆轉了審視著人類的成見）。結局部分正如成民燁先生描述的「溫暖的悲劇」一樣，透過一個使對立發生逆轉的突發事故，揭示了人類對人類的理解不應像公式一樣固守成見。

提到均衡穩定的視線，我們無法迴避小說〈舞〉。故事很簡單，尚哲唆使他那節儉、視錢如命的妻子一起去大川避暑。可是妻子擺脫不掉省錢癖，導致避暑之旅又辛苦又尷尬。回家一看，竟然還遭了小偷，可家裡的東西樣樣都在，因為實在沒有可偷的東西。尚哲痛快淋漓地笑了。在如此簡單的故事中，妻子跳了兩次舞。一次是尚哲幻想中的舞蹈，表現了妻子勤儉節約的作風，那種花一分錢都戰戰兢兢的模樣，妻子在巨大的慾望之流中獨自跳起了荒誕無稽的舞蹈。

他們清楚地知道享受快樂和慾望是這裡唯一的美德。可他和妻子卻被排除在外，他們就像盛大群舞中斷掉繩子的人偶，跳著盲目而荒誕的舞蹈。（〈舞〉）

在眾人被捲入享受慾望的群舞漩渦時，妻子卻無法融入其中。說白了，就是對錢近乎偏執的敏感，但是對錢的偏執也是因為沒有錢。從金錢支配下的工業社會原理來看的話，其生存狀態符合這一原理。然而換個角度看的話，則意味著無法認同支撐著工業化社會原理的另一個原理——排泄原理，即無法融入工業化的社會生活。她的生活僅僅偏向一側的原理，卻徹底壓抑著支撐這個原理的基礎——享受慾望的原理。妻子執著於這種壓抑生活的模樣，恰似在跳著與他人格格不入的荒誕獨舞。那時的舞展現了壓抑慾望抑或根本不會跳舞的、尷尬彆扭的舞蹈一般的生存狀態。可是有一天，提早下班回家的尚哲偶然目睹了妻子一邊播放音樂一邊「不知是在跳迪斯可還是搖擺，手腳毫無規律地舞動」。

一個每天活得像打架似的女人，一個只想逃離十坪大小的出租房，想要買房子的女人，一個不惜去做日薪五千元的派遣婦工作的女人，一個為了每月十五萬塊的互助會費而絞盡腦汁的女人，塗口紅也覺得尷尬的女人，矮小又固執的女人，晚上像吹氣球一樣親自檢查保險套的女人。是什麼像魔法的咒語一般打開了她沉重頑固的門閂，釋放出這個女人內心深處的另一個自己呢？（〈舞〉）

這是一支心酸的舞蹈，是妻子用來平息慾望的舞蹈，也是排遣鬱悶煩惱的舞蹈。尚哲無法理解這支舞，因為妻子看起來就像沉浸在無法實現的生活提升之夢裡無法自拔，所以妻子的舞蹈似乎只是在安慰日復一日的空虛感。舞蹈的真正含義體現在小說結尾處，在尚哲發現沒有偷走任何東西時的大笑裡。

沒錯，我們一無所有。窮到連小偷進來都哭著離去，如此一窮二白的事實反而像是對某些人的一種荒唐而極端的報復一樣，讓他們痛快淋漓。

「你瘋了嗎，老公？」

似乎沒有意識到自己也在笑個不停，妻子朝同樣無法抑制大笑的他說道。不知何故，妻子的這句話就像某種挑釁般的誘惑，在他身體某處「嘩」地點了一把火。他發現妻子曬黑的鼻梁上有一塊淺淺的像傷痕一樣的脫皮。猛地，他的腦中瞬間畫出了一幅圖畫。就像原始人經過漫長艱辛的戰鬥之後慶祝勝利一樣，他和妻子一起，在小偷們劫掠過的這片觸目驚心的殘骸之上興致勃勃地舞蹈。（〈舞〉）

這支舞，是反敗為勝的舞。當他們認識到失敗無法挽回時，這支舞讓他們失敗的人生重新變得珍貴起來。這支舞，無異於隱藏在現實或者意識這一表皮之下的慾望的昇華。只是沒有人會公開舞蹈而已，其實每個人都跳著這樣的舞蹈生活。懂得這種舞蹈的人生，才能真正明白〈為了超級明星〉或者〈空房子〉中的老金和尚洙的純真善良裡隱含的堅韌不拔。而將這種舞蹈意識化、表面化時，才會出現〈為了大家的安全〉中那個高速大巴士內老太婆的一系列行為。

與李滄東早期作品相比，〈為了大家的安全〉裡的大巴士乘客則是一群更加適應西方化生活模式的人。高速客車裡的舞台，濃縮地展示了這一事實。他們希望的只是這輛客車一路暢通平安抵達目的地。可是出現了一個討人厭的人物。一個似乎精神失常的老太太目中無人般的舉動，完全攪亂了車內的秩序。老太太的行為，其實是某種潛在的自我意識的外化，即處於所謂舒適安逸的日常之中，略微擴大一些就是沉睡在工業化帶來的安逸之中，卻顧忌坦白言說的、與工業化不相稱或者感覺彆扭尷尬的自我意識。別人都安分地繫上了安全帶，我沒有說這種不相稱或者彆扭的極端表現。正是這種不相稱或者彆扭的極端表現——而她被強迫繫上安全帶後卻氣得昏厥——正是這種不相稱或者彆扭的極端表現。我沒有說這種彆扭感是一種無意識行為，而是稱之為潛在的自我意識，這是因為它是現在還未完全消失的，或是沒人相信已經完全消失了的認識。只不過大多數人對於顯露這種認識會感到顧慮、彆扭和不快。老太太身上不斷散發的腐臭異味，代表著我們暗暗相信必須清除的，或者說我們主張清除掉的屬於過去，但至今仍然存在的生存狀態或者認識方法。這種方法發揮積極意義時，是對他人的信賴或者愛，再進一步就表現為勇氣；發揮盲目的負面效果時，則是漠視他人的不幸，或者表現為卑鄙的極度排他性或自私性的行為。李滄東透過觀察那些目睹老太太的舉動並做出反應的乘客們的態度刻畫了這一點（看看老太婆從一開始單純好笑的人變成令人厭煩的存在，繼而成為令人憤怒的對象，雖然乘客們的反應變了，但是支配其變化的一直是自私性）。作品透過老太太的控訴也很好地闡釋了這一點。

「你們，就是你們，就是你們這群傢伙害死了我的兒子啊。（中略）唉喲，慘啊，我的孩子真慘啊。就他弄得這麼可憐，就他被騙了啊。我那善良的兒子本來就不會懷疑別人，以為別人心都跟他自個兒的一樣，可就被你們騙了！我孩兒啊，哎喲，我可憐的東西，跟牛一樣憨實，跟羊一樣溫順，沒像你們吃好的穿好的出人頭地，可從小就沒給別人添過一丁點兒麻煩吶。這麼好的兒子啊，也不知道碰到什麼鬼了，跟我說『媽，人們的力量很強大，人們真的太了不起了，我才知道人們是這麼堅強和可靠，現在覺得人們都是一個肚子裡生出來的兄弟，一見到就想擁抱』，還說什麼好日子要到了，高興得連洗衣店的工作都不要了，說

『媽，現在重要的不是吃飽肚子，有更重要的事等我去做呢』。可是你們是怎麼對他的？你們還是人嗎？哼，去死吧，嘴上淨說好聽的，心裡根本就不管別人死活，只顧自己撈好處。哼哼，該死的傢伙們，沒心沒肺不要臉的傢伙們，連老鼠都不如的小崽子，臭蟲一樣的東西，又髒又壞的傢伙們。」（〈為了大家的安全〉）

從積極的意義上說，李滄東的視線是均衡穩定的積極視線。這一視線不是呼籲我們認同陳腐的異味就是我們自己身上的味道，也不是在惋惜那種味道的消散。作品中京哲突然領悟到「那種味道是什麼，為什麼自己會如此熟悉，一下子都想起來了」並且轉身朝客車跑去的舉動，以及返回車上時發現老太太消失不見，他期待昏倒的老太太被什麼人背走了的希冀，均體現出了李滄東本人對人類深深的愛。

對於在韓國社會裡受到排斥的價值觀，李滄東透過〈燒紙〉、〈祭奠〉、〈臍帶〉三篇小說或多或少地表達了看法，所以大體可以將它們劃為同類小說。一言以蔽之，從這些作品裡可以讀到和解及消解仇恨的努力。〈燒紙〉裡為亡者燒紙錢的情節，〈祭奠〉中父親給拋棄的第一任妻子（遭到拋棄的原因卻是她善良、無知和封建）舉辦祭奠的情節，都是在消解他們的怨恨。這都是因襲傳統習俗的行為。這些行為，並沒有止於為亡魂祈求冥福，而是讓那些因亡魂留下的業報，關係變得複雜而奇特的後代得以和解。這種意願在〈燒紙〉裡能夠同時理解同母異父的兄弟成國和成浩各自的立場，並讓他們握起手，在〈祭奠〉裡則讓同父異母的德秀和正宇之間也流淌起溫情。如同在〈臍帶〉裡看到的態度，李滄東並沒有糾結於臍帶（也可以說是傳統的生活方式）本身。小說本身描寫了獨自撫養遺腹子的婆婆無休止的嫉妒和兒媳默然接受的態度，以及必須介入其中的南北分裂問題。主角一邊決心明天就去找離家出走的母親，一邊擁抱妻子的結尾，有可能會招致批評，即沒有擺脫前人分斷小說的「打起精神冷靜思考冷酷現實」的謬誤，或者需要清算薩滿教式的小說結局。再仔細閱讀一遍〈臍帶〉可以發現，金大植所做的困難決斷，不是未能擺脫臍帶束縛的行為，而是剪斷臍帶（成長為成熟的大人）後，能主動性地重新連接臍帶的行為。這一差距非同小可。確認並執著於臍帶是否連接在一起的行為，是小孩子尚未成熟的態度，但是重新反觀曾經厭惡並想要斬斷的臍帶並且重新尋找的行為，比起透過簡單剪斷臍帶而成為大人來說，是一種更加成熟的成年人的態度。對於我們的小說，不斷提出薩滿教式簡單克服邏輯一類框架的態度，無異於主張應當斬斷臍帶。這種態度，雖然讓我們看到了充滿矛盾的生活結構，以及能夠基於合理化而得以克服的信念或者期待，卻不是一種成熟的態度——把那份信念或期待本身當作客觀認識的對象。但是想要到達這種成熟的境界，是多麼困難的事啊！和解的邏輯、握手的邏輯常被視為自我防禦或者逃避的邏輯，在排斥的邏輯洪流逐漸洶湧的時候採取包容（只有透過包容異質的那種寬大無限的自我否定才能得以實現）的和解邏輯，容易被誤認為跟輕易立足中間的穩健、中立一類的自我保護原理一樣。既然如此，我們正跟李滄東一起肩負著如此沉重的責任，即不停地警惕冷靜變成冷笑，愛情跌入盲目的深淵。

畫蛇添足：我不想把〈火與灰〉也納入前文勉強提出的公式。因為我十分了解去年他所經歷的不幸，以及他在經歷不幸事件時的痛苦，在克服悲傷的種種努力中他的痛苦煎熬仍然清晰地重壓著我。儘管我努力想要客觀評價這篇小說，我的視線卻被遮蔽了，只能默默感激他能夠克服痛苦，重新執筆創作出這樣的好作品。

國家圖書館出版品預行編目（CIP）資料

燒紙 / 李滄東作.
--初版. -- 新北市：香港商亮光文化有限公司台灣分公司，2022.06
面；公分. --（散文）
ISBN 978-626-95445-4-7 （平裝）

862.57 111006006

燒紙 소지

作者 李滄東 이창동 Lee Chang-dong
譯者 金冉
出版 香港商亮光文化有限公司 台灣分公司
Enlighten & Fish Ltd (HK) Taiwan Branch
主編 林慶儀

設計/製作 亮光文創有限公司
地址 新北市新莊區中信街178號21樓之5
電話 （886）85228773
傳真 （886）85228771
電郵 info@enlightenfish.com.tw
網址 signer.com.hk
Facebook www.facebook.com/TWenlightenfish

出版日期 二〇二二年六月初版

ISBN 978-626-95445-4-7
定價 NTD$450 / HKD$150

此版本於台灣印製 Printed in Taiwan